典藏诵读版

闲情偶寄全鉴

〔清〕李渔◎著

东篱子◎解译

扫一扫
免费赠送3种国学音频!

国家一级出版社 中国纺织出版社 全国百佳图书出版单位

内 容 提 要

《闲情偶寄》为李渔的得意之作，分为词曲、演习、声音、居室、器玩、饮馔、种植、颐养八大部分，内容丰富。其中大篇幅地讲述了戏曲、歌舞、服饰、修容、园林、建造、花卉、颐养、饮食等与人们生活息息相关的美学现象与规律。本书为精编选译版本，挑选原书中的精华部分，通过原文、注释、译文三个板块进行解释与说明，便于读者了解作者的观点以及当时的风俗民情，汲取其中的营养。

图书在版编目（CIP）数据

闲情偶寄全鉴：典藏诵读版 /（清）李渔著；东篱子解译．—北京：中国纺织出版社，2019．5（2023.6重印）

ISBN 978－7－5180－6057－3

Ⅰ．①闲… Ⅱ．①李… ②东… Ⅲ．①杂文集—中国—清代 ②《闲情偶寄》—译文 ③《闲情偶寄》—注释 Ⅳ．①I264．9

中国版本图书馆 CIP 数据核字（2019）第 055545 号

策划编辑：张淑媛　　责任校对：楼旭红　　责任印制：储志伟

中国纺织出版社出版发行

地址：北京市朝阳区百子湾东里 A407 号楼　邮政编码：100124

销售电话：010—67004422　传真：010—87155801

http：//www. c-textilep. com

E-mail：faxing@ c-textilep. com

中国纺织出版社天猫旗舰店

官方微博 http：//weibo. com/2119887771

永清县晔盛亚胶印有限公司印刷　各地新华书店经销

2019年5月第1版　2023年6月第2次印刷

开本：710 × 1000　1/16　印张：20

字数：221千字　定价：68.00元

前言

生活在明末清初江南地区的李渔，号笠翁，是我国著名的戏曲家与小说家，同时他还是一位颇有生活情趣的人。年轻的时候，李渔曾经像当时的大部分读书人一样，打算通过科举考试走上仕途之路，但应试的落榜以及明清变革的动荡局势，让他断绝了这个念头。满腹才华的李渔，自此选择了一条当时文人少有人走的路——通过卖文章来维持生计。他刊行了自己创作的小说，经营书坊，带着自家的戏班四处演出，可以说是一位别具特点的拥有经济头脑的文学家。

李渔的一生著作颇丰，作为文学家、戏剧理论家与美学家，他的诗文论著为《笠翁一家言全集》，其中包括文六卷，诗三卷，词一卷，《闲情偶寄》六卷。作为戏剧家，他写了十几种传奇故事。作为小说家，他著有《无声戏》《十二楼》。《肉蒲团》被学界认为是李渔所作，有人认为《合锦回文传》也是出自他的笔下。

《闲情偶寄》可以算作李渔的得意之作，全书分为词曲、演习、声容、居室、器玩、饮馔、种植、颐养八大部分，内容丰富，可以称得上是生活艺术大全集。其中大篇幅地讲述了戏曲、歌舞、服饰、修容、园林、建造、花卉、颐养、饮食等与人们生活息息相关的一些美学现象与规律。李渔集用大半生的生活积累与学识撰写此书，耗费了大量的心血，可见此书是其心血之作。

《闲情偶寄》自面世以来，颇受世人推崇。在清朝时期，只要谈到李渔，大多数人都会提及这部著作，并予以称赞。直到现在，《闲情偶寄》依然散发着它的魅力，不断被人们所提及。《闲情偶寄》用生动活泼的小品形式，加上轻松的笔调，为我们勾勒出了作者心中的生活美学与艺术，其精华与最有价值的部分在于谈论戏曲创作与舞台表演、谈园林美的创作，以及欣赏仪容的文字。当然，由于李渔生活在封建时期，文章个别地方难免会存有封建的腐朽气息，有些东西也是不科学并且过时的。不过瑕不掩瑜，我们还是能够从文章中吸收大部分的精华。

本书为《闲情偶寄全鉴》（典藏诵读版）。解译者挑选原书中的精华部分，通过原文、注释、译文三个板块的解释与说明，帮助读者阅读与理解。译文大部分采取了直译的方式，并对难懂的词句进行了详细的注音和解释。由于编者能力有限，书中难免会有错讹疏漏，祈望读者批评改正。

同时，本书将纸质图书和配乐诵读音频完美结合，以二维码的方式在内文和封面等相应位置呈现，读者扫一扫即可欣赏、诵读经典片段。诵读音频由中国国际广播电台、中央人民广播电台专业播音员，以及中国传媒大学等知名高校播音系教师构成的实力精英团队录制完成，朗读中融进了对传统文化的理解，声音感染力极强。

衷心希望本书能成为您全方位感受和理解《闲情偶寄》这部传世佳作的良师益友。

解译者

2019 年 5 月

目录

词曲部

演习部

声容部

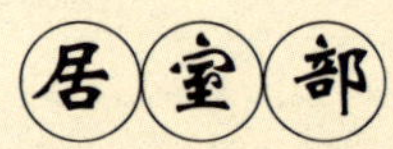

器玩部

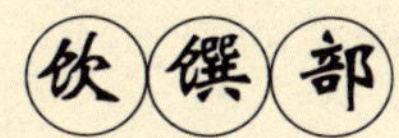

饮馔部

种植部

颐养部

词曲部

结构

小序

【原文】

填词一道[①]，文人之末技也。然能抑而为此，犹觉愈于驰马试剑，纵酒呼卢[②]。孔子有言："不有博弈者乎？为之犹贤乎已。"博弈虽戏具，犹贤于"饱食终日，无所用心"；填词虽小道，不又贤于博弈乎？吾谓技无大小，贵在能精；才乏纤洪，利于善用。能精善用，虽寸长尺短，亦可成名，否则才夸八斗，胸号五车，为文仅称点鬼之谈[③]，著书惟供覆瓿之用[④]，虽多亦奚以为？填词一道，非特文人工此者足以成名，即前代帝王，亦有以本朝词曲擅长，遂能不泯其国事者。请历言之。高则诚、王实甫诸人，元之名士也，舍填词一无表见。使两人不撰《琵琶》《西厢》，则沿至今日，谁复知其姓字？是则诚、实甫之传，《琵琶》《西厢》传之也。汤若士，明之才人也，诗文尺牍，尽有可观，而其脍炙人口者，不在尺牍诗文，而在《还魂》一剧。使若士不草《还魂》，则当日之若士，已虽有而若无，况后代乎？是若士之传，《还魂》传之也。此人以填词而得名者也。历朝文字之盛，其名各有所归，"汉史""唐诗""宋文""元曲"，此世人口头语也。《汉书》《史记》，千古不磨，尚矣。唐则诗人济济，宋有文士跄跄，宜其鼎足文坛，为三代后之三代也。元有天下，非特政刑礼乐一无可宗，即语言文学之末，图书翰墨之微，亦少概见。使非崇尚词曲，得

《琵琶》《西厢》以及《元人百种》诸书传于后代，则当日之元，亦与五代、金、辽同其泯灭，焉能附三朝骥尾[5]，而挂学士文人之齿颊哉？此帝王国事，以填词而得名者也。由是观之，填词非末技，乃与史传诗文同源而异派者也。

近日雅慕此道，刻欲追踪元人、配飨若士者尽多[6]，而究竟作者寥寥，未闻绝唱。其故维何？止因词曲一道，但有前书堪读，并无成法可宗。暗室无灯，有眼皆同瞽目，无怪乎觅途不得，问津无人，半途而废者居多，差毫厘而谬千里者，亦复不少也。尝怪天地之间有一种文字，即有一种文字之法脉准绳，载之于书者，不异耳提面命，独于填词制曲之事，非但略而未详，亦且置之不道。揣摩其故，殆有三焉：一则为此理甚难，非可言传，止堪意会。想入云霄之际，作者神魂飞越，如在梦中，不至终篇，不能返魂收魄。谈真则易，说梦为难，非不欲传，不能传也。若是，则诚异诚难，诚为不可道矣。吾谓此等至理，皆言最上一乘，非填词之学节节皆如是也，岂可为精者难言，而粗者亦置弗道乎？一则为填词之理变幻不常，言当如是，又有不当如是者。如填生旦之词，贵于庄雅，制净丑之曲，务带诙谐：此理之常也。乃忽遇风流放佚之生旦，反觉庄雅为非，作迂腐不情之净丑，转以诙谐为忌。诸如此类者，悉难胶柱。恐以一定之陈言，误泥古拘方之作者，是以宁为阙疑，不生蛇足[7]。若是，则此种变幻之理，不独词曲为然，帖括诗文皆若是也。岂有执死法为文，而能见赏于人，相传于后者乎？一则为从来名士以诗赋见重者十之九，以词曲相传者犹不及什一，盖千百人一见者也。凡有能此者，悉皆剖腹藏珠[8]，务求自秘，谓此法无人授我，我岂独肯传人。使家家制曲，户户填词，则无论《白雪》盈车，《阳春》遍世，淘金选玉者未必不使后来居上，而觉糠秕在前[9]。且使周郎渐出，顾曲者多，攻出瑕疵，令前人无可藏拙，是自为后羿而教出无数逢蒙，环执干戈而害我也，不如仍仿前人，缄口不提之为是。吾揣摩不传之故，虽三者并列，窃恐此意居多。以我论之：文章者，天下之公器，非我之所能私；是非者，千古之定评，岂人之所能倒？不若出我所有，公之于人，收天下后世之名贤，悉为同调。胜我者，我师之，仍不失为起予之高足；类我者，我友之，亦不愧为攻玉之他山。持此为心，遂不觉以生平底里，和盘托出，并前人已传之书，亦为取长弃短，别出瑕瑜，使人知所从违，而不为诵读所误。知我，罪我，怜我，杀我，悉听世人，不复能顾其后矣。但恐我所言者，自以为是而未必果是；人所趋者，我以为非而未必尽非。但矢一字之公，可谢千秋之罚。噫，元人可作，当必贳予[10]。

【注释】

①填词：词本是中国古典诗歌的一种体裁，也被称为长短句；在作词的时候要求按照词调所规定的字数、声韵以及节拍来填上文字，被称为填词。不过本书是从戏曲的角度出发，因此特指编写戏曲剧本。

②呼卢：指赌博。古人在投骰子赌博的时候，口中经常会说“卢、卢”，后将赌博称为呼卢。

③点鬼之谈：指的是堆砌人名。古人嘲笑唐代杨炯作文喜好引用古人姓名，将其称为点鬼簿。

④覆瓿（bù）之用：盖罐子之用。瓿，盛放酱醋的罐子。这里指的是

所写的书没有人看，只能当罐子的盖。

⑤骥尾：千里马的尾巴，意思是沾千里马的光。

⑥配飨（xiǎng）：指的是后死的人附于先祖而接受祭献。

⑦蛇足：是对成语“画蛇添足”的简称。

⑧剖腹藏珠：将肚子剖开，将珍宝藏在里面。借此来形容一些人将其戏曲经验与方法藏起来不外传。

⑨糠秕（bǐ）在前：粗劣之人在前。

⑩贳（shì）：宽容，原谅。

【译文】

填词作曲这一类，是文人最为低级的一种技能了，不过潜心去做这件事情，我认为是要比骑马舞剑、酗酒赌博这些好一些的。孔子说过：“难道不是还有掷彩博弈的游戏吗？做这个总要比什么都不做强些。”博弈虽然是种游戏，却比那些吃饱了没事可做、不用心去思考强些；填词作曲虽然是低级的技能，不是还要比博弈好些吗？我觉得技艺不管是高还是低，精通就行；才能不管有多少，善于运用就行。能够精通并善于运用一项技能，就算掌握的只有不起眼的长处与才能，也是可以成名的。不然，就算是宣称自己才高八斗、学富五车，写起文章来也只能罗列古人的观点，所写的文章也只能用来当酱罐的盖子，就算才能再多又有什么用呢？填词这件事，不仅能够让精通它的文人一举成名，就算是前代的君王，也能凭借本朝擅长的词曲，而让他的国家流芳百世。请让我一一举例出来。高明、王实甫这些人，都是元代的名人，除了戏曲之外，他们并没有什么其他功绩。如果这两个人没有写《琵琶记》《西厢记》，那么到了现在，又有谁会知道他们的姓名呢？正是《琵琶记》《西厢记》的流传，让他们可以被后世所知。汤显祖是明代的才子，他的诗文与书信全都值得一看，不过他最被人所称道的作品，不是书信，也不是诗文，而是《还魂记》这部戏曲；如果汤显祖没有写《还魂记》，那么就算是在当年他也只能是个可有可无的人，更不用说后世了。也就是说，汤显祖的名字之所以能够流传，都是

靠《还魂记》。这就是文人凭借戏剧而得名的例子。各朝各代文学的盛况，都有各自的体裁，“汉史”“唐诗”“宋文”“元曲”，这都是人们挂在嘴边的话。《汉书》《史记》，千古不朽，是十分值得被称赞的。唐代善于作诗的人有很多，宋代善于写散文的层出不穷。汉、唐、宋这三个朝代在文坛上可谓是三足鼎立，称得上是夏商周后文学繁荣的三朝盛世。元代这段时期，不仅在政治、法律、礼乐制度上无一可取，就算是在语言文字、图书翰墨等方面，也很少有所建树。如果不是由于推崇戏曲，并让《琵琶记》《西厢记》以及《元人百种》等书被后世所流传，那么元代也将跟五代、金、辽一样地湮没在历史长河之中了，又如何能够跟这三代相提并论，并挂在文人学士的嘴边呢？这便是帝王统率国家，因戏曲发达而得以名扬千古的例子。从这里可以看出，戏曲并不是雕虫小技，而是与史传、诗文同源而不同流的一种文体。

近些年我颇为喜爱戏曲，专门去学习了解了元代作家，有很多想要跟汤显祖并驾齐驱的人，不过由于写的人很少，也没有听说什么出彩的作品。为什么呢？这是由于在戏曲创作方面，只有前人的作品可以借鉴，并没有规则可循，就像是走进了一间黑暗无灯的屋子，即便睁着眼睛也只能像瞎子一样。这也就不能怪罪找不到路、问不到人，很多人只好就此半途而废。差之毫厘，谬以千里的人不在少数。我曾感觉十分奇怪：天地间有一种文字，这种文字的用法就会被记载在书中，与耳提面命没有什么差异，却独独在填词作曲这些事情上面，不仅介绍得十分简单粗略，甚至将其搁置一旁不写一句话。我揣摩着其中的缘由，大抵有三点：第一，想要掌握戏曲方面的原则十分困难，不能言传只能意会。灵感涌现的时候，作者神采飞扬，仿佛置身于梦境之中，不写完不能将魂魄收回。探讨真实的事情较为容易，将梦境讲解清楚则十分困难。不是不想表达，而是无法表达。如果是这样，确实太过奇异和困难了，确实是难以表达出来啊！我认为像这样深刻的道理，说的都是文学最上一层的道理，并非说的只是填词的艺术，其他方面都是如此。难道可以由于东西太过精深难以表述，就将粗浅的东西搁置一旁不说吗？第二，由于填词的形式千变万化，有的可以这样说，又有些不能这么说。比如填写生、旦的唱词，贵在讲究端庄典雅；写净、丑的词曲，一定要带有诙谐的意蕴。这是最基本的法则。但是如果突然碰到风流潇洒的生、旦，那么端庄典雅就不合适了。同样，如果净、丑是过于迂腐、不讲人情的，那么诙谐幽默又不适合了。类似于这种情况，很难拘泥于一点而一概而论。由于担心固定不变的陈旧言辞会对那些拘泥于古人、法式的作者造成误导，所以宁愿存在一些不足与疑问，也不愿意画蛇添足。果真如此，这种变化的规律，不只词曲会如此，科举时文、诗歌、散文都会如此。难道有按照死板的形式写文章而被人称道，并流芳百世的吗？第三，一直以来名师都是凭借擅长诗歌、词赋被人们所器重，十人中有九人是这样的；而凭借词曲而流传于后世的人不足十分之一，大概千百人中才出来一个。只要是善于词曲创作的，均会将创作的秘籍藏起来，觉得这个方法没有人教授给我，我为什么要去传给别人呢？如果每家每户都会创作戏曲，那么不要说到处都是《白雪》《阳春》这类的高雅词曲，能人高手未必不能让后来者居上，而让前人显得技术低劣。更何况如果精通词曲的人越来越多，到处对你挑剔，让前人无法隐藏自己的拙劣，这简直就是自己当了后羿而教出了无数逢蒙，让他们拿着武器来谋害自己啊。还不如依旧仿效前人，闭口不提为好。我揣测人们对词曲创作的方法不对外传授的三个原因虽然看似并列，私以为主要还是要归结于第三点。根据我的观点，文章为天下共有的东西，不能一人私自占有；是非对错是千百年来的定律，一人岂能轻易推翻？不如将我所有的东西拿出来，对世人公布，将天下后世的有名贤人汇集起来，互为知音。才能高于我的人，我将他敬为老师，就算他原本是我的学生；与我差不多的人，我将他当作朋友，也能成为我学习借鉴的对象。怀着这般的心情，并在不知不觉中将自己的生平与底细全部交代出来了，与前代已经流传的书籍进行比较，也是为了能够吸取各自的长处，将各自的短处抛弃，辨别出好与坏，从而让人们知道该做什么不该做什么，从而避免被诵读的书籍所误导。了解我也好，对我多加怪罪也罢，可怜我也好，伤害我也罢，都任凭世人评点，我不会惦念我死后的事情。只是我担心我所说的，可能是自认为正确，但是实际上并不正确；每个人都忙着追求自己想要的东西，我认为不对的也未必是不对的。只求能有一字对大众有益，那么就能够免去历史的责怪了。哎，元代的能人高手应当会体谅我吧！

【原文】

填词首重音律，而予独先结构者，以音律有书可考，其理彰明较著。自《中原音韵》一出[①]，则阴阳平仄画有塍区[②]，如舟行水中，车推岸上，稍知率由者[③]，虽欲故犯而不能矣。《啸余》《九宫》二谱一出，则葫芦有样，粉本昭然。前人呼制曲为填词，填者，布也，犹棋枰之中画有定格，见一格，布一子，止有黑白之分，从无出入之弊，彼用韵而我叶之[④]，彼不用韵而我纵横流荡之。至于引商刻羽，戛玉敲金[⑤]，虽曰神而明之，匪可言喻，亦由勉强而臻自然，盖遵守成法之化境也。至于结构二字，则在引商刻羽之先，拈韵抽毫之始。如造物之赋形，当其精血初凝，胞胎未就，先为制定全形，使点血而具五官百骸之势。倘先无成局，而由顶及踵，逐段滋生，则人之一身，当有无数断续之痕，而血气为之中阻矣。工师之建宅亦然。基址初平，间架未立，先筹何处建厅，何方开户，栋需何木，梁用何材，必俟成局了然，始可挥斤运斧。倘造成一架而后再筹一架，则便于前者，不便于后，势必改而就之，未成先毁，犹之筑舍道旁，兼数宅之匠资，不足供一厅一堂之用矣。故作传奇者[⑥]，不宜卒急拈毫，袖手于前，始能疾书于后。有奇事，方有奇文，未有命题不佳，而能出其锦心，扬为绣口者也。尝读时髦所撰，惜其惨淡经营，用心良苦，而不得被管弦、副优孟者，非审音协律之难，而结构全部规模之未善也。词采似属可缓，而亦置音律之前者，以有才技之分也。文词稍胜者，即号才人，音律极精者，终为艺士。师旷止能审乐，不能作乐；龟年

但能度词，不能制词。使与作乐制词者同堂，吾知必居末席矣。事有极细而亦不可不严者，此类是也。

【注释】

①《中原音韵》：我国首部讲戏曲音韵的专著，由元朝的周德清所著。

②塍（chéng）：田埂。画有塍区，指的是画出分明的界限，有所遵循。

③率由：按照规定处事。

④叶（xié）：押韵，协韵。

⑤引商刻羽，戛（jiá）玉敲金：指的是追求音韵、协调声律。“商”与“羽”是我国古代五声音阶中的两个。“玉”和“金”属于磬与钟等乐器。

⑥传奇：这里特指明清的南戏等戏曲作品。

【译文】

通常认为填词首先要注重音律，我独独要先写结构，是由于音律尚有书可以作为参考，它的规律表现较为明显。自从《中原音韵》这部书面世之后，阴阳平仄都有着各自的划分领域，就像是在水中行船，在岸上推车，稍微懂得一些规则的人，就算是想要故意犯错也难以办到。《啸余》《九宫》两个曲谱一出来，就给人提供了画葫芦的样本，形式与内容都条理明晰。过去的人将词曲创作称为“填词”，“填”是分布的意思，就像是在棋盘上画了有规则的格子，根据格子来下棋，只有黑子与白子的差异，从来不会将棋子下到格子的外面。该用韵的时候我就会用韵，不要求用韵的时候我就任意发挥。至于音律，要锵然有声，就算冥冥之中知晓，也无法说出其中的奥妙，可以从勉强操作到逐渐趋于自然地表述出来，这便是遵循固定形式而达到的至高无上的境界。而戏曲的结构，却是在音韵之前就要考虑的。就像是造物者赐予万事万物以形体，当让一滴血可以具备五官、各骨架的形式。如若最初没有形成总体的格局，而是从头到脚一段一段地慢慢生长，那么人的全身将会布满断断续续的痕迹，而血气也将会被

阻塞。工匠师傅在建造房子的时候也是如此。房子的根基刚刚打好，框架还没有确立，先要规划出来哪片地方要建造大厅，哪个地方开门，还要清楚檩子、大梁要使用什么样的木料，一定要等到房子的固定结构都清晰了，才能动工。如果建成一部分之后再去筹划建造另外一部分，虽然对前面的建造有利，但是却对后面的建造颇为不利，必然会改变原来的建造重新进行建造，没有建成就先毁掉了就像在道路旁边建造房屋，虽然同时具备建造好几间房子的资金，却无法用来建造一厅一堂。因此创作戏曲的人，不应当匆忙动笔，在写作之前应当先想好框架，然后再奋笔疾书，一气呵成。有奇特的经历，才能有与众不同的文章，没有命题不好而能够写出脍炙人口的文章的人。我曾经看过几篇时下附庸风雅的人所写的戏曲作品，让人惋惜的是他们惨淡经营、用心良苦所写出来的东西，却无法拿去配乐演唱人这并非是由于审定协调音律过于困难，而是由于整体的构架没有安排妥当。

曲调文采似乎可以放在后面说，而我却要将它放在音律之前说，是由于有才能与技能的差异。文采稍显突出，就称自己为才子，音律方面十分出色精通的，终究也不过只是个艺人。师旷只会审定音律，却不会创作音律；李龟年只能按照别人填写好的词曲演唱，却无法自己作词作曲，如果让他们与擅长填词作曲的人共处一室的话，我猜想他们必然会坐到最末尾的位置上。事情虽然看上去微不足道，却不能不严肃对待，这便是一个例子。

戒讽刺

【原文】

武人之刀，文士之笔，皆杀人之具也。刀能杀人，人尽知之；笔能杀人，人则未尽知也。然笔能杀人，犹有或知之者；至笔之杀人较刀之杀

人，其快其凶更加百倍，则未有能知之而明言以戒世者。予请深言其故。何以知之？知之于刑人之际。杀之与剐，同是一死，而轻重别焉者。以杀止一刀，为时不久，头落而事毕矣；剐必数十百刀，为时必经数刻，死而不死，痛而复痛，求为头落事毕而不可得者，只在久与暂之分耳。然则笔之杀人，其为痛也，岂止数刻而已哉！窃怪传奇一书，昔人以代木铎[①]，因愚夫愚妇识字知书者少，劝使为善，诫使勿恶，其道无由，故设此种文词，借优人说法，与大众齐听。谓善者如此收场，不善者如此结果，使人知所趋避，是药人寿世之方，救苦弭灾之具也。后世刻薄之流，以此意倒行逆施，借此文报仇泄怨。心之所喜者，处以生旦之位，意之所怒者，变以净丑之形，且举千百年未闻之丑行，幻设而加于一人之身，使梨园习而传之，几为定案，虽有孝子慈孙，不能改也。噫，岂千古文章，止为杀人而设？一生诵读，徒备行凶造孽之需乎？苍颉造字而鬼夜哭，造物之心，未必非逆料至此也。凡作传奇者，先要涤去此种肺肠，务存忠厚之心，勿为残毒之事。以之报恩则可，以之报怨则不可；以之劝善惩恶则可，以之欺善作恶则不可。

人谓《琵琶》一书，为讥王四而设。因其不孝于亲，故加以入赘豪门，致亲饿死之事。何以知之？因“琵琶”二字，有四“王”字冒于其上，则其寓意可知也。噫，此非君子之言，齐东野人之语也。凡作传世之文者，必先有可以传世之心，而后鬼神效灵，予以生花之笔，撰为倒峡之词[②]，使人人赞美，百世流芬。传非文字之传，一念之正气使传也。《五经》《四书》《左》《国》《史》《汉》诸书，与大地山河同其不朽，试问当年作者有一不肖之人、轻薄之子厕于其间乎？但观《琵琶》得传至今，则高则诚之为人，必有善行可予，是以天寿其名，使不与身俱没，岂残忍刻薄之徒哉！即使当日与王四有隙，故以不孝加之，然则彼与蔡邕未必有隙，何以有隙之人，止暗寓其姓，不明叱其名，而以未必有隙之人，反蒙李代桃僵之实乎[③]？此显而易见之事，从无一人辩之。创为是说者，其不学无术可知矣。

予向梓传奇，尝埒誓词于首，其略云：加生旦以美名，原非市恩于有托；抹净丑以花面，亦属调笑于无心；凡以点缀词场，使不岑寂而已。但虑七情以内，无境不生，六命之中，何所不有。幻设一事，即有一事之偶同；乔命一名，即有一名之巧合。焉知不以无基之楼阁，认为有样之葫芦？是用沥血鸣神，剖心告世，倘有一毫所指，甘为三世之喑，即漏显诛，难逋阴罚。此种血忱，业已沁入梨枣[④]，印政寰中久矣。而好事之家，犹有不尽相谅者，每观一剧，必问所指何人。噫，如其尽有所指，则誓词之设，已经二十余年，上帝有赫，实式临之，胡不降之以罚？兹以身后之事，且置勿论，论其现在者：年将六十，即旦夕就木，不为夭矣。向忧伯道之忧，今且五其男，二其女，孕而未诞、诞而待孕者，尚不一其人，虽尽属景升豚犬，然得此以慰桑榆，不忧穷民之无告矣。年虽迈而筋力未衰，涉水登山，少年场往往追予弗及；貌虽癯而精血未耗，寻花觅柳，儿女事犹然自觉情长。所患在贫，贫也，非病也；所少在贵，贵岂人人可幸致乎？是造物之悯予，亦云至矣。非悯其才，非悯其德，悯其方寸之无他也。生平所著之书，虽无裨于人心世道，若止论等身，几与曹交食粟之躯等其高下。使其间稍伏机心，略藏匕首，造物且诛之夺之不暇，肯容自作孽者老而不死，犹得徉狂自肆于笔墨之林哉？吾于发端之始，即以讽刺戒人，且若嚣嚣自鸣得意者，非敢故作夜郎，窃恐词人不究立言初意，谬信“琵琶王四”之说，因谬成真。谁无恩怨？谁乏牢骚？悉以填词泄愤，是此一书者，非阐明词学之书，乃教人行险播恶之书也。上帝讨无礼，予其首诛乎？现身说法，盖为此耳。

【注释】

①木铎（duó）：用木作为铃舌的大铃，代指对某种政教、学说的宣传。

②倒峡之词：出自杜甫诗《罪阁行》，这里用来形容文思如泉涌。

③李代桃僵：原为兄弟共患难的意思，后引申为互相顶替，或者替人受罚的意思。

④梨枣：古时用梨树和枣树的木头来刻版印书，因此用来代指书版。

【译文】

武士的刀，文人的笔，均可以成为杀人的工具。刀可以杀人，这是人尽皆知的常识；笔能够杀人，却并非所有人都知晓。不过笔可以杀人，还是有人知道的；而对于用笔杀人可以比用刀杀人快上几百倍、凶猛几百倍，却没有人知道并且公开讲出来警告世人。请允许我详尽地阐述一下其中的缘由。我是如何知晓的呢？是在看处罚犯人的时候知晓的。砍头和剐骨，到了最后都是死，无非是用刑轻重的差距罢了。由于砍头只需一刀，时间很短，头一落地事情便终结了；而剐骨则需要几十甚至几百刀，一定要经历几刻钟的时间才能终了。想死都死不了，疼痛一直持续。想要让脑袋快点落地却无法办到，这就是时间长短的差距。然而用笔杀人，其中的

疼痛何止是几刻钟！我自己觉得奇怪，戏曲被过去的人当成是宣传政教的工具，是由于百姓中能够识字读书的人并不多，劝勉他们做好事、不做坏事，没有其他办法，因此只能借助这样的文学形式，借由演员的演出，让大众一同观看。告知他们做好事的人便会取得这样好的结果，做坏事的人便会遭到那样的下场，让人们知晓应当去做什么应当避开什么。这是帮助人们，让人们可以长寿的良药，是解救痛苦、消除灾难的工具，后世尖酸刻薄的人，却利用这个意图来倒行逆施，借此来宣泄自己的仇恨。心中喜欢的人，就给予生角或者旦角的角色；心中不满的人，污蔑为净角或者丑角的形象，并且虚构了几千年几百年都前所未有的恶劣行径，加在他的仇人身上，让唱戏的人进行表演并宣扬，几乎成了定论，就算此人有着孝顺的子孙，也无法将这种定局打破。哎！难道千年来写文章都不过是为了杀人吗？读一辈子的书，不过是为了让自己具备行凶造孽的条件吗？传闻仓颉在创造文字的时候听闻有鬼在晚上哭泣，这说明最初造物者并没有考虑到这一点。只要是创作戏曲的人，首先就要将这种邪恶的念头摒除，一定要存有仁厚的心，不要做残酷恶毒的事情。用文章来报答恩情是可取的，而用来发泄怨气则是不被允许的；用来劝勉人们做好事惩罚坏事是可取的，用来欺骗好人做坏事则是不被允许的。

人们都认为《琵琶记》这本书是为了讽刺王四所写的。由于他不孝敬父母，因此在书中穿插了他当了富人家的女婿，导致父母被饿死的情节。这是如何知道的呢？由于“琵琶”这两个字上面有四个“王”，它的寓意便简单明了了。哎！这不是有修养的君子该说的话，不过是乡下人的无稽之谈。凡是想要写出流传后世的文章的人，一定要先让自己有颗可以流传于后世的心，之后才能感动鬼神，让其显灵赐予他妙笔生花，让他文思泉涌，写的文章足以被人所称道，百世流芳。文章并非是由于里面的文字而让它流传，而是其中表露出来的一腔正气让其流传。《五经》《四书》《左传》《国语》《史记》《汉书》等，是跟大好河山一样的存在，永远不会腐朽，敢问当年写出这些书的作者之中，可有一个是不肖之子、轻薄之徒？

只要看看《琵琶记》这部剧本之所以能够流传到现在，是由于高明的为人一定是善良且值得被称颂的，因此上天会让他的名字永远传扬下去，没有与肉体一起消亡，又如何是残忍刻薄的人呢？就算当年他与王四有过节，故意给王四安上了一个不孝子的罪名，但是他跟蔡邕并没有什么过节，为什么对有过节的人，只是在暗中寓意了他的姓，却没有对其进行公开指责，而对于跟自己没有过节的人，反而要让人家李代桃僵，代人受过呢？这是显而易见的事情，却没有人出来为其辩解。捏造了“《琵琶记》是为了讽刺王四”这样说法的人，他的不学无术从这里就可以窥探一二。

我过去出版自己的戏曲作品的时候，总会在开头附上一段誓词，大概的意思是：给生角、旦角加上美名，原不是为了有意去讨好世俗；给净角、丑角抹个花脸，也不过是无心调笑的举动罢了。均是为了给戏剧增加一些点缀，让气氛不至于过于清冷而

已。但是考虑到人的七情六欲的范围内，任何事情都有可能发生，天地之间，也没有什么东西是不存在的。你编造的一件事情，在现实生活中会有一件事与它雷同；编造一个名字，也会有一个名字与它巧合。谁又知道会不会有人将我凭空捏造的东西，当成是将他作为靶子在指桑骂槐呢？因此我滴血向上天发誓，将自己的心公布于世，如若有一丝一毫影射的地方，我愿意当三辈子的哑巴，就算逃过了人世间的责骂，也无法逃脱阴间的处罚。这种从内心而发出的誓言，早已被印刻在了书版上面，在世间已经经过很长时间的验证。不过有些好事之徒依然无法放过我，每看一场戏，这些人一定会询问这部剧中的角色指的是哪个人。哎，如果这些剧本全都有所影射，那么我发誓已经二十多年了，上天应当早就对我愤怒了，可为什么还没有降罪于我呢？这是我死后的事情了，暂时搁置不说，先谈一下现在的情况：我年近六十，就算马上就死去，活着的时间也够长了。过去我总是为了自己没有后代而担忧，如今我已经有了五个儿子、两个女儿，怀孕还没有生下来的、生下来不久还将怀孕的，不止一人。虽然我的这些孩子不够争气，但是还要依靠他们让我的晚年能够有所慰藉，不会产生穷苦人家无儿无女的担忧。我虽然年纪大了，不过筋骨还算灵活，跋山涉水，年轻人也常常无法赶上我。我虽然面容消瘦，但是精血还没有耗尽，寻花问柳，也是情理之中。我所担忧的是贫穷，贫穷并不是毛病；我所欠缺的是财富，但是财富又如何是每个人都有幸得到的呢？这是造物者可怜我，也算是仁至义尽了。上天并非是在怜悯我的才华，也并非是在怜悯我的德行，而是在怜悯我心中没有杂念。我这辈子所写的书，就算对人心世道并没有什么好处，但是如果说著作等身的话，差不多可以与曹交所说的食粟之躯一较高下了。如果我心中稍微藏有一些投机取巧的功利之心，稍微有些害人的念头，造物者诛杀我剥夺我还来不及，如何能够忍受我这个自作孽的人老而不死，还狂妄地舞文弄墨呢？在这本书的开头我就告诫人们不可讽刺，至于上面的文字可能会显得我过于狂妄自大、自鸣得意，其实并非是我胆敢故意夜郎自大，不过是我担心创作戏曲的人弄不懂我写作的本意，却错误地相信"《琵琶记》是在影射王四"这样的言论，由于这个错误的言论而真的做出如此错事。谁不会抱怨？谁不会发牢骚呢？假如打算靠戏曲创作来将心中的怨恨宣泄出来，如此这本书便不是在阐述戏曲创作方面的书了，而是教人们去做坏事的书了。如果上天对不合理法的人进行处罚，我岂不是第一个就被处罚吗？我用自己的亲身经历来现身说法，不过就是这个目的罢了。

立主脑

【原文】

古人作文一篇，定有一篇之主脑。主脑非他，即作者立言之本意也。传奇亦然。一本戏中，有无数人名，究竟俱属陪宾，原其初心，止为一人而设。即此一人之身，自始至终，离合悲欢，中具无限情由，无穷关目，究竟俱属衍文[①]，原其初心，又止为一事而设。此一人一事，即作传奇之主脑也。然必此一人一事果然奇特，实在可传而后传之，则不愧传奇之目，而其人其事与作者姓名皆千古矣。

如一部《琵琶》，止为蔡伯喈一人，而蔡伯喈一人又止为"重婚牛府"一事，其余枝节皆从此一事而生。二亲之遭凶，五娘之尽孝，拐儿之骗财匿书，张大公之疏财仗义，皆由于此。是"重婚牛府"四字，即作《琵琶记》之主脑也。一部《西厢》，止为张君瑞一人，而

张君瑞一人，又止为“白马解围”一事，其余枝节皆从此一事而生。夫子之许婚，张生之望配，红娘之勇于作合，莺莺之敢于失身，与郑恒之力争原配而不得，皆由于此。是“白马解围”四字，即作《西厢记》之主脑也。余剧皆然，不能悉指。后人作传奇，但知为一人而作，不知为一事而作。尽此一人所行之事，逐节铺陈，有如散金碎玉，以作零出则可，谓之全本，则为断线之珠，无梁之屋。作者茫然无绪，观者寂然无声，无怪乎有识梨园，望之而却走也。此语未经提破，故犯者孔多，而今而后，吾知鲜矣。

【注释】

①衍文：多余的文字。

【译文】

古人每写一篇文章，必然都有一篇的主题。主题并非是别的，而是作者写作这篇文章原本的意图。戏曲也是如此。一部戏曲之中，穿插着无数人名，说到底大多都是作为陪衬的次要角色，追寻作者创作的原本意图，这出戏只是为了一个人而写的。就是这样一个人，从头到尾，经历了悲欢离合，中间穿插了各种情由、无数情节，追根到底不过是一些无关紧要的文字，追寻作者的创作本意，这些文字不过是为了一件事而写的。这样一个人一件事，便是创作戏曲的主题。不过这个人这件事必须要足够奇特，的确是值得被传播才会被传播下去的，如此才算对得起戏曲的名称，而其中的人与事与作者的姓名将会名留千古。

例如一部《琵琶记》，主要写的不过是蔡伯喈这个人，而针对蔡伯喈的事情没有比“重婚牛府”这件事更主要的了，其余次要事件都是因这件事发生的。比如父母遭遇灾年，五娘尽孝，拐卖儿子，为了骗取财产藏匿家书，张大公仗义疏财，均是在“重婚牛府”这件事的基础之上发生的。因此“重婚牛府”四个字，便是创作《琵琶记》的主题。一部《西厢记》，不过是为了写张君瑞这个人而已，而围绕着张君瑞这个人，只有“白马解围”这件事，剩下的次要事件都是为了这件事而写的。老夫人许婚，张生希望能够迎娶莺莺，红娘勇于撮合，莺莺敢于失身，郑恒奋力争取原配而没有成功，均是从这件事上派生出来的。这“白马解围”四个字，便是创作《西厢记》的主题。其他的戏曲也均是如此，无法一一详细解读。后人创作戏曲，却只知道是为了一个人而写的，却不知道也是为了一件事而写的，只是将这个人所做的事情铺陈开来，就像是散乱的金玉碎片，将它们作为部分拿出来尚可，但是如果是整部戏，便像是断了线的珠子，失去了大梁的房屋。作者茫然没有头绪，观看的人也默默无声，也难怪懂戏的人看到戏院便迈步离开。这句话之前没有人道破，因此有很多人都犯了类似的错误，从今往后，我觉得犯这样错误的人应当会有所减少了。

脱窠臼

【原文】

“人惟求旧，物惟求新。”新也者，天下事物之美称也。而文章一道，较之他物，尤加倍焉。戛戛乎陈言务去，求新之谓也。至于填词一道，较之诗赋古文，又加倍焉。非特前人所作，于今为旧，即出我一人之手，今之视昨，亦有间焉。昨已见而今未见也，知未见之为新，即知已见之为旧矣。古人呼剧本为“传奇”者，因其事甚奇特，未经人见而传之，是以得名，可见非奇不传。“新”即“奇”之别名也。若此等情节业已见之戏场，则千人共见，万人共见，绝无奇矣，焉用传之？是以填词之家，务解“传奇”二字。欲为此剧，先问古今院本中[①]，曾有此等情节与否，如其未有，则急急传之，否则枉费辛勤，徒作效颦之妇。东施之貌未必丑于西施，止为效颦于人，遂蒙千古之诮。使当日逆料至此，即劝之捧心，知不屑矣。吾谓填词之难，莫难于洗涤窠臼，而填词之陋，亦莫陋于盗袭窠臼。吾观近日之新剧，非新剧也，皆老僧碎补之衲衣，医士合成之汤药。即众剧之所有，彼割一段，此割一段，合而成之，即是一种“传奇”。但有耳所未闻之姓名，从无目不经见之事实。语云“千金之裘，非一狐之腋[2]”，以此赞时人新剧，可谓定评。但不知前人所作，又从何处集来？岂《西厢》以前，别有跳墙之张珙？《琵琶》以上，另有剪发之赵五娘乎？若是，则何以原本不传，而传其抄本也？窠臼不脱，难语填词，凡我同心，急宜参酌。

【注释】

①院本：金、元时戏剧演出的脚本。这里代称杂剧剧本。

②千金之裘，非一狐之腋：强调做事是靠一点一滴积累起来的。有成语为集腋成裘。

【译文】

“人还是熟人好，物则是新的好。”新是对世间万物的美好称呼，而文章与其他的事物相比较，更加是越新鲜越好。将陈旧的语言摒除，这便是所说的追求新意。对于戏曲创作，与诗赋古文比较，对新鲜这一点的要求则是倍加严格。不仅仅是过去的人所写的东西放到现在看来已经成了过时的东西，就算是那些由我一个人所写的作品，从今天看昨天的，也会觉得中间存有差距，这是因为昨天已经看了的东西今天还没有看，清楚没有看过的便是新的，也清楚已经看过的便是旧的了。古人将剧本称为“传奇”，是由于里面所写的事情十分奇特，均是将人们没有看过的表达出来，因此而得名，由此可以看出如果事情不够奇特，便无法流传了。“新”便是“奇”的另一种称呼。如果这种情节已经在戏院之中上演过了，成千上万的人都看过了，一点传奇性都没有了，哪里还用得着去传它呢？因此那些戏曲创作家，必须要弄懂“传奇”这两个字的含义。想要写出这类的剧本，就要询问一下从古至今的剧本中可有过类似的情节，如果没有，需要抓紧写出来，如果不是这样就等于白白浪费精力了，白费力气做了一个拙劣的模仿者。东施的容貌未必比西施丑，只是由于盲目地效仿西施皱眉，最终被历代的人所嘲笑。如果东施当年预料到了现在这种情况，恐怕别人劝她捧心，她都会断然拒绝的。我觉得填词的难点在于没有跳出别人的老套路；而填词的丑陋之处，就在于去抄袭盗窃别人的套路。我看到最近几年的新剧，全都不是新鲜的戏剧，都是老和尚用碎布头拼成的衲衣、医生合成的汤药。摘取各类剧本中的内容，这里摘一段，那里摘一段，拼凑成一个剧本，就成一种“传奇”，里面的内容只有从未听说过的人名，不存在没有见过的事情。古人说：“价值千金的裘衣，不是从一只狐狸的腋下采来的。”用这句话来称赞当下人们创作出来的新剧本，应当是再恰当不过了。可是不知道前人所写的作品又是从哪里摘取而来的呢？难道《西厢记》在流传之前，在其他地方就有了跳墙的张珙？在《琵琶记》之前就有了剪发的赵五娘？如果真是这般，为何原本的剧本没有流传，而抄袭的本子却被流传下来了呢？不跳出原有的套路，就难以谈论填词，只要是跟我想法相似的，都迫切需要斟酌考量这个问题。

密针线

【原文】

编戏有如缝衣，其初则以完全者剪碎，其后又以剪碎者凑成。剪碎易，凑成难，凑成之工，全在针线紧密。一节偶疏，全篇之破绽出矣。每编一折，必须前顾数折，后顾数折。顾前者，欲其照映，顾后者，便于埋伏。照映埋伏，不止照映一人、埋伏一事，凡是此剧中有名之人、关涉之事，与前此后此所说之话，节节俱要想到，宁使想到而不用，勿使有用而忽之。吾观今日之传奇，事事皆逊元人，独于埋伏照映处，胜彼一筹。非今人之太工，以元人所长全不在此也。若以针线论，元曲之最疏者，莫过于《琵琶》。无论大关节目背谬甚多，如子中状元三载，而家人不知；身赘相府，享尽荣华，不能自遣一仆，而附家报于路人；赵五娘千里寻夫，只身无伴，未审果能全节与否，其谁证之？诸如此类，皆背理妨伦之甚者。再取小节论之，如五娘之剪发，乃作者自为之，当日必无其事。以有疏财仗义之张大公在，受人之托，必能终人之事，未有坐视不顾，而致其剪发者也。然不剪发，不足以见五娘之孝。以我作《琵琶》，《剪发》一折亦必不能少，但须回护张大公，使之自留地步。吾读《剪发》之曲，并无一字照管大公，且若有心讥刺者。据五娘云“前日婆婆没了，亏大公周济。如今公公又死，无钱资送，不好再去求他，只得剪发”云云。若是，则剪发一事乃自愿为之，非时势迫之使然也，奈何曲中云：“非奴苦要孝名传，只为上山擒虎易，开口告人难。”此二语虽属恒言，人人可道，独不宜出五娘之口。彼自不肯告人，何以言其难也？观此二语，不似怼怨大公之词乎[①]？然此犹属背后私言，或可免于照顾。迨其哭倒在地[②]，大公见之，许送钱米相资，以备衣衾棺椁，则感之颂之，当有不啻口出者矣[③]，奈何曲中又云：“只恐奴身死也，兀自没人埋[④]，谁还你恩债？”试问公死

而埋者何人？姑死而埋者何人？对埋殓公姑之人而自言暴露，将置大公于何地乎？且大公之相资，尚义也，非图利也，“谁还恩债”一语，不几抹倒大公，将一片热肠付之冷水乎？此等词曲，幸而出自元人，若出我辈，则群口讪之，不识置身何地矣。予非敢于仇古，既为词曲立言，必使人知取法，若扭于世俗之见，谓事事当法元人，吾恐未得其瑜，先有其瑕。人或非之，即举元人借口，乌知圣人千虑，必有一失；圣人之事，犹有不可尽法者，况其他乎？《琵琶》之可法者原多，请举所长以盖短。如《中秋赏月》一折，同一月也，出于牛氏之口者，言言欢悦；出于伯喈之口者，字字凄凉。一座两情，两情一事，此其针线之最密者。瑕不掩瑜，何妨并举其略。然传奇一事也，其中义理分为三项：曲也，白也，穿插联络之关目也。元人所长者止居其一，曲是也，白与关目皆其所短⑤。吾于元人，但守其词中绳墨而已矣。

【注释】

①怼（duì）：怨恨。

②迨（dài）：等到。

③啻（chì）：限于，只是。

④兀自：还是，依旧。

⑤白：念白。关目：指的是戏曲中较为关键情节的连接、处理，结构与布局的巧妙安排。

【译文】

编写剧本就如同缝制衣服，最初的时候将完整的布剪成小块，之后再将剪碎的布条拼凑起来缝制成衣服。将布剪成小块儿十分容易，但是再拼凑成衣服就困难了，拼凑成功全要靠针线密集。如果一个地方不巧出现了疏漏，那么整篇文章的内容就暴露了缺陷。每编写完一折，一定要看好前后的几折。看前面是为了能够让前后照应，看后面是为了方便设下伏笔。前后对照与巧设伏笔，并非是照应埋伏一个人一件事，所有剧本中有名字的人、涉及的事情，还有前后所说的话，每个环节都要想到。宁可让想到的内容没有被利用上，不可使有用的东西被忽略。我浏览如今的戏曲创作，每件事都没有元代人写得精彩，仅在注重照应埋伏方面，稍稍高于其一些。并非是由于如今的人们太过注重工巧，而是由于元朝人所擅长的并不是这一点。如果从戏曲的各部分的穿插衔接来看，元曲中结构最为松散的，当属《琵琶记》了。里面不论情节是大是小，有很多地方都脱离了常理。例如，儿子中了状元都三年了，家里人却完全不知晓；当了相国的乘龙快婿，享尽了富贵荣华，却无法指派一个仆人，只能让过路人将自己给家人的捎去书信；赵五娘千里迢迢去寻找丈夫，只身一人且无人陪伴，居然一点儿也不担心自己是否能够保全贞节，这一点谁能证明呢？类似于这样的，都是违背常理的。再拿出其中的一些细节来谈谈。例如赵五娘剪发这一情节，便应该是作者自己捏造的，当时必然是不会有这样的事情的。由于当时仗义疏财的张大公在场，受人所托，必然会帮人帮到底，又怎可袖手旁观致使赵五娘剪发呢？不过不剪头发，便无法表现出五娘的孝顺。如果由我来写《琵琶记》，《剪发》这一折必然也不会缺少。不过应当回头照顾一下张大公，给他留有余地。我在读如今的《剪发》中的曲词的时候，发现里面竟然没有一个字顾及张大公的存在，就像是在有意进行嘲讽一般。根据里面五娘的说法：“前年婆婆过世的时候，多亏了张大公帮衬。现在公公也过世了，没有钱财送葬，不好再去求张大公了，只能剪发”诸如此类。如果按照这样的说法，那么剪发这件事就是赵五娘自愿去做的了，并不是被情势所逼的。如此为何曲中却说：“并非我想要孝名流传，只是由于上山抓老虎容易，开口求人难啊！”这两句虽然是普通的话语，所有人都能说，但唯独赵五娘不能说。她自己不去求人，怎么可以看出求人难呢？看到这两句话，难道不像是在抱怨大公吗？不过这尚且是在背地里说的话，或许可以不顾及张大公。但是等到她哭倒在地，张大公看到之后答应送银两和粮食来帮助她，并为她的公公提供了寿衣、棺材，如此她对张大公的大恩大德，她应该心存感激才对，为什么曲中却说：“只恐我死了，依旧没有埋葬，谁来还你的恩债？”敢问公公死的时候埋葬他的是什么人？小姑死的时候在南昌埋葬她的又是什么人？对着收殓埋葬了公公和小姑的人说自己死了没人给埋葬，是要把张大公置于何地？并且大公帮她完全是出于义气，且不贪图利益。“谁还恩债”这一句，不是在抹煞张大公的功德，给大公的一片好心上泼凉水吗？如此的词曲，幸亏是出自元代人之手，如若是现在的人所写，那么必然会被大众所嘲笑，不知道如何容身。我并非是敢于挑古人的短处，既然是为词曲著书立说，必然要让人们明白应当如何学习创作。如果被世俗的看法所误导，认为凡事都要效仿元朝的人，我担心元朝好的东西大家没有学到，反而那些元朝人不足的地方被先学了去。如若有人对他进行指责，他便会拿学习元朝人作为借口，哪里知道圣人千虑，必有一失，圣人所做的事情尚且不是所有的地方都可以学习，更何况是其他人呢？《琵琶记》中值得学习的地方原有很多，请允许我列举出它的长处来掩盖它的短处。比如在《中秋赏月》这一折，同一轮月亮，从牛氏的嘴里说出来，每个字都带有欢乐喜悦；从蔡伯喈的嘴里说出来，每个字都带着凄凉伤感。两个人坐在同一个地方，却怀有不同的心情。这两种完全不同的心情面对着同一件事，这是《琵琶记》中针线最为紧密的地方。瑕不掩瑜，即便列出了几处不妥当的地方又有什么妨害呢？不过戏曲这种东西，其中的义理分为三项：词曲、宾白、关目。元代人擅长的部分只占其中的一处，便是词曲。宾白与关目方面均是他们不擅长的地方。我认为元代的人，不过是遵守他们词曲中的创作法则而已。

减头绪

【原文】

头绪繁多，传奇之大病也。《荆》《刘》《拜》《杀》之得传于后，止为一线到底，并无旁见侧出之情。三尺童子观演此剧，皆能了了于心，便便于口，以其始终无二事，贯串只一人也。后来作者不讲根源，单筹枝节，谓多一人可谓一人之事。事多则关目亦多，令观场者如入山阴道中，人人应接不暇。殊不知戏场脚色，止此数人，便换千百个姓名，也只此数人装扮，止在上场之勤不勤，不在姓名之换不换。与其忽张忽李，令人莫识从来，何如只扮数人，使之频上频下，易其事而不易其人，使观者各畅怀来①，如逢故物之为愈乎？作传奇者，能以“头绪忌繁”四字，刻刻关心，则思路不分，文情专一，其为词也，如孤桐劲竹，直上无枝，虽难保其必传，然已有《荆》《刘》《拜》《杀》之势矣。

【注释】

①各畅怀来：畅其怀来，指的是淋漓尽致地满足观者的初衷。怀来，就是有所怀而来的意思。意思是让怀着不同的兴趣的观众能够得到满足。

【译文】

头绪繁多是戏曲最为忌讳的地方。《荆钗记》《刘知远》《拜月亭》《杀狗记》之所以可以在后世广为流传，是由于它们都是凭借一条线索贯穿始终，没有任何脱离了中心的内容。小孩子在观赏这出戏的时候，都能够做到了然于心，朗朗上口，是由于这出戏从始至终均围绕着一件事，贯穿始末的只有一个主要人物。之后的作者却不在主线上下工夫，只在次要的内容上下工夫，觉得多一个人便可以多一个人的事情，事情多了关目也就多了，能够让看戏的人如同进入了山阴道一般，所有的人目不暇接。却不知道演戏的只有几个人，即便换了成百上千个名字，也不过是由这几个人来演，只是在于上场多不多，而不在于名字换不换。与其一会儿张三一会儿李四，让观众分辨不出他们的来历，还不如让他们只扮演几个人，让他们上场的频率多一些，改变情节而不改变人物，可以让观众在看的时候心情愉悦，就像是碰到了自己熟悉的东西一般。写戏曲的人，如果将“头绪忌繁”这四个字随时都挂在心上，就会做到主题集中，文情专一，他们所创作的词曲，就像是孤傲的桐树、苍劲的竹子一般，主干挺直，没有多出来的枝条，即便很难保证其必然会流传于后世，也已经具备了《荆钗记》《刘知远》《拜月亭》《杀狗记》这样的气势。

戒荒唐

【原文】

昔人云："画鬼魅易，画狗马难。"以鬼魅无形，画之不似，难于稽考。狗马为人所习见，一笔稍乖，是人得以指谪。可见事涉荒唐，即文人藏拙之具也。而近日传奇，独工于为此。噫，活人见鬼，其兆不祥，矧有吉事之家，动出魑魅魍魉为寿乎？移风易俗，当自此始。吾谓剧本非他，即三代以后之《韶》《濩》也[①]。殷俗尚鬼，犹不闻以怪诞不经之事被诸声乐，奏于庙堂，矧辟谬崇真之盛世乎[②]？王道本乎人情，凡作传奇，只当求于耳目之前，不当索诸闻见之外。无论词曲，古今文字皆然。凡说人情物理者，千古相传；凡涉荒唐怪异者，当日即朽。《五经》《四书》《左》《国》《史》《汉》，以及唐宋诸大家，何一不说人情？何一不关物理？及今家传户颂，有怪其平易而废之者乎？《齐谐》，志怪之书也，当日仅存其名，后世未见其实。此非平易可久、怪诞不传之明验欤？人谓家常日用之事，已被前人做尽，穷微极稳，纤芥无遗，非好奇也，求为平而不可得也。予曰：不然。世间奇事无多，常事为多，物理易尽，人情难尽。有一日之君臣父子，即有一日之忠孝节义。性之所发，愈出愈奇，尽有前人未作之事，留之以待后人，后人猛发之心，较之胜于先辈者。即就妇人女子言之，女德莫过于贞，妇愆无甚于妒。古来贞女守节之事，自剪发、断臂、刺面、毁身，以至刎颈而止矣。近日失贞之妇，竟有刲肠剖腹[③]，自涂肝脑于贵人之庭以鸣不屈者；又有不持利器，谈笑而终其身，若老衲高僧之坐化者[④]。岂非五伦以内[⑤]，自有变化不穷之事乎？古来妒妇制夫之条，自罚跪、戒眠、捧灯、戴水，以至扑臀而止矣。近日妒悍之流，竟有锁门绝食，迁怒于人，使族党避祸难前，坐视其死而莫之救者；又有鞭扑不加，囹圄不设，宽仁大度，若有刑措之风[⑥]，而其夫摄于不怒之威，自遣其妾而归化者。

岂非闺阃以内，便有日异月新之事乎？此类繁多，不能枚举。此言前人未见之事，后人见之，可备填词制曲之用者也。即前人已见之事，尽有摹写未尽之情，描画不全之态。若能设身处地，伐隐攻微，彼泉下之人，自能效灵于我，授以生花之笔，假以蕴绣之肠，制为杂剧，使人但赏极新极艳之词，而竟忘其为极腐极陈之事者。此为最上一乘，予有志焉，而未之逮也。

【注释】

①《韶》《濩（huò）》：据说是虞舜与商汤时期的乐舞。

②矧（shěn）：况且，何况。

③刲（kuī）：割。

④坐化：高僧在临终的时候，会端坐而逝，称为“坐化”。

⑤五伦：古时封建社会将君臣、父子、夫妇、长幼、朋友称为“五伦”。

⑥刑措：刑罚废除不用。

【译文】

过去的人说：“画鬼怪容易，画狗和马困难啊。”由于鬼怪没有具体的形体，即便画得不像也无法进行考证。狗与马都是人们最为常见的动物，稍有一笔出现差池，便会引起人们的批评指责。可见荒唐的事情便是文人隐藏自己缺点的工具。而从最近的戏曲看来，人们尤其擅长此类事情。哎！活人看到鬼怪，并不是什么好兆头，哪有办喜事的人家，动辄拿鬼怪去给人做寿呢？想要改变社会的风气就应当从这里开始。

我认为剧本并不像其他，而是夏、商、周三代之后的礼乐经典。殷代有崇尚鬼神的风俗，不过没有听说过他们将荒诞不经的事情放在音乐之中在庙堂上演奏，更何况如今我们这个摒除谬误崇尚真实的昌盛年代呢？君王之道依据的是人情，只要是写传奇，就应该从听到的看到的事情中找素材，不应该在这之外去寻找。不用说词曲，从古至今的文字全都是这样的。只要讲人情事理的作品，全都可以流传千古；只要涉及荒唐怪异的事情，很快就会腐朽。《五经》《四书》《左传》《国语》《史记》《汉书》，

以及唐宋八大家的作品，哪有不是写人情的？哪有不与事理有关的？直至今日，这些作品依然被家家户户所传颂，有人责怪说这些作品所写的事情太过稀疏平常就要将它们废弃吗？《齐谐》是一本写奇闻逸事的书籍，当时只留下了书名，后世没人看过它的内容。这不是从日常生活中取材才能长久，而内容稀奇古怪的不会流传的最有力证明吗？

有人认为：日常生活中的事情已经被前人写尽了，前人连细致入微的事情都写到了，细节无一遗漏，因此现在的人并非是喜欢奇异的东西，而是打算写平常的事情却无法做到。我说：并非如此。世上怪异的事情并不多，日常生活中发生的事情才多，事理容易写光，人情却难以悉数讲完。君臣父子的关系存在一日，那么忠孝节义便存在一天。人的性情变化越来越新奇，到处都有前人没有做过的事情，留下来等待后人去写的。

后世之人感情强烈，有超过前人的地方。只拿女子来说，女子的德行没有比贞节更为重要的了，女子的罪过没有比嫉妒更厉害的了。从古至今有贞节的女子要坚守自己的贞节，将自己的头发剪掉，将自己的胳膊斩断，将脸颊刺伤，将身体毁坏，甚至刎颈自杀，均是情节最为严重的了。最近失去贞节的妇女竟然有人剖开了自己的肚子、割断了肠子，在那些玷污了自己的富贵人家中的厅堂肝脑涂地地表示自己坚贞不屈；还有些女子身上没有带一件利器，在谈笑之中像老和尚圆寂一样死去。这难道不正说明了在五伦之内，人和人之间的关系自然有着无穷无尽的变化吗？从古至今善妒的女子管制丈夫的招数，从罚跪、不准睡觉，到手中拿着灯展、头上顶着一碗水，最为严重的算是打屁股了。最近善妒凶悍的女人，居然将自己锁在了房间之中闹绝食，甚至将怒气撒在了别人身上，导致亲戚邻居都担心她转嫁灾祸而躲避起来不敢上前，眼睁睁地看着她饿死却无人能够救她；还有些对丈夫既不会鞭打，也不会囚禁，宽容大度，就像是朝廷实行仁政一般，结果她的丈夫反而被其不怒不威所震慑，自动将小妾打发回家，对其百依百顺。

这难道不是在说明家庭生活中，就有不断变化的事情发生吗？这样的事情有很多，就不一一列举了。这些全部都是前人所没有见识过的事情，后人却见识到了，都能用来当填词作曲的素材。就算是前人已经见识过的事情，也有很多刻画不到的情态，如果能够设身处地，多考虑一些细微隐秘的地方，如此九泉下的人们自然会对我显灵，送给我生花妙笔，借给我充满才气的心灵，让我能够写出戏曲，让人们可以只观赏它绚丽新鲜的曲词，而忘记其中所传达的十分陈旧腐朽的事情。这便是最高的境界，我正在追求这方面，却尚没有达到这般境界。

审虚实

【原文】

传奇所用之事，或古或今，有虚有实，随人拈取。古者，书籍所载，古人现成之事也；今者，耳目传闻，当时仅见之事也；实者，就事敷陈，不假造作，有根有据之谓也；虚者，空中楼阁，随意构成，无影无形之谓也。人谓古事实多，近事多虚。予曰：不然。传奇无实，大半皆寓言耳。

欲劝人为孝，则举一孝子出名，但有一行可纪，则不必尽有其事。凡属孝亲所应有者，悉取而加之，亦犹纣之不善，不如是之甚也，一居下流，天下之恶皆归焉。其余表忠表节，与种种劝人为善之剧，率同于此。若谓古事皆实，则《西厢》《琵琶》推出曲中之祖，莺莺果嫁君瑞乎？蔡邕之饿莩其亲[①]？五娘之干蛊其夫[②]？见于何书？果有实据乎？

孟子云："尽信书，不如无书。"盖指《武成》而言也。经史且然，矧杂剧乎？凡阅传奇而必考其事从何来、人居何地者，皆说梦之痴人，可以不答者也。然作者秉笔，又不宜尽作是观。若纪目前之事，无所考究，则非特事迹可以幻生，并其人之姓名亦可以凭空捏造，是谓虚则虚到底也。若用往事为题，以一古人出名，则满场脚色皆用古人，捏一姓名不得；其人所行之事，又必本于载籍，班班可考，创一事实不得。非用古人姓字为难，使与满场脚色同时共事之为难也；非查古人事实为难，使与本等情由贯串合一之为难也。予既谓传奇无实，大半寓言，何以又云姓名事实必须有本？要知古人填古事易，今人填古事难。古人填古事，犹之今人填今事，非其不虑人考，无可考也。传至于今，则其人其事，观者烂熟于胸中，欺之不得，罔之不能，所以必求可据，是谓实则实到底也。

若用一二古人作主，因无陪客，幻设姓名以代之，则虚不似虚，实不成实，词家之丑态也，切忌犯之。

【注释】

①饿莩（piǎo）其亲：让亲人饿死。

②干蛊（gǔ）：原指子承父志，替父亲完成未曾完成的事情。此指赵五娘替蔡伯喈尽孝于公婆。

【译文】

传奇中所讲述的事情，有的是古代的、有的是现代的，有的是虚构的、有的是实际发生的，任由人们取材。写古代的事情，书籍中有所记载，都是古人已经做过的事情；写现代的事情，都曾经听闻过，都是事情发生的时候才能够看到的事情。真实的事情是根据事情本身的展开叙述的，并没有捏造杜撰的地方，都是有根有据的；虚构的事情都是空中楼阁，是随意编造的，无根无据。有人说写古代的事情的实事居多，写现代的事情的虚构的居多。我说：并非如此。戏剧并没有实事，多数都是寓言。想要劝勉人们尽孝，就列举出一个出名的孝子，只要将他身上的一些尽孝的事情写下来，并不用将他所有的事情都记录下来。只要是属于孝敬父母应当具备的品质，就都可以加在他身上。也就像是纣王的可恨之处并非人们所说的那般严重，一旦居于下流的地位，那么天下所有的坏事便都归罪于他。其他表现了忠诚、气节与各类劝勉人做好事的戏剧，全都是如此。如果说古代的事情均是实事，那么《西厢记》《琵琶记》被推崇为古代戏曲中的鼻祖，崔莺莺真嫁给了张君瑞了吗？蔡邕真的让自己的父母被饿死了吗？赵五娘真的代替丈夫承担了过错了吗？哪本书上有记载？真的有实际依据吗？

孟子说："尽信书，不如无书。"原来是针对《尚书》中的《武成》一篇而讲的。经史书籍尚且如此，更何况戏剧呢？读了传奇就要推敲出来其中的事情是从哪里得来的，里面的人应该是住在哪里的，简直就是痴人说梦，可以不去回答他们的问题。不过作者写作，则不能完全抱有如此观点。如果写眼前的事情，没有什么可以考究的，如此不仅里面的事情可以虚构，就连里面人物的姓名都可以捏造，这样叫做虚构到底。如果将过去的事情作为素材，由于其中的一位古人很出名，那么整场戏的角色就必须全都用真实的古人，捏造一个人的姓名也是不被允许的；里面的人所做的事情，也必须按照书中的记载，每件事都能够考证，有一件虚构的事情也不行。

不是用古人姓名困难，而是使人物与整场戏的角色一起共同行事困难；不是查找古人的事迹困难，而是使事情与这场戏的情节贯串起来合为一个整体困难。我既然说过传奇所写的没有真事，大部分是寓言，为什么又说姓名、事实必须有根据呢？要知道古代的人写古代的事容易，现在的人写古代的事情就困难。古代的人写古代的事，就像现在的人写现在的事一样，不是他不担心别人考证，而是没有可以考证的地方。这些作品传到现在，其中的人物和事件，观众烂熟于心，想欺骗观众也欺骗不了，所以写古代的事，一定要有根有据，这就是真实就要真实到底。如果用一两位古人作主角，因为没有陪衬的人物，就虚构姓名来代替，那么就会虚构不像虚构，写实不像写实，写剧本的人就要出丑了，切记不要犯这样的错误。

词采

小序

【原文】

曲与诗余[①]，同是一种文字。古今刻本中，诗余能佳而曲不能尽佳音，诗余可选而曲不可选也。诗余最短，每篇不过数十字，作者虽多，入选者不多，弃短取长，是以但见其美。曲文最长，每折必须数曲，每部必须数十折，非八斗长才，不能始终如一。微疵偶见者有之，瑕瑜并陈者有之，尚有踊跃于前，懈弛于后，不得已而为狗尾貂续者亦有之。演者观者既存此曲，只得取其所长，恕其所短，首尾并录。无一部而删去数折，止存数折，一出而抹去数曲，止存数曲之理。此戏曲不能尽佳，有为数折可取而挈带全篇，一曲可取而挈带全折，使瓦缶与金石齐鸣者[②]，职是故也。

予谓既工此道，当如画士之传真，闺女之刺绣，一笔稍差，便虑神情不似，一针偶缺，即防花鸟变形。使全部传奇之曲，得似诗余选本如《花间》《草堂》诸集，首首有可珍之句，句句有可宝之字，则不愧填词之名，无论必传，即传之千万年，亦非徼幸而得者矣。吾于古曲之中，取其全本不懈、多瑜鲜瑕者，惟《西厢》能之。《琵琶》则如汉高用兵，胜败不一，其得一胜而王者，命也，非战之力也。《荆》《刘》《拜》《杀》之传，则全赖音律。文章一道，置之不论可矣。

【注释】

①诗余：词，也被称为长短句。

②瓦缶（fǒu）与金石齐鸣者：劣与优共存。瓦缶，指的是劣质的乐器。金石，指的是名贵的乐器。

【译文】

戏曲与词，都是文字的一种表达。从古至今的刻本之中，词写得好的，戏曲却不尽如人意；词有选择性，而戏曲却无法选择。词最短，每篇也不过几十个字，作者虽然很多，能够入选却不多，舍弃差的而选取好的，因此人们只看到了这首词精彩的部分。戏曲的篇幅最长，每折中必然有几首曲子，每部之中必然要有几十折，不是才高八斗，无法做到从头到尾都写得精彩绝伦。偶尔有些小毛病是被允许的，长处与短处各占一半，前面写得十分紧凑，后面却写得很松散，也有没有办法只能写一个差的结局了事的人。既然这部戏已经存在了，演员、观众就只能取它的长处，而

原谅它的短处，将开头与结尾全都收录进去。没有将一部戏删去好几折，只留下其中几折，或者将一出戏去掉几首词曲，只留下几首词曲的道理。这是由于戏曲并不能做到每部都写得好，有其中几折写得好而带动全篇的，有一首词曲写得好而带动一折的，让好坏参半，便是这样的原因。

我认为既然干了这一行，就应当像画家画肖像，闺中的女子刺绣一般，就算只是一笔出了差池，都可能导致整个人物的神情不相似；偶尔遗漏了一针，绣的花鸟都可能变形。如果全部戏曲的曲词都是词的选本，就像是《花间集》《草堂诗余》这些集子那样，每一首都有精彩的句子，每一首都有用得上的好字，如此便无愧填词的名声了。如此的戏曲不要说必然会流传，即便是流传千百万年，也不是简简单单靠运气而做得到的。我从古代戏曲之中，挑选了整体上写得十分紧凑，只有一些小缺点但是优点多多的，只有《西厢记》这一部。《琵琶记》写得就像是汉高祖用兵，其成败的说法不一，他得到了一次胜利便成了帝王，是运气好，而并非是擅长指挥用兵。《荆钗记》《刘知远》《拜月亭》《杀狗记》之所以可以流传，靠的则是音律，至于曲词，则可以搁置一旁不用讨论了。

贵显浅

【原文】

曲文之词采，与诗文之词采非但不同，且要判然相反。何也？诗文之词采，贵典雅而贱粗俗，宜蕴藉而忌分明。词曲不然，话则本之街谈巷议，事则取其直说明言。凡读传奇而有令人费解，或初阅不见其佳，深思而后得其意之所在者，便非绝妙好词，不问而知为今曲，非元曲也。元人非不读书，而所制之曲，绝无一毫书本气，以其有书而不用，非当用而无书也，后人之曲则满纸皆书矣。元人非不深心，而所填之词，皆觉过于浅近，以其深而出之以浅，非借浅以文其不深也，后人之词则心口皆深矣。

无论其他，即汤若士《还魂》一剧，世以配飨元人，宜也。问其精华所在，则以《惊梦》《寻梦》二折对。予谓二折虽佳，犹是今曲，非元曲也。《惊梦》首句云："袅晴丝，吹来闲庭院，摇漾春如线。"以游丝一缕，逗起情丝，发端一语，即费如许深心，可谓惨澹经营矣。然听歌《牡丹亭》者，百人之中有一二人解出此意否？若谓制曲初心并不在此，不过因所见以起兴①，则瞥见游丝，不妨直说，何须曲而又曲，由晴丝而说及春，由春与晴丝而悟其如线也？若云作此原有深心，则恐索解人不易得矣。索解人既不易得，又何必奏之歌筵，俾雅人俗子同闻而共见乎？其余"停半晌，整花钿，没揣菱花，偷人半面"及"良辰美景奈何天，赏心乐事谁家院"，"遍青山，啼红了杜鹃"等语，字字俱费经营，字字皆欠明爽。此等妙语，止可作文字观，不得作传奇观。至如末幅"似虫儿般蠢动，把风情

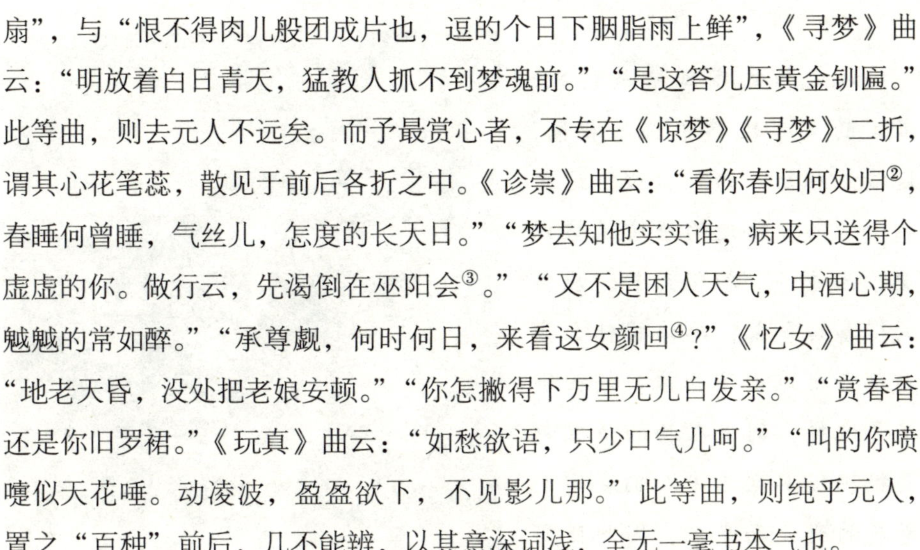

扇”，与“恨不得肉儿般团成片也，逗的个日下胭脂雨上鲜”，《寻梦》曲云：“明放着白日青天，猛教人抓不到梦魂前。”“是这答儿压黄金钏匾。”此等曲，则去元人不远矣。而予最赏心者，不专在《惊梦》《寻梦》二折，谓其心花笔蕊，散见于前后各折之中。《诊祟》曲云：“看你春归何处归[②]，春睡何曾睡，气丝儿，怎度的长天日。”“梦去知他实实谁，病来只送得个虚虚的你。做行云，先渴倒在巫阳会[③]。”“又不是困人天气，中酒心期，魆魆的常如醉。”“承尊觑，何时何日，来看这女颜回[④]？”《忆女》曲云：“地老天昏，没处把老娘安顿。”“你怎撇得下万里无儿白发亲。”“赏春香还是你旧罗裙。”《玩真》曲云：“如愁欲语，只少口气儿呵。”“叫的你喷嚏似天花唾。动凌波，盈盈欲下，不见影儿那。”此等曲，则纯乎元人，置之“百种”前后，几不能辨，以其意深词浅，全无一毫书本气也。

若论填词家宜用之书，则无论经传子史以及诗赋古文，无一不当熟读，即道家佛氏、九流百工之书，下至孩童所习《千字文》《百家姓》，无一不在所用之中。至于形之笔端，落于纸上，则宜洗濯殆尽。亦偶有用着成语之处，点出旧事之时，妙在信手拈来，无心巧合，竟似古人寻我，并非我觅古人。此等造诣，非可言传，只宜多购元曲，寝食其中，自能为其所化。而元曲之最佳者，不单在《西厢》《琵琶》二剧，而在《元人百种》之中。“百种”亦不能尽佳，十有一二可列高、王之上，其不致家弦户诵，出与二剧争雄者，以其是杂剧而非全本，多北曲而少南音，又止可被诸管弦，不便奏之场上。今时所重，皆在彼而不在此，即欲不为纨扇之捐，其可得乎？

【注释】

①起兴：作诗的一种手法。

②看你：在冰丝馆重刻的《还魂记》之中，写为“看他”。

③巫阳会：典故出自宋玉《高唐赋》，说楚怀王在梦境中与巫山高唐神女相会。

④女颜回：杜丽娘对塾师陈最良自称为女弟子。颜回，孔子的弟子。

【译文】

戏文的文字风格与诗歌、散文的文字风格不仅不相同，还截然相反。为什么呢？这是由于诗歌、散文的语言风格以典雅为重，以粗俗为轻，应当写得委婉含蓄，忌讳将什么事情都直白地讲述出来。词曲则不是这样，剧中人物的语言都是根据现实生活中人们在街头巷尾的交谈而来的，因此所写的事情都讲述得十分直白。只要是有让人费解的地方，或者粗看之下没能看出其中的深意，经过思考之后才了解的，便均不能称为绝妙的好词，不用询问就知道这是现在的人所写出的曲子，而并非元代的曲子。元代人不是不读书，但是他们所写的戏曲，绝对不带有一丝书卷气，这是由于他们有书但是不用，而不是需要用的时候手中没有书；后人所写的戏曲中，满纸都是书本上的话。元代人并非不懂得深入用心，而他们所写的曲词都让人觉得很浅显，这是由于他们善于深入浅出，并不是在用语言的浅显来掩盖自己思想的浅显，而后人的曲词不管是内容还是形式都较为深奥难懂。

不讲别的，就拿汤显祖的《牡丹亭》来说，世人将它与元朝人所创作的戏曲相提并论，这种评价是十分恰当的。如果询问它最精华的部分是哪里，人们的回答通常是《惊梦》《寻梦》两折。我认为这两折虽然精彩，不过依然是现在的曲子，而非元曲。《惊梦》中的第一句就是："袅晴丝，吹来闲庭院，摇漾春如线。"用一缕游丝来挑动了人物的情丝，开始的一句话就花费了如此苦心，可以说是费尽心思进行谋划啊。不过看这部戏的人，一百人之中能够有一两个清楚里面的深意吗？如果认为汤显祖写出这部戏的本意并非如此，不过是用眼前的事物来抒发自己想要表达的感情，如此看到一点迹象不如直接道明，哪里用得着兜个大圈子，从晴天说到春天，从春天与晴天的天空悟出春天就像是一缕丝线。如果这样写本就有着深刻的用心，恐怕想要找到能够读懂这种深刻用心的人十分困难啊。找到明白的人既然并不容易，又何必要在台上演唱，让口味高雅的人与粗俗的人一起观赏呢？剩下的像"停半晌，整花钿，没揣菱花，偷人半面"以及"良辰美景奈何天，赏心乐事谁家院""遍青山，啼红了杜鹃"等语句，每个字都颇费苦心，但是每个字又都写得含糊不清。如此的奇言妙语，只能当成是文字来看，而无法当成传奇来观赏。至于像末篇中的"似虫儿般蠢动，把风情扇"与"恨不得肉儿般团成片，逗的个日下胭脂雨上鲜"，《寻梦》中"明放着白日青天，猛教人抓不到梦魂前……是这答儿压黄金钏扁"这种曲词，就距离元代不远了。而我最为欣赏的，并非集中在《惊梦》《寻梦》这两折戏，我认为剧中精彩的地方零散地分布在前后的各折之中。《诊祟》曲中有："看你春归何处归，春睡何处睡？气丝儿怎度得长天日。""梦去知他实实谁？病来只送得个虚虚的你。做行云，先渴倒在巫阳会……又不是困人天气，中酒心期，魆魆的常如醉""承尊觑，何时何日，来看这女颜回？"《忆女》曲云："地老天昏，没处把老娘安顿。""你怎撇得下万里无儿白发亲。"

"赏春香还是你旧罗裙。"《玩真》曲云："如愁欲语，只少口气儿呵。""叫的你喷嚏似天花唾。动凌波，盈盈欲下，不见影儿那。"这种类型的曲文，则达成了元代人的成就，将它放在《元人百种》前后，也几乎无法分辨真伪，这是由于这些曲文含义深刻但是语言却浅显易懂，没有一点儿书卷气。

如果要说戏曲创作者要学习的书本，且不说经、传、子、史以及诗赋和古文应当熟读，就算是道家、佛家、三教九流，各个行业的书籍，甚至是小孩子要学习的《千字文》《百家姓》，都应当利用上。对于行诸笔端，将其写在纸上，就应当将这些书籍上的东西全部排除在外。就算偶尔有用到成语的地方，如果涉及过去的事情，信手拈来便是最高的境界了，自然流露，看上去像是古人模仿我，而并非是我在模仿古人。这种境界不可言传，只能多买一些元朝人所著的戏曲作品，细细品读，自然能够浸润其中，颇受感染。元曲中写得最好的，并非全都集中在《西厢记》《琵琶记》这两部戏曲之中，在《元人百种》里面也有。《元人百种》里面的作品并非全部都写得很好，不过十部作品里面会有一两部超过高明、王实甫的。

这些作品之所以没有做到尽人皆知，演出来跟《西厢记》《琵琶记》这两部戏曲一较高下，是由于它们是杂剧而非全本剧，大部分是北方的曲子而并非是南方的曲子，又只能配乐来演唱，不方便放在台上表演。当今时代所崇尚的均是后者而非前者，这些作品即便想要不被人们像冬天舍弃扇子一样搁置一旁，又如何能做到呢？

重机趣

【原文】

"机趣"二字，填词家必不可少。机者，传奇之精神，趣者，传奇之风致。少此二物，则如泥人土马，有生形而无生气。因作者逐句凑成，遂

使观场者逐段记忆，稍不留心，则看到第二曲，不记头一曲是何等情形，看到第二折，不知第三折要作何勾当。是心口徒劳，耳目俱涩，何必以此自苦，而复苦百千万亿之人哉？故填词之中，勿使有断续痕，勿使有道学气。所谓无断续痕者，非止一出接一出，一人顶一人，务使承上接下，血脉相连，即于情事截然绝不相关之处，亦有连环细笋伏于其中，看到后来方知其妙，如藕于未切之时，先长暗丝以待，丝于络成之后，才知作茧之精，此言机之不可少也。所谓无道学气者，非但风流跌宕之曲、花前月下之情，当以板腐为戒，即谈忠孝节义与说悲苦哀怨之情，亦当抑圣为狂，寓哭于笑，如王阳明之讲道学[①]，则得词中三昧矣。阳明登坛讲学，反复辨说“良知”二字，一愚人讯之曰：“请问‘良知’这件东西，还是白的？还是黑的？”阳明曰：“也不白，也不黑，只是一点带赤的，便是良知了。”照此法填词，则离合悲欢，嘻笑怒骂，无一语一字不带机趣而行矣。予又谓填词种子，要在性中带来，性中无此，做杀不佳。人问：性之有无，何从辩识？予曰：不难，观其说话行文，即知之矣。说话不迂腐，十句之中，定有一二句超脱，行文不板实，一篇之内，但有一二段空灵，此即可以填词之人也。不则另寻别计，不当以有用精神，费之无益之地。噫，“性中带来”一语，事事皆然，不独填词一节。凡作诗文书画、饮酒斗棋与百工技艺之事，无一不具夙根，无一不本天授。强而后能者，毕竟是半路出家，止可冒斋饭吃，不能成佛作祖也。

【注释】

①王阳明：明朝最为重要的思想家，他所创建的阳明学派对明清之际早期的启蒙思想产生了巨大的影响。

【译文】

"机趣"这两个字是作词之人所不能缺少的。"机"是传奇的精髓，"趣"是传奇的风格。如果没有了这两样，那么传奇便会像泥人土马一般，虽然有形体却没有神韵生机。由于作者便是逐句将作品拼凑起来的，观众也只能逐段去记忆，稍有分神便会听了下曲忘了上曲，看了第二折却不知晓第三折要讲什么。演员劳心劳力，观众眼睛发酸耳朵发腻。何必自己写作时受苦，写完之后又让成千上万的人跟着受苦呢？因此在写词的过程中，不要留下断断续续的痕迹，也不要出现道学气。所说的不能有断续痕迹，并不只是要一出紧接着一出演，一个紧挨着一个上台，而且还要能让全剧上下贯通，血脉相通，就算在感情、事件毫无关联的情况下，也要有像连环细笋一样的伏笔埋在里面，让观众看到后面想起来的时候才恍然大悟，这就像是莲藕在还没有被切开的时候就长出了暗丝，而蚕丝在缠绕成形之后方才看出茧的精妙。这也就是说，"机"是不可或缺的。所谓的没有道学气，指的是不仅在描写风流韵事的时候应当戒除迂腐刻板，在写忠孝节义、诉说悲苦哀伤的时候，也应当将圣贤之道藏于狂放张扬中表现出来，将哀伤藏在嬉笑中表现出来，就像是王阳明在讲道学的时候一样，如此才算是掌握了填词的诀窍。王阳明在登坛讲学的时候曾经多次反复对"良知"这两个字进行了辨析，一个愚钝的人向他询问说："请问'良知'这个东西，到底是白的，还是黑的？"王阳明说："也不是白的，也不是黑的，只是带着一点红，便是良知了。"用这样的方法填词，悲欢离合，嬉笑怒骂，没有一句一字是不带着机趣而写的。我还认为，填词的契机在于

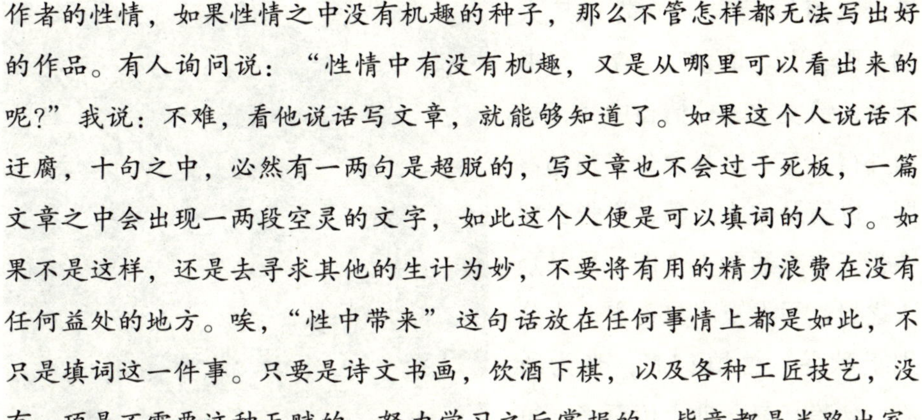

作者的性情，如果性情之中没有机趣的种子，那么不管怎样都无法写出好的作品。有人询问说：“性情中有没有机趣，又是从哪里可以看出来的呢?”我说：不难，看他说话写文章，就能够知道了。如果这个人说话不迂腐，十句之中，必然有一两句是超脱的，写文章也不会过于死板，一篇文章之中会出现一两段空灵的文字，如此这个人便是可以填词的人了。如果不是这样，还是去寻求其他的生计为妙，不要将有用的精力浪费在没有任何益处的地方。唉，“性中带来”这句话放在任何事情上都是如此，不只是填词这一件事。只要是诗文书画，饮酒下棋，以及各种工匠技艺，没有一项是不需要这种天赋的。努力学习之后掌握的，毕竟都是半路出家，只能混口斋饭吃，无法修炼成佛。

戒浮泛

【原文】

词贵显浅之说，前已道之详矣。然一味显浅而不知分别，则将日流粗俗，求为文人之笔而不可得矣。元曲多犯此病，乃矫艰深隐晦之弊而过焉者也。极粗极俗之语，未尝不入填词，但宜从脚色起见。如在花面口中，则惟恐不粗不俗，一涉生旦之曲，便宜斟酌其词。无论生为衣冠仕宦[①]，旦为小姐夫人，出言吐词当有隽雅舂容之度[②]。即使生为仆从，旦作梅香[③]，亦须择言而发，不与净丑同声。以生旦有生旦之体，净丑有净丑之腔故也。元人不察，多混用之。观《幽闺记》之陀满兴福，乃小生脚色，初屈后伸之人也。其《避兵》曲云：“遥观巡捕卒，都是棒和枪。”此花面口吻，非小生曲也。均是常谈俗语，有当用于此者，有当用于彼者。又有极粗极俗之语，止更一二字，或增减一二字，便成绝新绝雅之文者。神而明之，只在一熟。当存其说，以俟其人。

填词义理无穷，说何人，肖何人，议某事，切某事，文章头绪之最繁者，莫填词若矣。予谓总其大纲，则不出“情景”二字。景书所睹，情发欲言，情自中生，景由外得，二者难易之分，判如霄壤。以情乃一人之情，说张三要像张三，难通融于李四。景乃众人之景，写春夏尽是春夏，止分别于秋冬。善填词者，当为所难，勿趋其易。批点传奇者，每遇游山玩水、赏月观花等曲，见其止书所见，不及中情者，有十分佳处，只好算得五分，以风云月露之词，工者尽多，不从此剧始也。善咏物者，妙在即景生情。如前所云《琵琶·赏月》四曲，同一月也，牛氏有牛氏之月，伯喈有伯喈之月。所言者月，所寓者心。牛氏所说之月，可移一句于伯喈？伯喈所说之月，可挪一字于牛氏乎？夫妻二人之语，犹不可挪移混用，况他人乎？人谓此等妙曲，工者有几，强人以所不能，是塞填词之路也。予曰：不然。作文之事，贵于专一。专则生巧，散乃入愚；专则易于奏工，散者难于责效。百工居肆，欲其专也；众楚

群咻[④]，喻其散也。舍情言景，不过图其省力，殊不知眼前景物繁多，当从何处说起。咏花既愁遗鸟，赋月又想兼风。若使逐件铺张，则虑事多曲少；欲以数言包括，又防事短情长。展转推敲，已费心思几许，何如只就本人生发，自有欲为之事，自有待说之情，念不旁分，妙理自出。如发科发甲之人，窗下作文，每日止能一篇二篇，场中遂至七篇。窗下之一篇二篇未必尽好，而场中之七篇，反能尽发所长，而夺千人之帜者，以其念不旁分，舍本题之外，并无别题可做，只得走此一条路也。吾欲填词家舍景言情，非责人以难，正欲其舍难就易耳。

【注释】

①衣冠：古代士大夫的穿戴，这里代指士大夫、官绅。

②舂（chōng）容：舒缓不迫，从容畅达。

③梅香：戏剧中丫鬟的名称，这里泛指丫鬟。

④众楚群咻（xiū）：指众多外来因素的干扰。

【译文】

词贵浅显的道理，前面已经说得很详尽了。不过如果一味地追求浅显却不知分辨，那么戏曲将会变得日益粗俗，想要写出文人应当写出的文章却无法办到。元曲经常犯这个毛病，这是过度矫正隐晦难懂的毛病而造成的。过于粗俗的语言，不是不能填词，但是应当从角色的角度出发。如果是花脸说话，就只怕粗俗不够，而一旦涉及生角、旦角的曲文，则需要仔细斟酌，小心用词。不管生角演的是官员还是显贵，旦角演的是小姐还是夫人，其语言都应当包含有典雅隽永的风度，就算生角饰演的是仆人，旦角演的是丫鬟，对他们的语言也应当多加选择，不能像净角、丑角那样的口气。这是由于生旦应当有生旦的样子，净丑应当有净丑的腔调。元朝人对此并不会多加审查，经常会将其弄混。《幽闺记》中的陀满兴福是一个小生的角色，在最初的时候居于人下，之后才扬眉吐气。其中的《避兵》一曲里他说："遥观巡捕卒，都是棒和枪。"这用的是花脸的口吻，而不是小生应有的曲调。同样都是日常用语，有的应当放在这里，有的则应当用

在那里。还有一些粗俗的语言，只需要改动一两个字，或者增减一两个字，就会变得极其新鲜绝雅。神来之笔，只在于熟练。我只是将这种观点提出来，等待其他人来验证。

填词的道理有很多，说什么人就应当像什么人，谈什么事情就应当跟这种事情契合，文章中的头绪最为繁琐的就应当是填词了。我认为填词的总纲，跳不过“情景”二字。写景就是写自己所看到的，写情就应当是写自己想要表达的感情，感情是从内心发出来的，景物则是从外界获取的，写景与写情的难易程度，有着天壤之别。由于情是一个人的情感，说张三就应当像张三，很难跟李四相混淆；景却是大家眼中的景色，写春夏就都是春夏，只要跟冬秋有所分别就可以了。善于填词的人，应当知难而上，而不要追求容易写的。评点戏剧的人，每次看到写游山玩水、赏月观花的曲文，看他只写自己所看到的景物，却不提及人物的感情，就算是有十分好，也觉得只能给五分，这是因为善于写风云雨露之词的人太多了，并不是从这部剧开始的。善于咏物的人，最绝妙的地方就是能够做到触景生情。例如前面提到的《琵琶·赏月》四曲，同样是一个月亮，牛氏心中有牛氏的月亮，伯喈心中有伯喈的月亮。虽然看上去说的是月亮，但是实际上说的是人的心理。牛氏口中的月亮能够挪一句放到伯喈的身上吗？夫妻两个人所说的话，尚不能互相混淆，更何况是其他人呢？有人说，这样精妙的曲文有几个人能够写出来呢，强求人是做不到的，这是在阻塞填词的道路啊。我说："并非如此。"写文章这件事贵在专一。专一就能够生巧，不专一就会变得愚钝；专一就能够让技术娴熟，不专一则难以起到效果。"百工居肆"指的是专一才能够将事情办成；"众楚群咻"指的是因为散漫而带来的干扰。将情感舍弃只讲景物，无非是在贪图省事罢了，却不知道眼前的景物繁多，应当从哪里开始讲起。咏花的时候不想将飞鸟遗漏，赞美月亮的时候又想兼顾和风。如果每个景观都描写，则又开始担心事多曲少。想要用几句话来概括，又要防止事情太少而感情太多。想来想去反复推敲，已经费尽心思，还不如只从本人的角度出发，自然有想做的事情，自然有想要表达的情感，全神贯注之后，自然就有了绝妙的文笔。就像是参加科举考试的人，在自家窗下写文章，每天只能写一两篇，而到上了考场则能写出七篇来。自己在家中，一两篇文章也未必能够写好，而考场中的七篇文章却总能够将自己的长处发挥出来，成绩超过众人而名列前茅。这是由于他能够心思专一，除了这些题目之外，没有其他题目可写，只能走这一条路。我期望填词人能够舍弃写简单的景物而学会抒发感情，这并不是在强人所难，而是想要让他舍弃难的而做容易的。

忌填塞

【原文】

填塞之病有三：多引古事，叠用人名，直书成句。其所以致病之由亦有三：借典核以明博雅，假脂粉以见风姿，取现成以免思索。而总此三病与致病之由之故，则在一语。一语维何？曰：从未经人道破。一经道破，则俗语云“说破不值半文钱”，再犯此病者鲜矣。古来填词之家，未尝不引古事，未尝不用人名，未尝不书现成之句，而所引所用与所书者，则有别焉；其事不取幽深，其人不搜隐僻，其句则采街谈巷议。即有时偶涉诗书，亦系耳根听熟之语，舌端调惯之文，虽出诗书，实与街谈巷议无别者。总而言之，传奇不比文章，文章做与读书人看，故不怪其深，戏文做与读书人与不读书人同看，又与不读书之妇人小儿同看，故贵浅不贵深。使文章之设，亦为与读书人、不读书人及妇人小儿同看，则古来圣贤所作之经传，亦只浅而不深，如今世之为小说矣。人曰：文人之作传奇与著书无别，假此以见其才也，浅则才于何见？予曰：能于浅处见才，方是文章高手。施耐庵之《水浒》，王实甫之《西厢》，世人尽作戏文小说看，金圣叹特标其名曰“五才子书”[①]“六才子书”者，其意何居？盖愤天下之小视其道，不知为古今来绝大文章，故作此等惊人语以标其目。噫，知言哉！

【注释】

①金圣叹：明末清初的著名文学家、文学批评家，对《水浒传》《西厢记》《左传》等书都有评点。

【译文】

填塞的弊病有三种：过多引用典故，重复使用人名，直接引用现成的语句。这些毛病之所以会产生主要有三点原因：借助典故来显示自己博闻广识与高雅，借助脂粉来彰显风姿容貌，以及采用现成的句子可以免去思考。对这三种弊病以及导致弊病的缘由进行总结，只需要一句话就能道破。这句话是什么呢？就是从来没有被人说破。一旦被人说破，就会像俗语中所说的：“说破不值半文钱。”如此一来，再犯这种弊病的人就变少了。自古以来的填词者，并非不引用古代的事情，也并非不使用人名，也不是不去引用那些现成的句子，不过其引用和我说的毛病是有所区别的。古代戏曲家引用典故并非不选择那些艰涩难懂的，选取人名也并非不搜隐僻的，成句采用的也是市

井中日常的语言，即便有时偶尔会涉及史书，也是一些大家耳熟能详，挂在嘴边的名句，虽然是从诗书中摘取的，实际上跟街头巷尾的谈资没有什么差别。总之，传奇跟文章是截然不同的，文章是专门写给读书人看的，因此不要怪罪其晦涩难懂，戏文则要做到让读书人与不读书的人都能看，同时还要让不读书的人以及妇女儿童都能看，因此贵在浅显而不是贵在深奥。假若文章也要跟读书人、不读书的人及妇女儿童一起浏览，如此从古至今圣贤们所写的经传也只能浅显而不能深奥，就像如今所写的小说一般。有人说：文人写传奇与写文章是没有分别的，都是想要借此彰显自己的才华，如果写得浅显，又如何能够将自己的才华彰显出来呢？我回答说：能够在浅显之中将才华展示出来的，才算是写文章的高手。施耐庵的《水浒传》，王实甫的《西厢记》，世人都当成戏文或者小说来看，金圣叹特意将其称为“五才子书”“六才子书”，用意何为？就是由于对天下人小看了填词与小说之道感到愤怒，不知道它们其实是从古至今绝佳的文章，因此用这样惊人的话语来警醒人们。唉，真是明智之言啊！

音律

小序

【原文】

作文之最乐者，莫如填词，其最苦者，亦莫如填词。填词之乐，详后《宾白》之第二幅，上天入地，作佛成仙，无一不随意到，较之南面百城[①]，洵有过焉者矣[②]。至说其苦，亦有千态万状，拟之悲伤疾痛、桎梏幽囚诸逆境，殆有甚焉者[③]。请详言之。

他种文字，随人长短，听我张弛，总无限定之资格。今置散体弗论，而论其分股、限字与调声叶律者。分股则帖括时文是已。先破后承，始开终结，内分八股，股股相对，绳墨不为不严矣；然其股法、句法，长短由人，未尝限之以数，虽严而不谓之严也。限字则四六排偶之文是已[④]。语有一定之字，字有一定之声，对必同心，意难合掌[⑤]，矩度不为不肃矣；然止限以数，未定以位，止限以声，未拘以格，上四下六可，上六下四亦未尝不可，仄平平仄可，平仄仄平亦未尝不可，虽肃而实未尝肃也。调声叶律，又兼分股限字之文，则诗中之近体是已。起句五言，则句句五言，起句七言，则句句七言，起句用某韵，则以下俱用某韵，起句第二字用平声，则下句第二字定用仄声，第三、第四又复颠倒用之，前人立法亦云苛且密矣。然起句五言，句句五言，起句七言，句句七言，便有成法可守，想入五言一路，则七言之句不来矣；起句用某韵，以下俱用某韵，起句第二字用平声，下句第二字定用仄声，则拈得平声之韵，上去入三声之韵，皆可置之不问矣；守定平仄、仄平二语，再无变更，自一首以至千百首皆出一辙，保无朝更夕改之令，阻人适从矣。是其苛犹未甚，密犹未至也。至于填词一道，则句之长短，字之多寡，声之平上去入，韵之清浊阴阳[⑥]，皆有一定不移之格。长者短一线不能，少者增一字不得，又复忽长忽短，时少时多，令人把握不定。当平者平，用一仄字不得；当阴者阴，换一阳字不能。调得平仄成文，又虑阴阳反复；分得阴阳清楚，又与声韵乖张。令人搅断肺肠，烦苦欲绝。此等苛法，尽勾磨人。作者处此，但能布置得宜，安顿极妥，便是千幸成幸之事，尚能计其词品之低昂，文情之工拙乎？予襁褓识字，总角成篇，于诗书六艺之文，虽未精穷其义，然皆浅涉一过。总诸体百家而论之，觉文字之难，未有过于填词者，予童而习之，于今老矣，尚未窥见一斑。只以管窥蛙见之识，谬语同心；虚赤帜于词坛，以待将来。作者能于此种艰难文字显出奇能，字字在声音律法之中，言言无资格拘挛之苦，如莲花生在火上[⑦]，仙叟弈于橘中[⑧]，始为盘根错节之才，八面玲珑之笔，寿名千古，衾影何惭！而千古上下之题品文艺者，看到传奇一种，当易心换眼，别置典刑。要知此种文字作之可怜，出之不易，其楮墨笔砚非同己物[⑨]，有如假自他人，耳目心思效用不能，到处为人掣肘，非若诗赋古文，容其得意疾书，不受神牵鬼制者。七分佳处，便可许作十分，若到十分，即可敌他种文字之二十分矣。予非左袒词家，实欲主持公道，如其不信，但请作者同拈一题，先作文一篇或诗一首，再作填词一曲，试其孰难孰易，谁拙谁工，即知予言之不谬矣。然难易自知，工拙必须人辨。

【注释】

①南面：古时将面朝南坐视为尊。

②洵（xún）：实在，诚然。

③殆：几乎，恐怕。

④四六排偶之文：简称为四六文，指的是一种用四字、六字作为排比对偶的骈体文。

⑤对必同心，意难合掌：同心，指的是作骈体文的语句需按照规则相互对应。合掌，指的是作文的声律、联意重复。

⑥韵之清浊阴阳：通常来讲，清浊多指音韵，阴阳多指声调，清声母

的字是阴调，浊声母的字是阳调。说法不一。

⑦莲花生在火上：佛家经常会出现火中莲花的故事，这里指历经艰险而自在地存活。

⑧仙叟弈于橘中：出自《搜神记》，讲的是有一个人在园子里的大橘中跟仙人下棋。

⑨楮（chǔ）：纸。

【译文】

写文章最能让人快乐的，莫过于填词，而让人感到最为痛苦的，也莫过于填词了。填词的快乐，详见之后的《宾白》第二款“语求肖似”，上天入地，作佛成仙，没有一样是无法随意达成的，与南面之尊、百城之成相比，实在是有过之而无不及。至于谈到它的痛苦，也是千态万状，与悲伤疾痛、桎梏幽禁等逆境相比，应该也是有过之而无不及。请听我详细地表述出来。

其他文字，长短都是根据个人的意愿，松弛均任凭自己安排，总之不会有限定的死板条件。现在放下散体不说，就先说说分股、限字与调声叶律。分股就是科举考试写的八股文。先破题后承题，开头议论，结尾总结，文章分为八股，股与股相互对应，这种文章的规则不能说不严格，不过每股的写法、每句的写法，长短都由作者自己来定夺，没有字数限制，虽然严格也不能算是太过严格。它的限定字数，也只是四六排比对偶的骈文。每一句都有固定的字数，每个字都有一定的声调，对偶一定要相互对应，字的意思也不能重复，规定不能说不严格，不过它只是对字数进行限制，并没有限制位置；只有声调被限制，却没有限制它的格律，上句用四个字下句用六个字可以，上句用六个字下句用四个字也可以，仄平平仄可以，平仄仄平也未尝不可，虽然严格但实际上也未必严格。要协调声律，又要分股、限定字数，这是诗里面的近体诗。起始句是五个字，那么句句都要是五个字，起始句是七个字，那么句句都要是七个字，起句使用的是哪个韵，那么下面都要用相同的韵，起句的第二个字是平声，那么下一句

的第二个字一定要用仄声，第三句与第四句又要颠倒使用。前人在制定规则的时候，可以说是严苛且考虑周到。不过起句是五个字，每句都是五个字，起句是七个字，则句句都是七个字，都有现成的规则可以参考。想写五言诗，那么不用去惦记七言的句子；起句用哪个韵，下面都要用一样的韵，起句的第二字使用平声，下句的第二个字必然要使用仄声，就只需要选择平声的字，上声、去声、入声的字都不用考虑；遵守平仄、仄平的规律，就不会再有其他的改动，从一首到千万首都如出一辙，保证没有朝令夕改，这样的规则让人无所适从。这便说明了它的要求并非那么严格，它的严密还没有达到极限。至于填词，则句子的长短，字数的多少，声调的平上去入，音韵的清浊阴阳，全都有固定不变的格式。长句少一个字也不行，短句多一个字也不行；再加上忽长忽短，字数时少时多，让人很难把握。应当用平声的时候就用平声，用一个仄声都不行；该用阴调的时候就用阴调，换一个阳调都不行。其声调须平仄成文，同时还要考虑阴阳的反复；一定要将阴阳分辨清楚，又需要与声韵乖张。简直让你抓肝挠肺，烦恼得痛不欲生。如此苛刻的法则，都是在折磨人。作者处于这样的情况之下，只要能够将词句安置得宜，放置妥当，已经算是千幸万幸的事情了，还要顾虑其词品的高低，文采的精巧还是笨拙吗？我在襁褓之中时就开始识字了，童年的时候曾写过满篇文章，对于诗书六艺这类文章，虽然还没有精通其要义，但是浅显地涉及过。对诸体百家进行总结来讨论，觉得文字的难，并没有超过填词的，我从孩童时期就开始学习，到现在年老了，也没能窥见其一斑。只不过是用管窥蛙见的见识，姑且说给同道中人听听；在词坛虚立旗帜，来期待未来的有识之士。作者能够在这种艰难的文字创作中彰显出奇特的才能，字字均在声韵律法之中，句句均没有被规则所束缚的痛苦，就像是莲花上生活、跟神仙在橘子里面下棋一般，才能够称得上是盘根错节的才华，八面玲珑的妙笔，名垂千古，无愧于世！而上下几千年品鉴文艺的人，看到传奇这种文体的时候，都应该换一种眼光和心气来对待，另外制定一个典型来衡量。要清楚，这种文字写起来十分困难，写出来不易。里面的文字就像并非是出自自己的手，而像是从别人那里借来的；自己的见闻思想往往并无法发挥作用，处处受人所限，不像诗赋、散文，能够让人们奋笔疾书，不被任何鬼神所约束。如果有七分的妙处，应当算作十分；如果已经达到了十分，那么就应当是其他文体的二十分了。我并非是在偏袒填词人，着实是想要主持公道。如果不相信，那么就请写作的人选择同一个题目，先写一篇文章或者诗歌，再写一篇戏文看看，哪一种困难哪一种容易，哪一种拙劣哪一种工整，如此便明白我所说非虚了。不过困难与容易只能自己知晓，工整拙劣则一定要让别人来判定。

【原文】

词曲中音律之坏，坏于《南西厢》[①]。凡有作者，当以之为戒，不当取之为法。非止音律，文艺亦然。请详言之。填词除杂剧不论，止论全本，其文字之佳，音律之妙，未有过于《北西厢》者。自南本一出，遂变极佳者为极不佳，极妙者为极不妙。推其初意，亦有可原，不过因北本为词曲之豪，人人赞羡，但可被之管弦，不便奏诸场上，但宜于弋阳、四平等俗优[②]，不便强施于昆调，以系北曲而非南曲也。兹请先言其故。北曲一折，止隶一人，虽有数人在场，其曲止出一口，从无互歌迭咏之事。弋阳、四平等腔，字多音少，一泄而尽，又有一人启口，数人接腔者，名为一人，实出众口，故深《北西厢》甚易。昆调悠长，一字可抵数字，每唱一曲，又必一人始之，一人终之，无可助一臂者，以长江大河之全曲，而专责一人，即有铜喉铁齿，其能胜此重任乎？此北本虽佳，吴音不能奏也。作《南西厢》者，意在补此缺陷，遂割裂其词，增添其白，易北为南，撰成此剧，亦可谓善用古人，喜传佳事者矣。然自予论之，此人之于作者，可谓功之首而罪之魁矣。所谓功之首者，非得此人，则俗优竞演，雅调无闻，作者苦心，虽传实没。所谓罪之魁者，千金狐腋，剪作鸿毛，一片精金，点成顽铁。若是者何？以其有用古之心而无其具也。

今之观深此剧者，但知关目动人，词曲悦耳，亦曾细尝其味，深绎其词乎？使读书作古之人，取《西厢》南本一阅，句栉字比，未有不废卷掩鼻，而怪秽气熏人者也。若曰：词曲情文不浃[③]，以其就北本增删，割彼凑此，自难贴合，虽有才力无所施也。然则宾白之文，皆由己作，并未依傍原本，何以有才不用，有力不施，而为俗口鄙恶之谈，以秽听者之耳乎？且曲文之中，尽有不就原本增删，或自填一折以补原本之缺略，自撰一曲以作诸曲之过文者，此则束缚无人，操纵由我，何以有才不用，有力不施，亦作勉强支吾之句，以混观者之目乎？使王实甫复生，看演此剧，非狂叫怒骂，索改本而付之祝融，即痛哭流涕，对原本而悲其不幸矣。

嘻！续《西厢》者之才，去作《西厢》者，止争一间，观者群加非议，谓《惊梦》以后诸曲，有如狗尾续貂。以彼之才，较之作《南西厢》者，岂特奴婢之于郎主，直帝王之视乞丐！乃今之观者，彼施责备，而此独包容，已不可解；且令家尸户祝[④]，居然配飨《琵琶》，非特实甫呼冤，且使则诚号屈矣！予生平最恶弋阳、四平等剧，见则趋而避之，但闻其搬演《西厢》，则乐观恐后。何也？以其腔调虽恶，而曲文未改，仍是完全不破之《西厢》，非改头换面、折手跛足之《西厢》也。南本则聋瞽、喑哑、驮背、折腰诸恶状，无一不备于身矣。此但责其文词，未究音律。从来词曲之旨，首严宫调，次及声音，次及字格。九宫十三调，南曲之门户也。小出可以不拘，其成套大曲，则分门别户，各有依归，非但彼此不可通融，次第亦难紊乱。此剧只因改北成南，遂变尽词场格局：或因前曲与前曲字句相同，后曲与后曲体段不合，遂向别宫别调随取一曲以联络之，此宫调之不能尽合也；或彼曲与此曲牌名巧凑，其中但有一二句字数不符，如其可增可减，即增减就之，否则任其多寡，以解补凑不来之厄，此字格之不能尽符也；至于平仄阴阳与逐句所叶之韵，较此二者其难十倍，诛之将不胜诛，此声音之不能尽叶也。词家所重在此三者，而三者之弊，未尝缺一，能使天下相传，久而不废，岂非咄咄怪事乎？更可异者，近日词人因其熟于梨园之口，习于观者之目，谓此曲第一当行，可以取法，用作曲谱；所填之词，凡有不合成律者，他人执而讯之，则曰：“我用《南西厢》某折作对子，如何得错！”噫，玷《西厢》名目者此人[⑤]，坏词场矩度者此人，误天下后世之苍生者，亦此人也。此

等情弊，予不急为拈出，则《南西厢》之流毒，当至何年何代而已乎！

【注释】

①《南西厢》：明朝李日华等人曾经将杂剧《西厢记》改为传奇剧本，称为《南西厢》，而下文所提及的《北西厢》指的是王实甫的杂剧《西厢记》。

②弋（yì）阳、四平：指的是弋阳腔、四平腔，二者均是当时地方戏曲的声腔，粗犷清越，不过被文人所轻视。

③不浃（jiā）：不融洽。

④家尸户祝：每家每户都进行祭拜。

⑤玷（diàn）：白玉上的污点。

【译文】

词曲中的音律最差的，当属《南西厢》。所有戏曲的创作者，都应当以其为戒，而不应当将它作为模仿的范本。不仅音律是这样，文字也不能学习。请让我一一详细解说。填词尚不去说杂剧，就只说全本，上面文采绝佳，音律绝妙的，没有能超过《北西厢》的。自从南本出来之后，于是最好的变成了最不好的，绝妙的变成了极为难听的。推究《南西厢》创作的本意，尚情有可原，不过由于《北西厢》是戏曲中的佼佼者，人人称赞，但是只能配乐演唱，并不便于在舞台上表演，只适合弋阳腔、四平腔等通俗艺人来演唱，不便将其强加于昆曲，因为它是北曲而不是南曲。请先让我讲述一下其中的缘故。北曲的一折戏，只能让一个人来演唱，即便有几个人在唱，曲词也只能让一个人来唱，从来不会出现相互唱和这样的情况。弋阳、四平这些唱腔，字数多、音律少，一唱到底，还有一个人张嘴，几个人接腔的，名义上是一个人，实际上出自多人之口，因此我深深了解到了《北西厢》的容易。昆曲曲调悠长，一字可以抵上几个字，每唱一曲，从始至终都必须要一个人来完成，没有人能够帮腔，如长江大河那般悠长的曲子，全都交给一个人来演唱，如果没有铜喉铁齿，又如何能够担此重任？这个北本虽然好，但是昆曲无法演奏。写《南西厢》的人，想要弥补这个缺陷，因此将其唱词割裂，增添了宾白，将北曲改为了南曲，撰写了这部戏曲，也可以称得上是善用古人，喜欢颂扬好事了。不过从我这里来讲，这个人作为戏曲创作者，可以称得上是功之首，而罪之魁了。之所以说他是功之首，是由于没有这个人，那么寻常优伶竞相扮演，高雅的曲调被埋没，作者的良苦用心虽然传递下来，实际上相当于并没有传递。之所以说他是罪魁祸首，是由于他将千金狐腋，剪成了细碎的鸿毛，将一片精金变成了废铁。为什么会出现这样的结果呢？是由于他虽然有沿用古人做法的心意，但是却没有相对应的能力。

如今观看这部戏的人，只知道其情节动人，词曲好听，但是他能细细品味其中的滋味，深入去了解其中的词句吗？若是让善于读书研究古时传统的人，将《西厢记》的南本拿过来一品，考察其句其字进行比较，没有不抛下卷轴掩鼻，责怪其臭气熏人的。如果有人说：词曲文理不通，是由于它依照北本增删而成，割去了那里，填补了这里，自然不易贴合，虽然有文才却没有可以施展的地方。但是宾白的文词，都由作者自己所著，并非依照原本而来，为什么能用才能却不用，有力气却不施展，只写一些粗陋低俗的语言，来污染听众的耳朵呢？更何况曲文之中，很多都不是按照原本进行的删减，作者可以写一折戏来填补原有的疏漏，也可以自己撰写一首曲子来作为衔接，这些都是没人会去束缚的，所有一切都由自己掌控，为什么有才华而不用，有能力却不施展，还要写一些勉强、支吾的话语混淆视听呢？如果王实甫复活，看到这出戏，恐怕不是狂叫怒骂，将改过的剧本找来烧掉，就是痛哭流涕，叹息原本的不幸遭遇。

哎！续写《西厢记》作者的才华，跟《西厢记》作者的才华相比只差一点。而观众群起非议，称《惊梦》之后的曲子，都像是狗尾续貂。不过那个人的才华，较之写《南西厢》的作者，岂止是主人与奴婢的差距，简直是帝王与乞丐的差距！可是从现在的观众看来，却对《西厢记》续写部分倍加指责，而对《南西厢》百般包容，让人费解；而且还让《南西厢》家喻户晓，居然与《琵琶记》相提并论，不仅王实甫要喊冤，恐怕连高适也要叫屈

了！我平生最厌恶弋阳、四平等唱腔的剧目，看到了就慌忙避开，不过听闻其将《西厢记》搬过来上演，就兴高采烈争前恐后地去看。为什么呢？因为其唱腔虽然难听，但是曲文却没有改动，依然是完整的《西厢记》，并不是改头换面、残缺不全的《西厢记》。南本集聋瞽、喑哑、驮背、折腰等多宗弊病，没有一样是不具备的。这样说只是批评它的文词，并没有去推究它的音律。自古以来戏曲创作的宗旨，首先要严格宫调，其次要注重声音，再次要注意字格。九宫十三调，是南曲的门户。短小的戏剧可以不用拘束于此，但是如果是成套大曲，就需要分门别类，各自都要找到各自的位置，不仅彼此之间不能混淆，次序也不能混乱。这部剧由于将北本改为了南本，于是词场的格局全都已经变更：有的因为前曲与前曲字句相同，后曲与后曲体段不合，于是将别的曲调随意选取了一首作为关联，这就是为什么南本宫调会不能完全契合的原因；有的那支曲子跟这支曲子碰巧一样，其中如果有一两句的字数不相符，如果能增能减，那么就进行增减，不然就任由它是多是少，来解决不能填补的难处，这就是为什么字格无法完全符合；对于平仄阴阳以及每句的押韵，跟这两者比较要难上十倍，改都改不完，这就是声音为什么不能完全押韵的原因。填词人所看重的就是这三点，不过《南西厢》中这三点弊病，一个也不少，能够让天下众口皆传，经久不衰，难道不是匪夷所思的一件怪事吗？更让人觉得奇怪的是，最近填词人由于《南西厢》经常在舞台上演唱，观众已经习以为常，经常称这部戏是戏曲中最好的，可以让人效仿，作为曲谱来用的；所填的词，只要是不符合规则的地方，一旦有人拿来询问之，就说：“我用《南西厢》某折作对子，怎么算是错了呢！”哎，玷污了《西厢记》名声的就是这些人，败坏了填词规矩的就是这些人，误导了后人的也是这些人。这种类型的弊病，我不着急指出，那么《南西厢》这类的毒瘤，会影响到何时啊！

【原文】

向在都门，魏贞庵相国取崔郑合葬墓志铭示予，命予作《北西厢》翻本，以正从前之谬。予谢不敏[①]，谓天下已传之书，无论是非可否，悉宜听之，不当奋其死力与较短长。较之而非，举世起而非我；即较之而是，举世亦起而非我。何也？贵远贱近，慕古薄今，天下之通情也。谁肯以千古不朽之名人，抑之使出时流下？彼文足以传世，业有明征；我力足以降人，尚无实据。以无据敌有征，其败可立见也。时龚芝麓先生亦在座[②]，与贞庵相国均以予言为然。向有一人欲改《北西厢》，又有一人欲续《水浒传》，同商于余。余曰：“《西厢》非不可改，《水浒》非不可续，然无奈二书已传，万口交赞，其高踞词坛之坐位，业如泰山之隐，磐石之固，欲遽叱之使起而让席于余，此万不可得之数也。无论所改之《西厢》，所续之《水浒》，未必可继后尘，即使高出前人数倍，吾知举世之人不约而同，皆以‘续貂蛇足’四字，为新作之定评矣。”二人唯唯而去。此余由衷之言，向以诫人，而今不以之绳己，动数前人之过者，其意何居？曰：存其是也。放郑声者，非仇郑声，存雅乐也；辟异端者，非仇异端，存正道也；予之力斥《南西厢》，非仇《南西厢》，欲存《北西厢》之本来面目也。若谓前人尽不可议，前书尽不可毁，则杨朱、墨翟亦是前人，郑声未必无底本，有之亦是前书，何以古圣贤放之辟之，不遗余力哉？予又谓《北西厢》不可改，《南西厢》则不可不翻。何也？世人喜观此剧，非故嗜痂[3]，因此剧之外别无善本，欲睹崔张旧事，舍此无由。地乏朱砂，赤土为佳，《南西厢》之得以浪传，职是故也。使得一人焉，起而痛反其失，别出新裁，创为南本，师实甫之意，而不必更袭其词，祖汉卿之心，而不独仅续其后，若与《北西厢》角胜争雄，则可谓难之又难，若止与《南西厢》赌长较短，则犹恐屑而不屑。予虽乏才，请当斯任，救饥有暇，当即拈毫。

《南西厢》翻本既不可无，予又因此及彼，而有志于《北琵琶》一剧。蔡中郎夫妇之传，既以《琵琶》得名，则“琵琶”二字乃一篇之主，而当年作者何以仅标其名，不见拈弄其实？使赵五娘描容之后，果然身背琵琶，往别张大公，弹出北曲哀声一大套，使观者听者涕泗横流，岂非《琵琶记》中一大畅事？而当年见不及此者，岂元人各有所长，工南词者不善制北曲耶？使王实甫作《琵琶》，吾知与千载后之李笠翁必有同心矣。予虽乏才，亦不敢不当斯任。向填一折付优人，补则诚原本之不逮，兹已附入四卷之末，尚思扩为全本，以备词人采择，如其可用，谱为弦索新声，若是，则《南西厢》《北琵琶》二书可以并行。虽不敢望追踪前哲，并辔时贤，但能保与自手所填诸曲（如已经行世之前后八种，及已填未刻之内外八种）合而较之，必有浅深疏密之分矣。然著此二书，必须杜门累月，窃恐饥为驱人，势不由我。安得雨珠雨粟之天，为数十口家人筹生计乎？伤哉！贫也。

【注释】

①不敏：不聪明，多用于自谦。

②龚芝麓（lù）：指的是龚鼎孳（zī），字孝升，号芝麓，历任刑、兵、礼部尚书，善诗文，与李渔有交往。

③嗜痂（jiā）：一种怪癖。南朝的刘邕有吃病人身上疮痂的怪癖。

【译文】

过去在京城，魏贞庵相国拿崔郑合葬墓志铭给我看，让我写《北西厢》的翻本，来更正之前的谬误。我以无法胜任谢绝了。我认为既然已经是在天下广为流传的书，不管是对是错，最好都任凭其发展，不要铆足了劲儿去一较高下。如果比较之后是我的不是，那么全天下的人都会怪罪我；如果比较之后是我在理，那么全天下的人也会出来为难我。为什么会这样呢？因为世人都以远为贵，以近为贱，仰慕古代而菲薄当代，这是天下人的通病。谁愿意将千古不朽的名人，贬低到今人之下呢？他的文章能够在世上流传，已经是一个明证；我的能力足以让人降服，却没有实际证据。用没有证据的去跟有证据的较量，其失败的结局是可以预见的。当时在座的还有龚芝麓先生，以及贞庵相国，他们都说我说的在理。过去曾经有一个人想要更改《北西厢》，还有一个人想要续写《水浒传》，跟我商议。我说："《西厢记》并不是不能改，《水浒传》也不是不能续，不过让人遗憾的是这两部书已经广为流传，万人交口称赞，它们高高占据着词坛的座位，已经像泰山那么沉稳，磐石那么坚固，想要将它们赶走将座位让给我，这是万不可去期待的事情。不管是所更改的《西厢记》，还是所续写的《水浒传》，未必能够赶得上原作，即便能够做到高出前人数倍，我认为天下之人还是会不约而同，均以'续貂蛇足'这四字作为新作的评点。"这两人（在听完我的一番话之后）连忙称是离开了。这是我发自肺腑之言，一向是用来告诫世人，现在不来约束自己，犯下了数落前人的过错，有何种意思？我说：将正确的保留下来罢了。孔子所说的舍弃郑声，也并非是仇视郑声，不过是保存雅乐罢了；所谓的僻异端，也并非是仇视异端，而是要保存正道罢了；我之所以要力斥《南西厢》，并非是想要仇视《南西厢》，不过想让《北西厢》的本来面目保留下来罢了。如果说前人都不能非议，前人的书都不能毁掉，那么杨朱、墨翟均是前人，郑声也未必没有底本，如果有的话也算是前书，为什么古代的圣贤们会不遗余力地斥责回避呢？我还认为《北西厢》不能更改，《南西厢》则不能不翻改。为什么呢？世人都喜欢看这部戏，并非是由于他们将不好的东西作为嗜好，而是因为除了这部剧之外没有其他好的版本，想要看到崔莺莺与张生的故事，除此别无选择。土地缺少了朱砂，红土就是好的，《南西厢》之所以被广泛流传，原因就在于此。假使一个人能够站出来改正它的过失，别出心裁，创作出南本，师承王实甫的本意，而不去更改抄袭其中的词曲，按照关汉卿的思想，而不只是仅仅续写，如果要跟《北西厢》比较高低，可以说是难之又难，如果只是跟《南西厢》比较高低，恐怕作者还不屑比较呢。我虽然缺少才干，却请求担此重任，不再为生计问题而奔忙，便马上动笔。

《南西厢》翻本既然不能没有，我又因此及彼，想要改动《北琵琶》一剧。蔡中郎夫妇的故事的流传，既然是因为《琵琶记》而得名，那么"琵琶"这两个字就应当是一篇中的中心，而当初作者为什么只写出了琵琶的名字，却不说明其真正含义呢？如果赵五娘在化妆之后，果然身上背着琵琶，前往张大公那里告别，弹奏出一段哀伤的北曲出来，让看戏的人不禁痛哭流涕，难道不是《琵琶记》中一件畅快的事情吗？而当初作者却没有想到这些，怎么可能是元朝人各有所长，而善于写南词的人不会创作北曲呢？让王实甫写《琵琶记》，我知道他一定会跟千年之后的李笠翁有所同感。我虽然缺少才能，也不敢不担当此任。我过去写过一折戏交给了表演者，来弥补高适原本欠缺的地方，现在已经附在了第四卷的结尾处，我还想要扩充全本，来作为填词人的参考，如果有可以采用的地方，就谱写成新曲，如果是这样，那么《南西厢》《北琵琶》这两本书可以一起传唱。虽然不敢追上前代贤人，但与当代的圣贤并驾齐驱，总能将自己亲手创作的各个曲目保存下来（如已经在世上流传的前后八种曲目，以及写好但是没有刊印的内外八种）放在一起进行比较，一定能够看出深浅、疏密的差距。但是要写这两本书，一定要闭门创作好几个月，我担心受到生计的驱使而停笔，迫不得已。哪里可以让天上掉下钱粮，来维系我一家几十口人的生计呢？伤心啊，因为贫穷。

恪守词韵

【原文】

一出用一韵到底，半字不容出入，此为定格。旧曲韵杂出入无常者，因其法制未备，原无成格可守，不足怪也。既有《中原音韵》一书，则犹畛域画定[①]，寸步不容越矣。常见文人制曲，一折之中，定有一二出韵之字，非曰明知故犯，以偶得好句不在韵中，而又不肯割爱，故勉强入之，以快一时之目者也。杭有才人沈孚中者，所制《绾春园》《息宰河》二剧，不施浮采，纯用白描，大是元人后劲。予初阅时，不忍释卷，及考其声韵，则一无定轨，不惟偶犯数字，竟以寒山、桓欢二韵，合为一处用之，又有以支思、齐微、鱼模三韵并用者，甚至以真文、庚青、侵寻三韵，不

论开口闭口，同作一韵用者。长于用才而短于择术，致使佳调不传，殊可痛惜！夫作诗填词同一理也。未有沈休文诗韵以前，大同小异之韵，或可叶入诗中。既有此书，即三百篇之风人复作，亦当俯就范围。李白诗仙，杜甫诗圣，其才岂出沈约下，未闻以才思纵横而跃出韵外，况其他乎？设有一诗于此，言言中的，字字惊人，而以一东、二冬并叶，或三江、七阳互施，吾知司选政者，必加摈黜，岂有以才高句美而破格收之者乎？词家绳墨，只在《谱》《韵》二书②，合谱合韵，方可言才，不则八斗难克升合，五车不敌片纸，虽多虽富，亦奚以为？

【注释】

①畛（zhěn）域：两物之间的界限。

②《谱》《韵》：《谱》指的是沈约的《四声韵谱》，《韵》指的是周德清的《中原音韵》。

【译文】

一部戏整出都用一个韵，不允许有半个字的出入，这是规定好的格式。过去的曲子之所以用韵繁杂，出入无常，是由于它的规则并不完备，原本就没有成型的规则可以遵守，也不足为怪。既然出了《中原音韵》这部书，划清了词曲的界限，那么就半步都不能逾越。经常可以看到的文人创作的曲目，同一折之中，必有一两个字不在韵，并不能说其是明知故犯，由于偶然得来的好句往往并不押韵，又不想忍痛割爱，因此勉强塞进去，以图一时之快。

杭州有一个才子名叫沈孚中，他写了《绾春园》《息宰河》这两部剧，其并没有采用浮华的辞藻，只是用了白描，大有元人的后劲。我在初次阅读的时候，便爱不释手，对其声韵进行考究之后，却发现没有一处规律，不仅偶尔会使用错字，居然还将寒山、桓欢这两韵混淆在一起。有的还将支思、齐微、鱼模这三个韵一起使用，甚至将真文、庚青、侵寻三韵，不管开口还是闭口，都当成通韵来使用。这个人擅长彰显自己的才华但是却缺少技巧，导致曲调很好却无法流传，实在可惜！写诗作词的道理是相同的，沈休文的《诗韵》还没有出现之前，大同小异的音韵，或许可以写入同一首诗之中。可是既然有了这本书，就算是《诗经》的作者重新创作，也应当遵守这个规范。诗仙李白，诗圣杜甫，他们的才华难道在沈约之下吗？也没有听闻由于自己才华横溢而跳出韵律之外，更何况是其他人呢？如果有一首诗在这里，每句都说到点子上，每个字都为之惊叹，却用一东、二冬共同来押韵，或者用三江、七阳互相使用，我觉得考官必然会将其筛选掉，难道因为才华横溢、诗句优美就要破格录取吗？填词的人要遵守的，只在《四声韵谱》《中原音韵》这两本书，符合曲谱与音韵，才能去谈才华，不然就算是才高八斗也难以与一升相提并论，学富五车也比不过一张纸，虽然多且富，又能怎么样呢？

凛遵曲谱

【原文】

曲谱者，填词之粉本，犹妇人刺绣之花样也，描一朵，刺一朵，画一叶，绣一叶，拙者不可稍减，巧者亦不能略增。然花样无定式，尽可日异月新，曲谱则愈旧愈佳，稍稍趋新，则以毫厘之差而成千里之谬。情事新

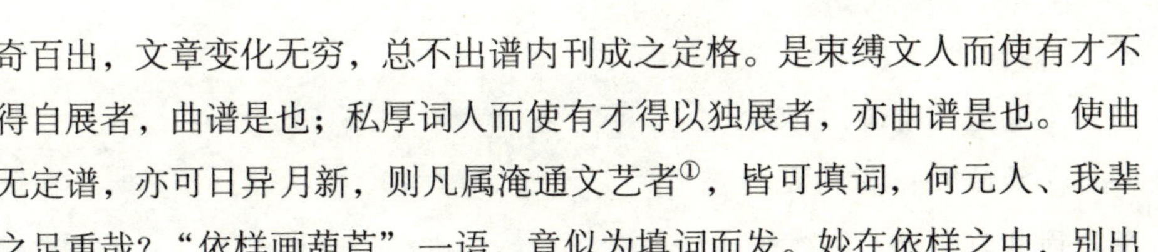

奇百出，文章变化无穷，总不出谱内刊成之定格。是束缚文人而使有才不得自展者，曲谱是也；私厚词人而使有才得以独展者，亦曲谱是也。使曲无定谱，亦可日异月新，则凡属淹通文艺者[①]，皆可填词，何元人、我辈之足重哉？“依样画葫芦”一语，竟似为填词而发。妙在依样之中，别出好歹，稍有一线之出入，则葫芦体样不圆，非近于方，则类乎匾矣。葫芦岂易画者哉！明朝三百年，善画葫芦者，止有汤临川一人[②]，而犹有病其声韵偶乖，字句多寡之不合者。甚矣，画葫芦之难，而一定之成样不可擅改也。

曲谱无新，曲牌名有新。盖词人好奇嗜巧，而又不得展其技俩，无可奈何，故以二曲三曲合为一曲，熔铸成名，如《金索挂梧桐》《倾杯赏芙蓉》《倚马待风云》之类是也。此皆老于词学、文人善歌者能之，不则上调不接下调，徒受歌者揶揄。然音调虽协，亦须文理贯通，始可串离使合。如《金络索》《梧桐树》是两曲，串为一曲，而名曰《金索挂梧桐》，以金索挂树，是情理所有之事也。《倾杯序》《玉芙蓉》是两曲，串为一曲，而名曰《倾杯赏芙蓉》，倾杯酒而赏芙蓉，虽系捏成，犹口头语也。《驻马听》《一江风》《驻云飞》是三曲，串为一曲，而名曰《倚马待风云》，倚马而待风云之会，此语即入诗文中，亦自成句。凡此皆系有伦有脊之言[③]，虽巧而不厌其巧。竟有只顾串合，不询文义之通塞，事理之有无，生扭数字作曲名者，殊失顾名思义之体，反不若前人不列名目，只以“犯”字加之。如本曲《江儿水》而串入二别曲，则曰《二犯江儿水》；本曲《集贤宾》而串入三别曲，则曰《三犯集贤宾》。又有以“摊破”二字概之者，如本曲《簇御林》、本曲《锦地花》而串入别曲，则曰《摊破簇御林》《摊破锦地花》之类，何等浑然，何等藏拙。更有以十数曲串为一曲而标以总名，如《六犯清音》《七贤过关》《九回肠》《十二峰》之类，更觉浑雅。予谓串旧作新，终是填词末着。只求文字好，音律正，即牌名旧杀，终觉新奇可喜。如以极新极美之名，而填以庸腐乖张之曲，谁其好之？善恶在实，不在名也。

【注释】

①淹通：精通，贯通。

②汤临川：指的是汤显祖，因其为临川人，故称。

③有伦有脊：意思是有根有据，有模有样。

【译文】

曲谱是填词的参照，就像是妇人刺绣时要参照的花样，描一朵，刺一朵，画一叶，绣一叶，笨拙的不能进行删减，巧手的也不能增加。不过花样虽然没有固定的样式，但是尽可以有着日新月异的变化，曲谱则是越旧显得越好，稍微趋向新奇，就会出现差之毫厘、谬以千里的谬误。事情的情节新奇百出，文章也有着无穷的变化，但是却不能超出曲谱中的固定格式。束缚文人让其有才华却无法施展的，就是曲谱；厚待词人而让他们有才华可以施展的，也是曲谱。让曲没有固定的谱，也可以日异月新，那么只要是稍微精通文学的人，都可以填词，为

何元朝人以及我们这些人会如此被看重呢？“依样画葫芦”这句话，看上去竟然是为填词而出现的。妙在依照样本之中，可以分辨出词曲的好坏，稍微有一点出入，就会让葫芦的形状画得不圆，不是近似于方，就是类似于扁，画葫芦难道这么简单吗？明朝三百年，善于画葫芦的人，只有汤显祖一人，而且还有人会批评他声韵偶尔使用不妥，句子长短不契合。画葫芦的难点，就是一旦成形就不能擅自更改啊。

曲谱没有新的，曲牌名却有新的。应该是作词者偏好新奇巧妙，却无法展露自己的技能，在百般无奈之下，就将二曲三曲合成了一曲，融合成了一首新曲，像《金索挂梧桐》《倾杯赏芙蓉》《倚马待风云》这类的都是这样。这些都是熟悉词学、擅长谱曲的文人才可以办到的，不然上下曲调不连接，只能被演唱的人所嘲笑。不过就算音调协调，也需要文理贯通，才能够连成一个整体。例如《金络索》《梧桐树》这两首曲子，串成了一首曲子，名字叫作《金索挂梧桐》，用金索挂在树上，也是情理之中的事情。《倾杯序》《玉芙蓉》这两首曲子，串成了一首曲子，名字叫作《倾杯赏芙蓉》，倒杯酒来赏芙蓉，虽然是捏造，但也是人们挂在嘴边的话。《驻马听》《一江风》《驻云飞》这三首曲子，串成为一曲，取名为《倚马待风云》，身靠马背等待风云聚汇，这句话就算放在诗歌之中，也是自成诗句。只要是这些有根有据的，虽然新奇巧妙，却又不会过于新奇巧妙。竟然还有只顾得上串联，却不顾念意思是否通顺，是否合乎情理，将几个字生搬硬套连在一起作为曲名，没有了顾名思义的传统，倒不如过去的人不列名目，只加上一个“犯”字在题目之前，比如原名为《江儿水》又加入了两支其他曲子，就叫做《二犯江儿水》；原名为《集贤宾》的串入了三支其他曲子，则被称为《三犯集贤宾》。还有一些是用“摊破”这两个字来概括，比如原曲名为《簇御林》《锦地花》之后又加入了其他曲子，则称为《摊破簇御林》《摊破锦地花》这样的，多么浑然天成，多么会掩盖缺点啊。还有一些将十几首曲子串成以后标出总名的，比如《六犯清音》《七贤过关》《九回肠》《十二峰》这些，更让人觉得浑然高雅。我认为串联旧曲作新曲，终究还是填词要掌握的基本能力。只要是文笔好，音律正，就算是再旧的曲牌名，也能让人觉得新奇喜爱。如果用十分新奇美好的曲牌名，却填进去庸俗、陈腐、乖张的曲词，谁又会喜欢呢？好坏主要在于内容，而并非在于名称。

鱼模当分

【原文】

词曲韵书，止靠《中原音韵》一种，此系北韵，非南韵也。十年之前，武林陈次升先生欲补此缺陷，作《南词音韵》一书，工垂成而复缀，殊为可惜。予谓南韵深渺，卒难成书。填词之家即将《中原音韵》一书，就平上去三音之中，抽出入声字，另为一声，私置案头，亦可暂备南词之用。然此犹可缓。更有急于此者，则鱼模一韵，断宜分别为二。鱼之与模，相去甚远，不知周德清当日何故比而同之，岂仿沈休文诗韵之例，以元、繁、孙三韵，合为十三元之一韵，必欲于纯中示杂，以存"大音希声"之一线耶①？无论一曲数音，听到歇脚处，觉其散漫无归，即我辈置之案头，自作文字读，亦觉字句聱牙，声韵逆耳。倘有词学专家，欲其文字与声音媲美者，当令鱼自鱼而模自模，两不相混，斯为极妥。即不能全出皆分，或每曲各为一韵，如前曲用鱼，则用鱼韵到底，后曲用模，则用模韵到底，犹之一诗一韵，后不同前，亦简便可行之法也。自愚见推之，作诗用韵，亦当仿此。另钞元字一韵，区别为三，拈得十三元者，首句用元，则用元韵到底，凡涉繁、孙二韵者勿用，拈得繁、孙者亦然。出韵则犯诗家之忌，未有以用韵太严而反来指谪者也。

【注释】

①大音希声：指的是最大最美的声音是一种无声之音。出自《老子》："大音希声，大象无形，道隐无名。"

【译文】

词曲的韵书只有《中原音韵》这一本可以作为参考，这是北韵，而不是南韵。十年之前，武林人士陈次升先生曾经想要弥补这种缺陷，于是写了《南词音韵》这本书，差不多完成的时候又停了下来，着实让人可惜。我认为南韵幽深玄妙，终究难以成书。填词的人将《中原音韵》这本书中的平、上、去三音之中抽掉了入声字，而另外创建了一种声，擅自放在案头，也可暂时当成南词来使用。不过这件事并不着急。还有比这件事更着急的事情，就是"鱼模"一韵，绝对需要一分为二。"鱼"跟"模"，相差太多，不知道周德清当初为什么会将二者放在一起，难道是效仿沈休文《诗韵》中的体例，用了元、繁、孙这三个韵，合成了十三元中的一个韵，一定是想要单纯地表现复杂，来保存"大音希声"这一特点吗？不管一曲之中有几个音，听到有停顿的地方，都会觉得散漫没有归属感，就算我们将其放在了案头，当成文章来读，也会觉得字句诘屈聱牙，声音难听。如果有词学专家想要让自己的文字跟声音相媲美，应当让“鱼”就是“鱼”，“模”就是“模”，二者不可混淆，我认为这样才算妥当。就算无法完全区分，或者每支曲子可以各是一韵，如前曲使用了“鱼”，那么就用“鱼”韵到底，后曲使用了“模”，那么就用“模”韵到底，就像是一首诗只能用一个韵，后面的诗歌与前面的不同，这是简单可行的方法。据我推断，写诗用韵，也应当效仿这种方法。另外应把“元”字韵提出，跟“繁”“孙”区分为了三个韵，用“十三元”中的韵，首句使用“元”韵，那么就用元韵到底，只要是涉及繁、孙这两个韵的都不能使用，用“繁”“孙”这两个韵的时候也是这样。违反韵律是诗人的忌讳，没有由于用韵太过严格而被人所指责的。

廉监宜避

【原文】

侵寻、监咸、廉纤三韵，同属闭口之音，而侵寻一韵，较之监咸、廉纤，独觉稍异。每至收音处，侵寻闭口，而其音犹带清亮，至监咸、廉纤二韵，则微有不同。此二韵者，以作急板小曲则可，若填悠扬大套之词[①]，则宜避之。《西厢》“不念《法华经》，不理《梁王忏》”一折用之者，以出惠明口中，声口恰相合耳。此二韵宜避者，不止单为声音，以其一韵之中，可用者不过数字，余皆险僻艰生，备而不用者也。若惠明曲中之“揝”字、“搀”字、“燂”字、“臜”字、“馅”字、“蘸”字、“䫲”字，惟惠明可用，亦惟才大如天之王实甫能用，以第二人作《西厢》，即不敢用此险韵矣。初学填词者不知，每于一折开手处，误用此韵，致累全篇无好句；又有作不终篇，弃去此韵而另作者，失计妨时。故用韵不可不择。

【注释】

①急板小曲则可，若填悠扬大套：小曲跟大套均是昆曲中的曲调，前者短小而急促，有板无眼或者一板一眼，后者则较为舒缓悠扬。

【译文】

“侵寻”“监咸”“廉纤”这三个韵，均为闭口音，而“侵寻”韵，相比较“监咸”韵、“廉纤”韵而言，有着一些差异。每到了收音的地方，“侵寻”虽然是闭口音，但是发音依然带着清亮，至于“监咸”“廉纤”这两个韵则稍有不同。这两个韵，都用作急板小曲就可以，如果填写的是悠扬大套的曲词，则最好避免。《西厢记》中“不念《法华经》，不理《梁王忏》”这一折中使用了这两个韵，是由于出自惠明之口，声音与口气刚好吻合。这两韵应当避免使用，不只是由于声音，还由于一韵之中，能够用的字只有几个，其他均是生僻字，只是备用却不经常使用。如惠明曲中的“揝”字、“搀”字、“燂”字、“膹”字、“馅”字、“蘸”字、“颩”字，只有惠明可以使用，也只有才气冲天的王实甫才能用，如果有第二人写《西厢记》，也不敢使用这么险的韵。初学填词的人不知道其中的缘由，每逢一折戏的开头，都会误用此韵，连累整篇文章都没有好的句子；还有一些没有写完就放弃了这个韵而另写的，浪费了时间。因此用韵不能不选择。

拗句难好

【原文】

音律之难，不难于铿锵顺口之文，而难于倔强聱牙之句。铿锵顺口者，如此字声韵不合，随取一字换之，纵横顺逆，皆可成文，何难一时数曲。至于倔强聱牙之句，即不拘音律，任意挥写，尚难见才，况有清浊阴阳，及明用韵，暗用韵[①]，又断断不宜用韵之成格，死死限在其中乎？词名之最易填者，如《皂罗袍》《醉扶归》《解三酲》《步步娇》《园林好》《江儿水》等曲。韵脚虽多，字句虽有长短，然读者顺口，作者自能随笔，即有一二句宜作拗体，亦如诗内之古风[②]，无才者处此，亦能勉力见才。至如《小桃红》《下山虎》等曲，则有最难下笔之句矣。《幽闺记·小桃红》之中段云："轻轻将袖儿掀，露春纤，盏儿拈，低娇面也。"每句只三字，末字叶韵，而每句之第二字，又断该用平，不可犯仄。此等处，似难而尚未尽难。其《下山虎》云："大人家体面，委实多般，有眼何曾见！懒能向前，弄盏传杯，恁般腼腆。这里新人忒杀虔，待推怎地展？主婚人，不见怜，配合夫妻事，事非偶然。好恶姻缘总在天。"只须"懒能向前""待推怎地展""事非偶然"之三句，便能搅断词肠。"懒能向前""事非偶然"二句，每句四字，两平两仄，末字叶韵。"待推怎地展"一句五字，末字叶韵，五字之中，平居其一，仄居其四。此等拗句，如何措手？南曲中此类极多，其难有十倍于此者，若逐个牌名援引，则不胜其繁，而观者厌矣；不引一二处定其难易，人又未必尽晓；兹只随拈旧诗一句，颠倒声韵以喻之。如"云淡风轻近午天"，此等句法自然容易见好，若变为"风轻云淡近午天"，则虽有好句，不夺目矣。况"风轻云淡近午天"七字之中，未必言言合律，或是阴阳相左，或是平仄尚乖，必须再易数字，始能合拍。或改为"风轻云淡午近天"，或又改为"风轻午近云淡

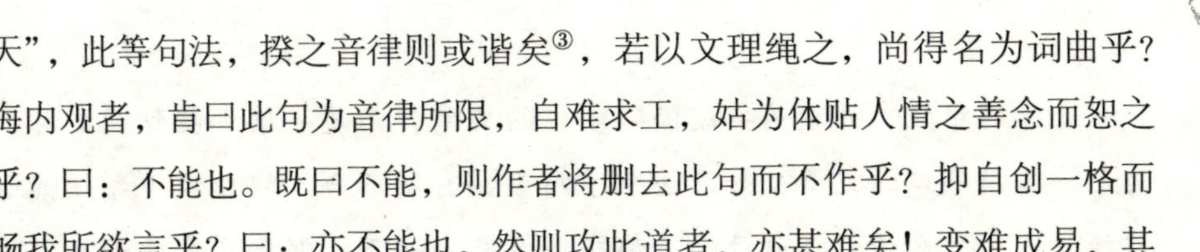

天”，此等句法，揆之音律则或谐矣[③]，若以文理绳之，尚得名为词曲乎？海内观者，肯曰此句为音律所限，自难求工，姑为体贴人情之善念而恕之乎？曰：不能也。既曰不能，则作者将删去此句而不作乎？抑自创一格而畅我所欲言乎？曰：亦不能也。然则攻此道者，亦甚难矣！变难成易，其道何居？曰：有一方便法门，词人或有行之者，未必尽有知之者。行之者偶然合拍，如路逢故人，出之不意，非我知其在路而往投之也。凡作倔强聱牙之句，不合自造新言，只当引用成语。成语在人口头，即稍更数字，略变声音，念来亦觉顺口。新造之句，一字聱牙，非止念不顺口，且令人不解其意。今亦随拈一二句试之。如“柴米油盐酱醋茶”，口头语也，试变为“油盐柴米酱醋茶”，或再变为“酱醋油盐柴米茶”，未有不明其义，不辨其声者。“东边日出西边雨，道是无情却有情”，口头语也，试将上句变为“日出东边西边雨”，下句变为“道是有情却无情”，亦未有不明其义，不辨其声者。若使新造之言而作此等拗句，则几与海外方言无别，必经重译而后知之矣。即取前引《幽闺》之二句，定其工拙。“懒能向前”“事非偶然”二句，皆拗体也。“懒能向前”一句，系作者新构，此句便觉生涩，读不顺口。“事非偶然”一句，系家常俗语，此句便觉自然，读之溜亮，岂非用成语易工，作新句难好之验乎？予作传奇数十种，所谓“三折肱为良医”[④]，此折肱语也。因觅知音，尽倾肝膈。孔子云：“益者三友：友直，友谅，友多闻。”多闻，吾不敢居，谨自呼为直谅。

【注释】

①暗用韵：通常在句末押韵，不过有时也会在句中押韵，这便是“暗用韵”。

②古风：于六朝时期形成，是较为自由的一种诗体形式。

③揆（kuí）：量，度。

④三折肱（gōng）为良医：指的是断了三次臂骨，自己就会得到医治的经验。意思是实践出真知。

【译文】

音律的难点，并不是去读铿锵顺口的文章，而是去读那些佶屈聱牙的句子。铿锵顺口的文章，如果这个字的声韵有所不合，随便找个字便能够替换，不管怎么读都是通顺的，都能够成文，一下子写出几支曲子来又有什么难的。至于佶屈聱牙的句子，不被音律所束缚，肆意发挥还很难表现出才华，更不用说要辨明清浊阴阳和明用韵、暗用韵，还有绝对不适宜用韵的规定，死死地约束在里面吗？词牌中最容易填写的，有《皂罗袍》《醉扶归》《解三酲》《步步娇》《园林好》《江儿水》等曲子。韵脚虽然多，字句虽然长短不一，但是读者读起来十分顺口，作者自然可以任意创作，就算有一两句应当写成拗体，也就像诗中的古体，缺少才气的人在这里，也可以通过自己的努力而见其才华。至于像《小桃红》《下山虎》这类的曲子，就难以有让人们下笔的句子。《幽闺记·小桃红》中间一段写道："轻轻将袖儿掀，露春纤，盏儿拈，低娇面也。"每句虽然只有三个字，最后一个字押韵，但是每句的第二个字又必须用平韵，不能用仄声。这些地方，看起来很难，但是实际用起来并不都是难的。《下山虎》中写道："大人家体面，委实多般，有眼何曾见！懒能向前，弄盏传杯，恁般腼腆。这里新人忒杀虔，待推怎地展？主婚人，不见怜，配合夫妻事，事非偶然。好恶姻缘总在天。"只是"懒能向前""待推怎地展""事非偶然"这三句，便能够让人们绞尽脑汁。"懒能向前""事非偶然"这两句，每句有四个字，两个是平声两个是仄声，最后一个字押韵。"待推怎地展"这一句有五个字，最后一个字押韵，在五字之中，平声占了一个，其他四个都是仄声。这样的拗句，如何下笔？南曲之中这种类型的句子颇多，比这难十倍的也有，如果每个词牌都一一去引证，则不胜枚举，而读者想必也生厌；不引用一两处来界定难易，人们未必都知晓。只能随手拿出一首旧诗，用其生韵颠倒一下来说明。例如"云淡风轻近午天"这类句法，自然容易看出它的妙处，如果变为了"风轻云淡近午天"，则虽然是佳句，但是不夺人耳目。更何况"风轻云淡近午天"这七个字之中，未必每一个

字都符合音律，有的阴阳用错，有的平仄不对，一定要再换几个字，才能合拍。或者改成“风轻云淡午近天”，或者改为“风轻午近云淡天”，这类句法，以用音衡量是和谐了，但是如果用文理来衡量，还能称得上是词曲吗？天下的观众，有愿意说这句诗因为音律的局限，难以求精，体贴人情姑且原谅其缺陷的吗？回答的都是：不能。既然都回答说不能，那么作者将这句删去不写可以吗？还是自创一种格式畅所欲言呢？回答说：都不行。但是从事这种工作的人，也太难办了。想要变难为易，要怎么做呢？回答说：有一个便利的方法，词人或者用到它的人未必全都知晓。使用的人偶然合拍，就像是途中遇到了故人，是出人意料的，并不是我知道这个人在路上所以前往见他。只要是佶屈聱牙的句子，不符合自创的新句，只应当引用成语。成语挂在人们的嘴边，即使字稍有变动，稍微改动了一下声音，念起来也是顺口的。新造的句子，有一个字拗口，不仅念着不顺口，更让人无法了解其中的意思。现在我们也随意造出一两句来尝试一下。比如“柴米油盐酱醋茶”，这是人们的口头禅，试着改为“油盐柴米酱醋茶”，或者改为“酱醋油盐柴米茶”，没有不明白其中含义，辨别不出声音的。“东边日出西边雨，道是无情却有情”，也是口头语，试着将其上句改为“日出东边西边雨”，下句改为“道是有情却无情”，也没有不知道其中含义，辨别不出其声音的。如果让新造的语言变成这种拗句，那么跟外国话又有什么差别？一定要经过重新翻译之后才能明白其中的含义。就拿之前《幽闺记》中的两句来评点这种做法的优劣。“懒能向前”“事非偶然”这两句，均为拗句。“懒能向前”这一句，是作者重新写的，这句话便显得晦涩，读起来不顺口。“事非偶然”这一句，是家常俗语，这句话读起来便自然得多，读起来也顺畅、响亮，难道不是用现成熟语容易工整，自创的新句难以写好的最有力的证明吗？我写了几十种戏曲，正所谓久病成良医，这是我的经验之谈。由于想要找到知音，所以说出这样的肺腑之言。孔子说：“益友有三种：一种是正直的朋友，一种是宽容的朋友，一种是见多识广的朋友。”我虽不敢称见多识广，不过请允许我认为自己还算正直和宽容吧。

合韵易重

【原文】

句末一字之当叶者，名为韵脚。一曲之中，有几韵脚，前后各别，不可犯重。此理谁不知之？谁其犯之？所不尽知而易犯者，惟有“合前”数句。兹请先言合前之故。同一牌名而为数曲者，止于首只列名，其后在南曲则曰“前腔”，在北曲则曰“么篇”，犹诗题之有其二、其三、其四也。末后数语，在前后各别者，有前后相同，不复另作，名为“合前”者。此虽词人躲懒法，然付之优人，实有二便；初学之时，少读数句新词，省费几番记忆，一便也；登场之际，前曲各人分唱，合前之曲必通场合唱，既省精神，又不寂寞，二便也。然合前之韵脚最易犯重。何也？大凡作首曲，则知查韵，用过之字不肯复用，迨作到第二、三曲，则止图省力，但做前词，不顾后语，置合前数句于度外，谓前曲已有，不必费心，而乌知此数句之韵脚，在前曲则语语各别[①]，凑入此曲，焉知不有偶合者乎？故作前腔之曲，而有合前之句者，必将末后数句之韵脚紧记在心，不可复用；作完之后，又必再查，始能不犯此病。此就韵脚而言也。韵脚犯重，犹是小病，更有大于此者，则在词意与人不相合。何也？合前之曲既使同唱，则此数句之词意必有同情。如生旦净丑四人在场，生旦之意如是，净丑之意亦如是，即可谓之同情，即可使之同唱；若生旦如是，净丑未尽如是，则两情不一，已无同唱之理；况有生旦如是，净丑必不如是，则岂有相反之曲而同唱者乎？此等关窍，若不经人道破，则填词之家既顾阴阳平仄，又调角徵宫商[②]，心绪万端，岂能复筹及此？予作是编，其于词学之精微，则万不得一，如此等粗浅之论，则可谓知无不言，言无不尽者矣。后来作者，当锡予一字[③]，命曰“词奴”，以其为千古词人，尝效纪纲奔走之力也[④]。

【注释】

①乌知：哪里知道。后面的“焉知”的意思与此相似。

②角徵（zhǐ）宫商：中国古代音乐术语。宫商角徵羽，指的是古代五声音阶中的五个音级，也指发音部位。

③锡：同“赐”，赐予。

④纪纲：泛指奴隶，奴仆。

【译文】

句尾的最后一个应当押韵的字，称为韵脚。一首曲子之中，有几个韵脚，前后各有差别，不能有所重复。这个道理谁不知晓？谁会去犯这种错误？并非人们都知晓而容易犯的错误，只有“合前”这几句。现在请让我先说一下其中的缘由。使用同一个牌名而写几支曲子的，只有开头的一支曲子可以列上名字，在南曲中称为“前腔”，在北曲中则称为“么篇”，犹如诗的题目中有其二、其三、其四。曲子结尾的几句，有前后曲子各有差异的，有前后都相同，不再重写的，名为“合前”。这虽然是填词人偷懒的方法，不过交给了表演者，实际上却有两处便利；开始学的时候，少读几句新词，省去几番工夫去记忆，这是其中的一点便利；上场的时候，前曲由不同的人分着唱，“合前”的曲子一定是全场一起唱，既省去了精力，也不会显得寂寞，这是其中的第二点便利。不过合前的韵脚最容易重复。为什么呢？只要是写一首曲子，就知道要检查韵脚，用过的字不能再用，等到写到了第二、第三首曲子，则开始只为了省力，只顾着做前词，却不顾及后语，将“合前”

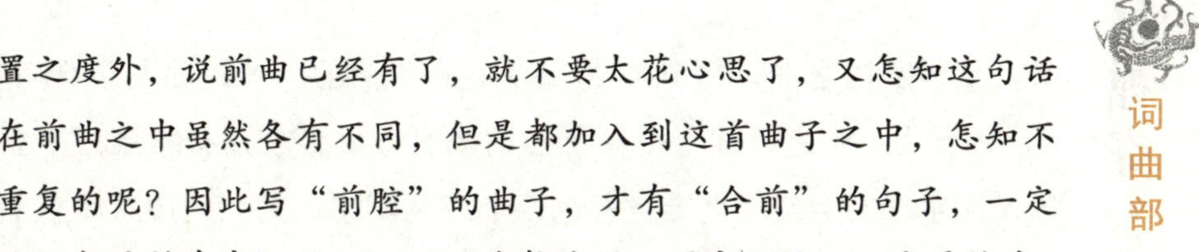

的句子置之度外，说前曲已经有了，就不要太花心思了，又怎知这句话的韵脚在前曲之中虽然各有不同，但是都加入到这首曲子之中，怎知不会偶然重复的呢？因此写“前腔”的曲子，才有“合前”的句子，一定要将前后几句的韵脚牢记于心，不可重复使用；写完之后，一定要检查，才不会犯这种毛病。这是针对韵脚而言的。韵脚如果重复了，还算是小毛病，还有比这更大的毛病，就是词的意思与说的人不相符。为什么呢？合前的曲子既然让全场一起演唱，那么这几句话的意思一定要能让大家产生共鸣。比如生、旦、净、丑四人都在场上，生、旦的意思是这样，净、丑的意思也要是这样，也就是所说的他们有共同的感情，因此可以共同演唱；如果生、旦是这样，净、丑却未必如此，则两种感情不一样，那么就没有共同演唱的道理；更有一些生、旦是这样，净、丑一定不是这样，那么怎么可能会有两种相反的曲子大家一同演唱的呢？这样的诀窍，如果不经人说破，那么填词家只顾着阴阳平仄，又调节了角徵宫商，心中思绪万千，如何能够顾及这一点呢？我写这篇文章，针对戏曲中的精妙之处，道出的不足万分之一。如此粗俗浅显的言论，可以说知无不言，言无不尽者。后面的作者，应当赐给我一个字号，称我为“词奴”，因为我正在为千古词人而奔波效力啊。

慎用上声

【原文】

平上去入四声，惟上声一音最别。用之词曲，较他音独低，用之宾白，又较他音独高。填词者每用此声，最宜斟酌。此声利于幽静之词，不利于发扬之曲；即幽静之词，亦宜偶用、间用，切忌一句之中连用二三四字。盖曲到上声字，不求低而自低，不低则此字唱不出口。如十数字高而忽有一字之低，亦觉抑扬有致；若重复数字皆低，则不特无音，且无曲矣。至于发扬之曲，每到吃紧关头，即当用阴字[1]，而易以阳字尚不发调[2]，况为上声之极细者乎？予尝谓物有雌雄，字亦有雌雄。平去入三声以及阴字，乃字与声之雄飞者也；上声及阳字，乃字与声之雌伏者也。此理不明，难于制曲。初学填词者，每犯抑扬倒置之病，其故何居？正为上声之字入曲低，而入白反高耳。词人之能度曲者[3]，世间颇少。其握管捻髭之际，大约口内吟哦，皆同说话，每逢此字，即作高声；且上声之字出口最高，入耳极清，因其高而且清，清而且亮，自然得意疾书。孰知唱曲之道与此相反，念来高者，唱出反低，此文人妙曲利于案头，而不利于场上之通病也。非笠翁为千古痴人，不分一毫人我，不留一点渣滓者，孰肯尽出家私底蕴，以博慷慨好义之虚名乎？

【注释】

①阴字：阴声字，尾韵大多为元音。

②阳字：阳声字，尾韵大多为辅音。

③度曲：作曲，按照曲谱唱曲。

【译文】

平上去入这四个声调，只有上声是最为特别的。用到的词曲之中，比其他三个音都要低，用到的宾白之中，又比其他音都要高。填词的人每次用这个音，最好要斟酌再三。这个声调适合运用在幽静的词曲之中，不适合在激昂的曲调之中应用；就算是幽静的词曲之中，最好也是少用、间隔使用，不可在一句之中连续使用二三四个字。曲子唱到上声的时候，不用刻意追求低声也能自然变低，如果不变低，那么这个字便唱不出口。就像是十几个高音字之中忽然有了一个低音字，也会让人觉得抑扬顿挫很有节奏；如果重复的十几个字都是低声，那么就会不仅没有声音，甚至会没有曲调。至于激昂的曲子，每次到了紧要关头，应当使用阴声字，换做阳声字就会变得无法发出声调，更何况上声极其细的声音。我曾经说动物有雌雄之分，字也有雌雄之分。平、去、入这三个声调以及阴字，便是字和声调之中的雄性；上声跟阳字，便是字与声调之中的雌性。不明白这个道

理，便难以创作词曲。初学填词的人，经常犯抑扬倒置的毛病，为什么会这样呢？正是由于上声字在曲中音调低，而在宾白时则声调高。填词的人能够编曲的，世间少有。他们握笔、捻须的时候，大多都口中念念有词，就像是在讲话，每碰到这个字，便当成高声；而且上声字说出来声音最高，听起来极为清亮，由于声高且音色清亮，自然容易做起来洋洋洒洒、奋笔疾书。怎知道唱曲的方法与作曲的方法相反，念出来高音的，唱出去反而低，这就是文人所写的妙曲只适合案头，却不适合在场上表演的通病。如果不是我这个千古痴人，不分你我，毫无保留，谁愿意将自己的家底都交代出来，用来博取慷慨好义的虚名呢？

少填入韵

【原文】

入声韵脚，宜于北而不宜于南。以韵脚一字之音，较他字更须明亮，北曲止有三声，有平上去而无入，用入声字作韵脚，与用他声无异也。南曲四声俱备，遇入声之字，定宜唱作入声，稍类三音，即同北调矣。以北音唱南曲可乎？予每以入韵作南词，随口念来，皆似北调，是以知之。若填北曲，则莫妙于此，一用入声，即是天然北调。然入声韵脚，最易见才，而又最难藏拙。工于入韵，即是词坛祭酒[①]。以入韵之字，雅驯自然者少[②]，粗俗倔强者多。填词老手，用惯此等字样，始能点铁成金。浅乎此者，运用不来，熔铸不出，非失之太生，则失之太鄙。但以《西厢》《琵琶》二剧较其短长。作《西厢》者，工于北调，用入韵是其所长。如《闹会》曲中“二月春雷响殿角”，“早成就幽期密约”，“内性儿聪明，冠世才学；扭捏着身子，百般做作”。“角”字，“约”字，“学”字，“作”字，何等驯雅！何等自然！《琵琶》工于南曲，用入韵是其所短。如《描容》曲中“两处堪悲，万愁怎摸?”愁是何物，而可摸乎？入声韵脚宜北不宜南之论，盖为初学者设，久于此道而得三昧者[③]，则左之右之，无不宜之矣。

【注释】

①祭酒：原本指祭祀或者宴席中举酒祭神的人，后来代指学官，也就是学界的领袖。

②驯雅：典雅而纯正，文雅而不俗。

③三昧：佛教用语，出自梵文，后来指事情的精妙之处或者秘诀。

【译文】

入声作的韵脚，适合应用于北曲而不适合应用于南曲。用韵脚一个字的音，往往要比其他字的音更为明亮，北曲只有三声，有平、上、去三声而没有入这个声，用入声字当做韵脚，跟用其他声是没有差别的。南曲中四声全都具备，碰到入声字，一定要唱作入声，稍稍与其他三声相类似，就跟北声相同了。用北声来唱南曲可以吗？我每次将入声韵作南词，随口念来，均跟北调相类似，因此知道了这一点。如果填的是北曲，则没有比这更加绝妙的了，一用入声，就变成了天然的北调。不过，入声韵脚最容易彰显一个人的才气，而又最难以将缺陷掩盖。善于用入声韵的，就是词

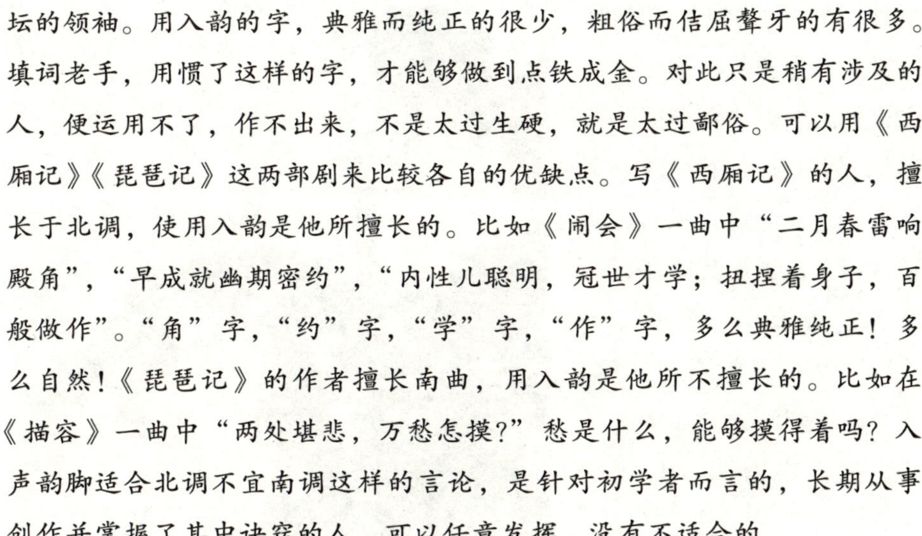
坛的领袖。用入韵的字，典雅而纯正的很少，粗俗而佶屈聱牙的有很多。填词老手，用惯了这样的字，才能够做到点铁成金。对此只是稍有涉及的人，便运用不了，作不出来，不是太过生硬，就是太过鄙俗。可以用《西厢记》《琵琶记》这两部剧来比较各自的优缺点。写《西厢记》的人，擅长于北调，使用入韵是他所擅长的。比如《闹会》一曲中“二月春雷响殿角”，“早成就幽期密约”，“内性儿聪明，冠世才学；扭捏着身子，百般做作”。“角”字，“约”字，“学”字，“作”字，多么典雅纯正！多么自然！《琵琶记》的作者擅长南曲，用入韵是他所不擅长的。比如在《描容》一曲中“两处堪悲，万愁怎摸?”愁是什么，能够摸得着吗？入声韵脚适合北调不宜南调这样的言论，是针对初学者而言的，长期从事创作并掌握了其中诀窍的人，可以任意发挥，没有不适合的。

别解务头

【原文】

填词者必讲“务头”，然务头二字，千古难明。《啸余谱》中载《务头》一卷，前后胪列[1]，岂止万言，究竟务头二字，未经说明，不知何物。止于卷尾开列诸旧曲，以为体样，言某曲中第几句是务头，其间阴阳不可混用，去上、上去等字，不可混施。若迹此求之，则除却此句之外，其平仄阴阳，皆可混用混施而不论矣。又云某句是务头，可施俊语于其上。若是，则一曲之中，止该用一俊语，其余字句皆可潦草涂鸦，而不必计其工拙矣。予谓立言之人，与当权秉轴者无异[2]。政令之出，关乎从违，断断可从，而后使民从之，稍背于此者，即在当违之列。凿凿能信，始可发令，措词又须言之极明，论之极畅，使人一目了然。今单提某句为务头，谓阴阳平仄，断宜加严，俊语可施于上。此言未尝不是，其如举一废百，当从者寡，当违者众，是我欲加严，而天下之法律反从此而宽矣。况又嗫嚅其词[3]，吞多吐少，何所取义而称为务头，绝无一字之诠释。然则“葫芦提”三字[4]，何以服天下？吾恐狐疑者读之，愈重其狐疑，明了者观之，顿丧其明了，非立言之善策也。予谓“务头”二字，既然不得其解，只当以不解解之。曲中有务头，犹棋中有眼，有此则活，无此则死。进不可战，退不可守者，无眼之棋，死棋也；看不动情，唱不发调者，无务头之曲，死曲也。一曲有一曲之务头，一句有一句之务头。字不聱牙，音不泛调，一曲中得此一句，即使全曲皆灵，一句中得此一二字，即使全句皆健者，务头也。由此推之，则不特曲有务头，诗词歌赋以及举子业，无一不有务头矣。人亦照谱按格，发舒性灵，求为一代之传书而已矣，岂得为谜语欺人者所惑，而阻塞词源，使不得顺流而下乎？

【注释】

①胪（lú）列：列举。

②秉轴者：指的是掌管政权的人。

③嗫嚅（niè rú）：吞吞吐吐。

④葫芦提：指的是糊里糊涂。

【译文】

填词的人一定要讲“务头”，但是务头这两个字，千百年来都不是很明了。《啸余谱》中记载了《务头》中的一卷，前后罗列的文字，何止上万字，但是说到底都没有将“务头”这二字讲述清楚，不清楚到底是什么。只在卷尾开列各种旧的曲目作为体样，指出曲子里面的第几句是务头，其间阴阳不能混淆使用，去上、上去等字，不能混淆使用。如果按照这种说法去推断，那么除了这句之外，其他句子中的平仄、阴阳，均可以混淆使用而不用顾忌。比如说某句是务头，可以在其中加入优美的词语。如此，那么一曲之中，只需要用一个好句，其他地方便能够随意些了，不用去计较它的好坏。我认为写作的人，应当跟掌权者一样。政令一发布，就关系着人们的听从还是违背，一定要保证百姓可以听从，之后再让百姓服从，稍稍有些背离的，就应当划为违法的行列。确保政令确凿可信，才能发布，措词又应当十分明了，行文要十分流畅，让人可以一目了然。现在单单直说哪句是务头，说明阴阳、平仄，一定要严格，优美的词语可以加入进去。这样的话也没有什么不对，但是他只强调一方面而舍弃了其他方面，当遵守的人少，违背的人多，我想要严格，结果天下的法律反而因此而宽松了，更何况论述得含含糊糊、吞吞吐吐，怎么能够被称为务头，绝对没有一个字能够诠释。然而糊里糊涂，又如何能够让天下信服？我担心困惑的人读了会更加困惑，明了的人读完，顿时又变得不是很明了了，并非是著书立说的好方法。我认为“务头”这两个字，既然无法解释清楚，那就用不解释来解决。曲调之中有务头，就像是棋盘之中有棋眼，有这个东西就能够活，没有就死。前进不能攻占，后退不能驻守，便是没有棋眼的棋，是死棋；观看之后没有动情，唱的时候发不出声调，是没有务头的曲子，是死曲。一曲之中应当有一曲的务头，一句之中也要有一句的务头。字不拗口，音不泛调，一首曲子之中有这么一句，就能够让整首曲

子都变得有灵性，一句之中有那么一两个字，就能够让整句都变得饱满，这便是务头。从这里可以推断，不只是曲子中要有务头，诗词歌赋以及科考文章之中，没有一个没有务头。人也需要按照曲谱、格式抒发自己的感情，只求让一代人流传罢了，怎么能被骗人的话所迷惑，将思路阻塞住，让其不能顺畅发挥呢？

演习部

选剧

小序

【原文】

填词之设，专为登场；登场之道，盖亦难言之矣。词曲佳而搬演不得其人，歌童好而教率不得其法，皆是暴殄天物，此等罪过，与裂缯毁璧等也。方今贵戚通侯，恶谈杂技，单重声音，可谓雅人深致，崇尚得宜者矣。所可惜者：演剧之人美，而所演之剧难称尽美；崇雅之念真，而所崇之雅未必果真。尤可怪者：最有识见之客，亦作矮人观场，人言此本最佳，而辄随声附和，见单即点，不问情理之有无，以致牛鬼蛇神塞满氍毹之上[①]。极长词赋之人，偏与文章为难，明知此剧最好，但恐偶违时好，呼名即避，不顾才士之屈伸，遂使锦篇绣帙，沉埋瓿瓮之间。汤若士之《牡丹亭》《邯郸梦》得以盛传于世，吴石渠之《绿牡丹》《画中人》得以偶登于场者，皆才人侥幸之事，非文至必传之常理也。若据时优本念，则愿秦皇复出，尽火文人已刻之书，止存优伶所撰诸抄本，以备家弦户诵而后已。伤哉，文字声音之厄，遂至此乎！

吾谓《春秋》之法，责备贤者，当今瓦缶雷鸣，金石绝响，非歌者投胎之误，优师指路之迷，皆顾曲周郎之过也。使要津之上，得一二主持风雅之人，凡见此等无情之剧，或弃而不点，或演不终篇而斥之使罢，上有憎者，下必有甚焉者矣。观者求精，则演者不敢浪习，黄绢色丝之曲，外孙齑臼之词，不求而自至矣。吾论演习之工而首重选剧者，诚恐剧本不佳，则主人之心血，歌者之精神，皆施于无用之地。使观者口虽赞叹，心实咨嗟②，何如择术务精，使人心口皆羡之为得也。

【注释】

①氍毹（qú shū）：原指毛织地毯，这里代指戏台。

②咨嗟（zī jiē）：叹息。

【译文】

戏曲的创作，是专门为了登台演出的；登台演出的规矩，通常却很难说明白。词曲写得好而演员却没有找对，或者演戏的演员找好了却没有教导对，均是暴殄天物，这样的罪过，与撕裂丝绸、损坏玉璧是一样的。如今的达官贵人，都讨厌谈论杂技，只看重戏曲，可以说是品味高雅，崇尚得当。不过令人惋惜的是：演剧的人虽然漂亮，他所出演的戏剧却很难尽善尽美；崇尚高雅的念头很真诚，所推崇的高雅却未必真的高雅。更为让人奇怪的是：最为见多识广的客人，也会呈现出矮人看戏的样子，他人说这部剧好看，也会随声附和，看到戏单就会点这出戏来看，也不去过问情理是否相通，以至于牛鬼蛇神全都登上了戏台。极为擅长词赋的人，偏要跟文章作对，明知道这部剧很好，但是唯恐自己违背了众人所好，一提到词句的名字就赶紧随声附和，不管有才之士是否委屈，就这样，好的曲目逐渐被埋没了。汤显祖的《牡丹亭》《邯郸梦》之所以能够在世上广为流传，吴石渠的《绿牡丹》《画中人》之所以能够偶尔在戏台上上演，均是才子侥幸得来的，并非是文采好就一定会流传的常理。如果根据如今演员的本意，那么更加希望秦始皇可以再生，将文人所刻印的书籍焚毁，只保存演员自己所编写的抄本，来让千家万户都去传唱才肯罢休。可悲啊，戏曲作品的厄运，已经到了如此地步了啊！

我认为按照《春秋》中的笔法，对贤人求全责备，如今的舞台上瓦缶雷鸣，金石绝响，并非是演员投错了胎，师傅指错了路，而是由于戏剧评论家的罪过。如果身居要位的人，有一两个能够崇尚风雅，看到这般不合情理的戏剧，或者放弃不予置评，或者还没有等它演完就让它停下来。上面有憎恨它的人，下面一定有更憎恨它的人。观看的人为了追求精湛，导致演戏的人都不敢随意出演，绝妙的好戏不用刻意寻找，就会主动出现，我之所以说演戏最高超的在于选择剧本，就是担心剧本不好，那么戏班主人的心血以及演员的精力就都投入到了没用的地方。观众虽然口上赞美，心中却在咒骂，不如在挑选剧本的时候精益求精，让人们心服口服呢。

别古今

【原文】

选剧授歌童，当自古本始。古本既熟，然后间以新词，切勿先今而后古。何也？优师教曲，每加工于旧而草草于新。以旧本人人皆习，稍有谬误，即形出短长；新本偶尔一见，即有破绽，观者、听者未必尽晓，其拙尽有可藏。且古本相传至今，历过几许名师，传有衣钵①，未当而必归于当，已精而益求其精，犹时文中“大学之道”“学而时习之”诸篇，名作如林，非敢草草动笔者也。新剧则如巧搭新题，偶有微长，则动主司之目矣。故开手学戏，必宗古本。而古本又必从《琵琶》《荆钗》《幽闺》《寻亲》等曲唱

起，盖腔板之正，未有正于此者。此曲善唱，则以后所唱之曲，腔板皆不谬矣。旧曲既熟，必须间以新词。切勿听拘士腐儒之言，谓新剧不如旧剧，一概弃而不习。盖演古戏，如唱清曲[②]，只可悦知音数人之耳，不能娱满座宾朋之目。听古乐而思卧，听新乐而忘倦。古乐不必《箫》《韶》《琵琶》《幽闺》等曲，即今之古乐也。但选旧剧易，选新剧难。教歌习舞之家，主人必多冗事，且恐未必知音，势必委诸门客，询之优师。门客岂尽周郎，大半以优师之耳目为耳目。而优师之中，淹通文墨者少，每见才人所作，辄思避之[③]，以凿枘不相入也[④]。故延优师者，必择文理稍通之人，使阅新词，方能定其美恶。又必藉文人墨客参酌其间，两议佥同[⑤]，方可授之使习。此为主人多冗，不谙音乐者而言。若系风雅主盟，词坛领袖，则独断有余，何必知而故询。噫，欲使梨园风气丕变维新，必得一二缙绅长者主持公道，俾词之佳音必传，剧之陋者必黜，则千古才人心死，现在名流，有不以沉香刻木而祀之者乎？

【注释】

①衣钵（bō）：原指佛教师傅传给弟子的袈裟跟钵，后来泛指传下来的学问、技能等。

②唱清曲：清唱，不用扮演。

③辄：总是。

④以凿枘（ruì）不相入：凿，圆榫。枘，方榫。

⑤佥（qiān）同：一致，都同意。

【译文】

选择戏曲传授给歌童，应当从老剧本开始。老剧本娴熟之后，然后再穿插一些新的戏曲，万不可先教授新戏然后再教授老戏。这是为何呢？优秀的老师教授戏曲，往往总是对老剧本细于加工，而对新剧本草草了事。是因为旧的戏曲人人都十分熟悉，稍有差池，就能够看出其中的疏漏；新的戏曲只是偶然得见，就算是出了破绽，观看的人、听戏的人也未必知晓，到处都是藏拙的地方。更何况老剧本能够传到现在，毕竟经过了多名高人的打造，衣钵相传，不得当的地方必然会修正得当，已经十分精彩的地方会更加精益求精，就像是时文中的“大学之道”“学而时习之”这些篇目一般，名作如林，不敢草草动笔。新剧如果能够巧妙地搭配新的题目，偶尔有一点长处，也能够牵动主考官的眼睛。因此开始学戏，一定要以老戏为宗。而这些老戏应当从《琵琶记》《荆钗记》《幽闺记》《寻亲记》等著名曲目唱起，由于腔板纯正，没有比这些老戏更加纯正的了。善于演唱这些曲子的，那么以后所唱的曲子，腔板全都不会错了。旧的戏曲已经熟悉之后，一定要穿插一些新的戏曲。千万不要去听那些拘士腐儒的话，认为新剧比不上旧剧，一律弃而不用。原本演古戏，如唱清曲，只能够让几个知音愉悦，不能让满座的宾朋都愉悦。听古乐容易昏昏欲睡，而听新曲则容易忘记疲倦。古乐不一定要是《箫》《韶》等雅乐，也不必是《琵琶记》《幽闺记》这些曲目，就是现在的古乐。不过选择老戏容易，选择新戏难。教歌习舞的人家，主人必然会有很多繁杂的事情，而恐怕并未熟悉戏曲，势必会将此类事情委托给门客，或者向戏师询问。门客哪里都是懂得音乐的周郎，大多都是将戏师的选择作为自己的选择。但是在戏师之中，精通文墨的人很少，每次看到才人所写，就寻思着想要避开，由于方跟圆不相和。因此延请戏师的人，一定要选择文理都懂的人，让他能够在看到新词的时候，就能够了解其是好还是坏。又一定要让文人墨客参与讨论，两方的意见一致，才能将戏曲传授给戏童学习。这是针对那些主人家事务繁忙，且不精通音乐的人而言的。如果主人是风雅盟主、词坛领袖，那么自己决定就绰绰有余了，何必明知而故问呢？哎，想要让戏园的风气来个大转变，出现新面貌，一定要让一两个缙绅长者主持公道，使好的词曲能够广为流传，让不好的剧目能够废除，如此千古才人才能瞑目，如今的戏曲名流哪里还会不对他们顶礼膜拜呢？

剂冷热

【原文】

今人之所尚，时优之所习，皆在热闹二字；冷静之词、文雅之曲，皆其深恶而痛绝者也。然戏文太冷，词曲太雅，原足令人生倦，此作者自取厌弃，非人有心置之也。然尽有外貌似冷而中藏极热，文章极雅而情事近俗者，何难稍加润色，播入管弦？乃不问短长，一概以冷落弃之，则难服才人之心矣。予谓传奇无冷热，只怕不合人情。如其离合悲欢，皆为人情所必至，能使人哭，能使人笑，能使人怒发冲冠，能使人惊魂欲绝，即使鼓板不动，场上寂然，而观者叫绝之声，反能震天动地。是以人口代鼓乐，赞叹为战争，较之满场杀伐，钲鼓雷鸣而人心不动[1]，反欲掩耳避喧者为何如？岂非冷中之热，胜于热中之冷；俗中之雅，逊于雅中之俗乎哉？

【注释】

①钲（zhēng）鼓：古时行军打仗或者舞台上使用的乐器。

【译文】

现在人所崇尚的，艺人们所习练的，均不出“热闹”两个字；冷静之词、文雅之曲都是深恶痛绝的。但是如果戏文太过生冷，词曲太过文雅，本身就足以让人们产生厌倦的情绪，这是作者自找的，并非是有人故意这样做的。但是全都是外表看上去很冷但内里极热，文章极为雅致而所表演的事情却十分寻常的，将它们稍加润色，配上乐器，就会有所改变。这有什么难的呢？不去过问好坏，一概弃之不用，则难以让才子们心服口服。

我说戏曲并没有所谓的冷热，只怕它不符合人之常情。例如剧中的悲欢离合，均是人情的必然，能够让人为之落泪，也能让人为之欢笑，能够让人怒发冲冠，也能让人惊魂欲绝，就算停止了锣鼓，台上一片寂然，但是观者的叫好声并不会停止，反而会更加震天动地。这是因为人们用嘴代替了鼓乐，用赞叹代替了战争。与满场都是打杀相比，战鼓雷鸣，观众却无动于衷，反而想要捂住耳朵避开喧嚣，又如何呢？难道不是冷中之热，要强过热中之冷；俗中之雅，不如雅中之俗吗？

变调

小序

【原文】

变调者，变古调为新调也。此事甚难，非其人不行，存此说以俟作者。才人所撰诗赋古文，与佳人所制锦绣花样，无不随时更变。变则新，不变则腐；变则活，不变则板。至于传奇一道，尤是新人耳目之事，与玩花赏月同一致也。使今日看此花，明日复看此花，昨夜对此月，今夜复对此月，则不特我厌其旧，而花与月亦自愧其不新矣。故桃陈则李代，月满即哉生①。花月无知，亦能自变其调，矧词曲出生人之口，独不能稍变其音，而百岁登场，乃为三万六千日雷同合掌之事乎？吾每观旧剧，一则以喜，一则以惧。喜则喜其音节不乖，耳中免生芒刺；惧则惧其情事太熟，眼角如悬赘疣②。学书学画者，贵在仿佛大都，而细微曲折之间，正不妨增减出入，若止为依样葫芦，则是以纸印纸，虽云一线不差，少天然生动之趣矣。因创二法，以告世之执郢斤者③。

【注释】

①月满即哉生：意思是月满就开始月缺，事物在不断地变化之中。

②赘疣（yóu）：肉瘤，皮肤病的一种。

③执郢（yǐng）斤者：技能高超的工匠，这里指的是善于写文章的人。

【译文】

变调，就是将古调改为新调。这件事很难，不是深得其中精髓的人不行，因此保留这样的说法来等待得力的作者。才子所写的诗赋古文，与佳人所制锦绣花样，没有不随时更新变化的。改变才能创新，不改变就会变得陈腐；改变会显得灵活，不改变会显得呆板。至于戏曲创作，要是有让人耳目一新的事情，就像是玩花赏月一样。如果今天看这朵花，明天还看这朵花，昨晚对着这个月亮，今晚还对着这个月亮，那么不仅我会厌倦陈旧，而且花跟月亮也会自己惭愧自己不新鲜了。因此桃花谢了有李花来代替，月满后就会出现月缺。花和月亮没有知觉，也能够改变自己的形态，更何况戏曲出自活人之口，就不能稍作修改，而是一出戏演上一百年，让三万六千个日子全都雷同吗？我每次看一部老的戏剧，既高兴又担心。高兴的是其音调不乖张，可以避免伤害耳朵；担心的是情节太过熟悉，如同眼角长了肉瘤。学习书法学习绘画的人，可贵的是能够跟名家相似，却能够在一些细微之处稍有出入，如果只是依样画葫芦，那么就是用纸张印纸，虽然说是丝毫不差，却少了一些天然生动的情趣。因此我创制了两种变调的方法，来告知给那些创作戏曲的人。

缩长为短

【原文】

观场之事，宜晦不宜明。其说有二：优孟衣冠[①]，原非实事，妙在隐隐跃跃之间[②]。若于日间搬弄，则太觉分明，演者难施幻巧，十分音容，止作得五分观听，以耳目声音散而不聚故也。且人无论富贵贫贱，日间尽有当行之事，阅之未免妨工。抵暮登场，则主客心安，无妨时失事之虑，古人秉烛夜游，正为此也。然戏之好者必长，又不宜草草完事，势必阐扬志趣，摹拟神情，非达旦不能告阕[③]。然求其可以达旦之人，十中不得一

二，非迫于来朝之有事，即限于此际之欲眠，往往半部即行，使佳话截然而止。

予尝谓好戏若逢贵客，必受腰斩之刑。虽属谑言，然实事也。与其长而不终，无宁短而有尾，故作传奇付优人，必先示以可长可短之法：取其情节可省之数折，另作暗号记之，遇清闲无事之人，则增入全演，否则拔而去之。此法是人皆知，在梨园亦乐于为此。但不知减省之中，又有增益之法，使所省数折，虽去若存，而无断文截角之患者，则在秉笔之人略加之意而已。法于所删之下折，另增数语，点出中间一段情节，如云昨日某人来说某话，我如何答应之类是也；或于所删之前一折，预为吸起，如云我明日当差某人去干某事之类是也。如此，则数语可当一折，观者虽未及看，实与看过无异，此一法也。予又谓多冗之客，并此最约者亦难终场，是删与不删等耳。尝见贵介命题，止索杂单，不用全本，皆为可行即行，不受戏文牵制计也。予谓全本太长，零出太短，酌乎二者之间，当仿《元人百种》之意，而稍稍扩充之，另编十折一本，或十二折一本之新剧，以备应付忙人之用。或即将古本旧戏，用长房妙手，缩而成之。但能沙汰得宜，一可当百，则寸金丈铁，贵贱攸分，识者重其简贵，未必不弃长取短，另开一种风气，亦未可知也。此等传奇，可以一席两本，如佳客并坐，势不低昂，皆当在命题之列者，则一后一先，皆可为政，是一举两得之法也。有暇即当属草[4]，请以下里巴人，为白雪阳春之倡。

【注释】

①优孟衣冠：出自《史记·滑稽列传》，说的是楚相孙叔敖过世之后，优孟穿上了孙叔敖的衣服跟楚王讲话，形态十分相似，后来用来指演员登台表演。

②隐隐跃跃：也就是“隐隐约约”。

③告阕：终了。

④属草：起草，打草稿。

【译文】

看戏这件事，适合晚上而不适合白天。原因主要有两点：演员表演，原本就不是真的，妙就妙在似是而非之间。在白天表演，就会觉得太过清楚，演员将难以施展虚幻的技巧，表演出十分音容，能够让观众感受到的只有五分，这是由于耳朵和眼睛在白天的注意力较为分散而难以集中的缘故。况且，人不管是富贵还是贫贱，白天要做的事情都有很多，看戏的话难免耽误时间。到了晚上演出的时候，主人与宾客都能够安下心来，不用担心耽误了时间和事情。古人秉烛夜游，正是因为如此。但是好戏必然会长些，又不适合草草结尾，必然会演绎得淋漓尽致，表演到位，不到天明不会罢休。不过想要找能够看通宵的人，十个之中找不出一两个，不是由于第二天还有事，就是由于当时犯困，往往看到一半的时候就离席了，导致好戏演到中间就停止了。

我曾经说过，好戏如果能够碰到贵客，必然会被腰斩。虽然是一句戏言，不过说的也是事实。与其戏太长演不完，不如简短一些有头有尾，因此在将剧本交给演员的时候，一定要先告知他们变换戏文长短的方法：取其情节可以删减的几折，用记号标出来，遇到的观众如果都清闲无事，就可将省去的部分加进去演，如果不是这样，就删去不演。这样的方法所有人都知晓，戏班也喜欢这样做。但是不知晓删减之中也有增补的方法，能够让删减的几折，虽然去掉了，但仿佛还存在一般，没有残缺不全的毛病，只是在于作者稍微增加几笔罢了。这种方法用于所删去的部分的下一折之前，另外增加几句话，点出中间的一些内情，比如说昨天某人来说了什么话，我是如何回答的之类的；或者所删部分的前一折的末尾，预先做一些交代，比如说我明天会派什么人去干一些什么事情之类的。这样，寥寥几句便能够充当一折，观者虽然还没来得及看，实际上却跟看过没什么两样，这是一种方法。我又要提到事情繁多的观众，就连缩减到最短的戏曲也很难看完，那么删减与不删减都一样。我曾经看到过达官贵人点戏，只要折子戏，不点全本，都是为了能够说走就走，不被剧情所牵制。我说全本太长，单折戏又太短，介乎两者之间的，仿照了《元人百种》而稍微扩充一下，另外编写一些十折为一本，或者十二折为一本的新剧，来应付那些行程匆忙的客人。或者将古书旧戏，缩减成为短篇。只要删减得当，一部能够抵得上一百部，就像是一寸金跟一丈铁，贵贱分明，懂的人看重的就是它的简要，未必不会抛弃长篇而选择短篇，另外开创一种新的风尚，也不是不可能的。这样的剧本，可以在一个晚上演完两本。如果宾客同坐，地位不相上下，那么可以一前一后，都派上用场，如此是一举两得的方法。有时间我就马上去写，请让我这个粗野之人，来提倡这种高雅的艺术吧。

变旧成新

【原文】

演新剧如看时文，妙在闻所未闻，见所未见；演旧剧如看古董，妙在身生后世，眼对前朝。然而古董之可爱者，以其体质愈陈愈古，色相愈变愈奇。如铜器玉器之在当年，不过一刮磨光莹之物耳，迨其历年既久，刮磨者浑全无迹，光莹者斑驳成文，是以人人相宝，非宝其本质如常，宝其能新而善变也。使其不异当年，犹然是一刮磨光莹之物，则与今时旋造者无别[1]，何事什佰其价而购之哉[2]？旧剧之可珍，亦若是也。今之梨园，购得一新本，则因其新而愈新之，饰怪妆奇，不遗余力；演到旧剧，则千人一辙，万人一辙，不求稍异。观者如听蒙童背书，但赏其熟，求一换耳换目之字而不得，则是古董便为古董，却未尝易色生斑，依然是一刮磨光莹之物，我何不取旋造者观之，犹觉耳目一新，何必定为村学究，听蒙童背书之为乐哉？然则生斑易色，其理甚难，当用何法以处此？曰：有道焉。仍其体质，变其丰姿，如同一美人，而稍更衣饰，便足令人改观，不俟变形易貌，而始知别一神情也。体质维何？曲文与大段关目是已。丰姿维何？科诨与细微说白是已。曲文与大段关目不可改者，古人既费一片心血，自合常留天地之间，我与何仇，而必欲使之埋没？且时人是古非今，改之徒来讪笑，仍其大体，既慰作者之心，且杜时人之口。科诨与细微说白不可不变者，凡人作事，贵于见景生情，世道迁移，

人心非旧，当日有当日之情态，今日有今日之情态，传奇妙在入情，即使作者至今未死，亦当与世迁移，自啭其舌，必不为胶柱鼓瑟之谈，以拂听者之耳。况古人脱稿之初，便觉其新，一经传播，演过数番，即觉听熟之言难于复听，即在当年，亦未必不自厌其繁，而思陈言之务去也。我能易以新词，透入世情三昧，虽观旧剧，如阅新篇，岂非作者功臣？使得为鸡皮三少之女[③]，前鱼不泣之男[④]，地下有灵，方颂德歌功之不暇，而忍以矫制责之哉[⑤]？但须点铁成金，勿令画虎类狗。又须择其可增者增，当改者改，万勿故作知音，强为解事，令观者当场喷饭，而群罪作俑之人，则湖上笠翁不任咎也。此言润泽枯槁，变易陈腐之事。予尝痛改《南西厢》，如《游殿》《问斋》《逾墙》《惊梦》等科诨，及《玉簪·偷词》、《幽闺·旅婚》诸宾白，付伶工搬演，以试旧新，业经词人谬赏，不以点窜为非矣。

尚有拾遗补缺之法，未语同人，兹请并终其说。旧本传奇，每多缺略不全之事，刺谬难解之情。非前人故为破绽，留话柄以贻后人，若唐诗所谓“欲得周郎顾，时时误拂弦”，乃一时照管不到，致生漏孔，所谓“至人千虑，必有一失”。此等空隙，全靠后人泥补，不得听其缺陷，而使千古无全文也。女娲氏炼石补天，天尚可补，况其他乎？但恐不得五色石耳。姑举二事以概之。赵五娘于归两月，即别蔡邕，是一桃夭新妇。算至公姑已死，别墓寻夫之日，不及数年，是犹然一冶容诲婬之少妇也。身背琵琶，独行千里，即能自保无他，能免当时物议乎？张大公重诺轻财，资其困乏，仁人也，义士也。试问衣食名节，二者孰重？衣食不继则周之，名节所关则听之，义士仁人，曾若是乎？此等缺陷，就词人论之，几与天倾西北，地陷东南无异矣，可少补天塞地之人乎？若欲于本传之外，劈空添出一人送赵五娘入京，与之随身作伴，妥则妥矣，犹觉伤筋动骨，太涉更张。不想本传内现有一人，尽可用之而不用，竟似张大公止图卸肩，不顾赵五娘之去后者。其人为谁？着送钱米助丧之小二是也。《剪发》白云：“你先回去，我少顷就着小二送来。”则是大公非无仆从之人，何以吝而不使？予为略增数语，补此缺略，附刻于后，以政同心。此一事也。《明珠记》之《煎茶》，所用为传消递息之人者，塞鸿是也。塞鸿一男子，何以得事嫔妃？使宫禁之内，可用男子煎茶，又得密谈私语，则此事可为，何事不可为乎？此等破绽，妇人小儿皆能指出，而作者绝不经心，观者亦听其疏漏；然明眼人遇之，未尝不哑然一笑，而作无是公看者也。若欲于本家之外，凿空构一妇人，与无双小姐从不谋面，而送进驿内煎茶，使之先通姓名，后说情事，便则便矣，犹觉生枝长节，难免赘瘤。不知眼前现有一妇，理合使之而不使，非特王仙客至愚，亦觉彼妇太忍。彼妇为谁？无双自幼跟随之婢，仙客现在作妾之人，名为采苹是也。无论仙客觅人将意，计当出此，即就采苹论之，岂有主人一别数年，无由把臂，今在咫尺，不图一见，普天之下有若是之忍人乎？予亦为正此迷谬，止换宾白，不易填词，与《琵琶》改本并列于后，以政同心。又一事也。其余改本尚多，以篇帙浩繁，不能尽附。总之，凡予所改者，皆出万不得已，眼看不过，耳听不过，故为铲削不平，以归至当，非勉强出头，与前人为难者比也。凡属高明，自能谅其心曲。

插科打诨之语，若欲变旧为新，其难易较此奚止百倍。无论剧剧可增，出出可改，即欲隔日一新，逾月一换，亦诚易事。可惜当世贵人，家蓄名优数辈，不得一诙谐弄笔之人，为种词林萱草，使之刻刻忘忧。若天假笠翁以年，授以黄金一斗，使得自买歌童，自编词曲，口授而身导之，则戏场关目，日日更新，毡上诙谐，时时变相。此种技艺，非特自能夸之，天下人亦共信之。然谋生不给，遑问其他？只好作贫女缝衣，为他人助娇，看他人出阁而已矣。

【注释】

①旋造：临时创造。

②什佰其价：是它价格的十倍百倍。

③鸡皮三少之女：传说春秋时陈国夏姬掌握了一种技术，能够让人“老而复壮”，能够让老得如鸡皮一般的皮肤三次就变得跟少女一般嫩滑。

④前鱼不泣之男：根据《战国策·魏策四》中所载，战国时魏国的宠

臣龙阳君在钓鱼时联想到了自己可能要面临的命运而哭泣不已。他当时在想，后来钓到更大的鱼就会忘记前面钓的鱼，自己失宠时应当跟前面钓的鱼命运相同。

⑤矫制：假命而改制。

【译文】

表演新剧就像是看时文，妙就妙在闻所未闻，见所未见；表演旧剧就像是看古董，妙就妙在生在后世，却能够看到前朝的物件。不过古董可爱的地方在于它的质地越是陈旧便越显得古朴，外表越是变化就越觉得新奇。就像是铜器和玉器制成的时候，不过是刮磨的光洁的物件罢了，等到它经历的年岁长了，当年刮磨之处变得了无痕迹，光泽之处也变得斑驳丛生，因此每个人都争抢着将它当成宝物，并非是由于它本质没变而被视为宝物，而是由于它能够生出新的样貌且善于变化。如果仍然跟当年一般是一件刮磨光洁的物件，那么就跟现在临时制造出来的没有什么两样了，何必要花十倍百倍的价格去购买它呢？旧戏的珍贵就是如此。现在的戏院买到一本新戏的剧本，就是由于它是新的而且要将它变得更新，不遗余力地用奇怪的妆容去装饰它；表演旧剧的时候，则千篇一律，万篇一律，没有丝毫变化。观众就像是听小孩背书，只看他很熟练，却听不到他能说出让人耳目一新的字眼，如此，古董还是古董，却从来没有改变颜色生出斑痕，依然是一件刮磨光莹的物件。我何不拿出刚刚打造出来的欣赏，还能觉得耳目一新，何必要去做一个老学究，听蒙童背书而欢乐不已呢？但是生斑变色，其中的道理十分困难，应当用什么样的方法来处理呢？我说：有方法。依然保持它的本质，变化它的外貌，就像是一位美人，只是稍微更换改变一下她的衣饰，就能了解到其另一番神色。本质是什么呢？就是曲文与大段的关系。外貌是什么呢？就是插科打诨与细微宾白。曲文与大段关目不可能更改，古人费尽一片心血，自然应当长留于世，我跟他们有什么仇怨，非要将其作品埋没？更何况现代人都崇古而薄今，擅自修改只能白白招来世人的嘲笑。让原作大体保持不变，不仅可以告慰作者的苦心，还能堵住时人的嘴。科诨与细微宾白之所以不能不改变的原因，在于人们做事的时候，贵在能够触景生情。世道变了，人心不古，当时有当时的情态，现在有现在的情态，戏曲最巧妙之处在于能够入情，就算作者至今未死，也应当根据世事的变迁而改变，改变自己的口吻，一定不能说无法变通的话，来让观众听着不舒服。更何况，就算古人在刚刚完稿的时候，觉得新颖，一旦经过几番传播，听熟了之后就不想再听了。就算是在当年，自己也未必不会觉得厌烦，而开始思考将过于陈旧的词汇去除。如果我们能够改变成新词，掺入现在的人情，虽然看的是旧剧，却像是在看新剧一般，难道不是原作者的功臣吗？能够让旧戏焕发新生，成为就算是新作辈出的年代也不会被遗弃的经典作品，作者如果地下有灵，歌功颂德都来不及，如何会因为改编而怪罪我们呢？不过改编的时候一定要能够点铁成金，不要画虎不成反类犬。又必须选择其中能够增添的去增添，应当更改的去更改，万不可自以为是，牵强附会，让观众当场喷饭，而一起怪罪我这个始作俑者，如此我可就不负责了。这里说润色枯燥乏味的语言，更改陈腐的地方。我曾经大改《南西厢》，比如《游殿》《问斋》《逾墙》《惊梦》当中的插科打诨，以及《玉簪·偷词》《幽闺·旅婚》等里面的宾白，然后交给演员出演，对新旧剧本进行比较，这已经得到词人们的错爱，我并不认为自己改动的地方有何不妥。

还有一个对旧剧拾遗补缺的方法，并没有讲给人们听，现在就让我一起讲完吧。旧本的戏曲，经常会出现残缺不全的情节以及让人难以理解的错误之处。这些并非是前人的疏漏，故意作为把柄被后人所耻笑的，就像唐诗中的“欲得周郎顾，时时误拂弦”，乃是由于一时照管不到，导致出现了漏洞，正所谓“智者千虑，必有一失”。这样的漏洞，全都要靠后人去发现和弥补，不能任由其继续缺漏下去，使千古都没有完整的戏文。女娲氏炼石补天，天尚且能够补，更何况是其他东西呢？只是担心无法得到补天的五色石罢了。姑且举上一两个例子来概括一下。赵五娘新婚两个月，跟丈夫蔡邕分别的时候，还是一个桃花般美貌的新媳妇。直到公姑去世，祭别了公婆的坟墓去寻找丈夫，也不过几年而已，依然是一位美丽动人的少妇。身上背着琵琶，独自走了千里，就算能够保证自己不会出事，但是能够避免不遭受世人的非议吗？张大公重视承诺轻视钱财，为贫困的赵五娘提供了资助，是一位仁义之士。敢问衣食与名节，这两个哪个更为重要？缺少衣食张大公就会去周济，关系名节的事情却听从她。仁人义士，难道就是这个样子吗？这样的缺陷，就戏曲家而言，几乎跟天倾西北、地陷东南的大错没有什么两样，怎么能够缺少填补漏洞的人呢？想要在原剧本之外，凭空添加一个人送赵五娘进京，跟随她左右作伴，妥当是妥当，却觉得伤筋动骨，大费周章。不曾想本传中有现成的一个人，尽可以使用却没有被使用，就好像张大公只顾着推卸责任，却不管赵五娘去寻夫之后会发生什么事情。这个人是谁？就是张大公派去给赵五娘送钱送米帮助置办丧事的小二。《剪发》中张大公说："你先回去，我一会儿就让小二送来。"那么张大公并非没有仆人，为什么不去使唤呢？我为这部戏粗略地增加了几句，来填补这样的漏洞，附在了本篇之后，来向同行求证。这是一个案例。《明珠记》中的《煎茶》一折，负责传递消息的人是塞鸿。塞鸿是一个男子，如何能够服侍嫔妃呢？如果宫禁之内，能够让男子煎茶，又能跟他说悄悄话，这种事都能做了，还有什么事情是不能做的呢？如此破绽，就连妇人孩童都能够指出来，而作者却一点儿也没发现，观众也任由这个疏漏继续存在下去；但是明眼人都看懂了，未尝不曾哑然一笑，只当塞鸿这个人是不存在的。如果想要在本家之外凭空再虚构一个妇人，没有跟无双小姐见过面，送进驿内煎茶，让其先自行通报自己的姓名，然后再说出其他事由，方便倒是方便，但是依然会觉得节外生枝，难免觉得累赘。

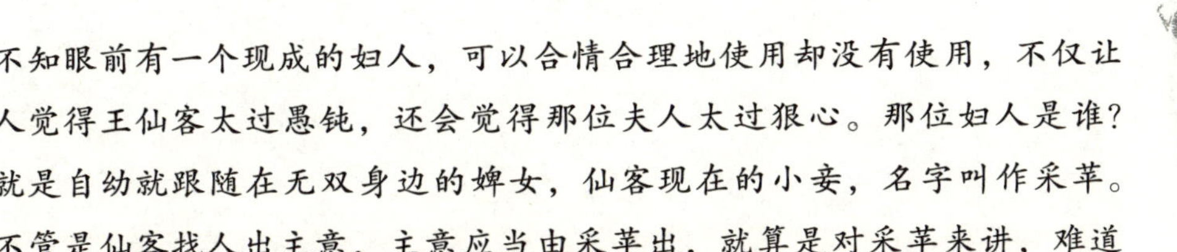

不知眼前有一个现成的妇人，可以合情合理地使用却没有使用，不仅让人觉得王仙客太过愚钝，还会觉得那位夫人太过狠心。那位妇人是谁？就是自幼就跟随在无双身边的婢女，仙客现在的小妾，名字叫作采苹。不管是仙客找人出主意，主意应当由采苹出，就算是对采苹来讲，难道跟主人一别数年，没有办法服侍，如今主人近在咫尺，却不想要见上一面吗？普天之下怎么会有这样残忍的人呢？我也修正了这里的错误，只更换了其中的宾白，不改动其曲文，跟《琵琶记》的改本一同附在了后面，来向同行征求意见。这又是一个事例。其他更改的剧本有很多，但是由于篇幅太长，无法全部附在后面。总之，只要是我能够更改的，都是出于万不得已，眼睛看不过，耳朵听不过，因此删去了错误的地方，让其归于妥当。并不是我想要强出头，故意刁难古人。只要是高明的人，自然能够谅解我的用心。

插科打诨的话，如果想要变旧为新，它的难易程度跟这些相比何止容易百倍。不要说每个剧本都能够有所增加，每出戏都能够有所删改，就算是隔天想要更新，每月想要更换，也是十分容易的事情。不过可惜的是，如今的权贵，家中养着无数艺人，却没有一名诙谐弄笔之人，可以为他写一些幽默的句子，让他能够时刻忘记忧愁。如果上天能够让我再多活几年，给我一斗黄金，让我能够自己去买歌童，自编词曲，亲口去教授他们，那么戏场上的关目，每日都会更新，曲坛上的幽默，随时都会变着花样。这样的技艺，并不需要我特意去自夸，全天下的人也都会相信。但是我现在谋生都来不及，哪里还顾得上去过问其他事情呢？只好像贫家女那般给别人做嫁衣，增添别人的魅力，看着别人出嫁而已。

授曲

小序

【原文】

声音之道，幽渺难知。予作一生柳七[①]，交无数周郎，虽未能如曲子相公身都通显[②]，然论其生平制作，塞满人间，亦类此君之不可收拾。然究竟于声音之道未尝尽解，所能解者，不过词学之章句，音理之皮毛，比之观场矮人，略高寸许，人赞美而我先之，我憎丑而人和之，举世不察，遂群然许为知音。噫，音岂易知者哉？人问：既不知音，何以制曲？予曰：酿酒之家，不必尽知酒味，然秫多水少则醇�[③]，曲好蘖精则香冽[④]，此理则易谙也；此理既谙，则杜康不难为矣。造弓造矢之人，未必尽娴决拾[⑤]，然曲而劲者利于矢，直而锐者宜于鹄[⑥]，此道则易明也；既明此道，即世为弓人矢人可矣。虽然，山民善跋，水民善涉，术疏则巧者亦拙，业久则粗者亦精；填过数十种新词，悉付优人，听其歌演，近朱者赤，近墨者黑，况为朱墨所从出者乎？粗者自然拂耳，精者自能娱神，是其中菽麦亦稍辨矣。语云："耕当问奴，织当访婢。"予虽不敏，亦曲中之老奴，歌中之黠婢也[⑦]。请述所知，以备裁择。

【注释】

①柳七：指的是宋朝的词人柳永，因排行七，也被称为柳七。

②曲子相公：这是五代晋相和凝的绰号。和凝在年少时好为曲子词，流

传颇广，因此被世人称为“曲子相公”。

③秫（shú）：高粱。

④糵（niè）：酿酒的曲。

⑤决拾：射箭的工具，这里指射箭。

⑥鹄：箭靶的中心。

⑦黠（xiá）：机灵，聪明而狡猾。

【译文】

声音的真谛，是幽深缥缈而难以理解的。我做了一生填词谱曲的柳永，结交了无数精通音乐的周郎，虽然没有跟曲子相公一般声名显赫，但是要谈论生平的创作的话，也是塞满人间的，也像他那般多到不可收拾。但是我到底是没有对音乐的真谛完全理解，所能够理解的，不过是诗词的个别章句，以及乐曲的一些皮毛罢了，比现场看戏什么都不懂的人，稍微多了解一些罢了，人们称赞之前我已经先行称赞了，我所厌恶的人们也会随声附和，世人全都不了解真相，于是都将我称赞为是精通音律的人。

唉，音律岂是这么容易理解的？有人询问说：既然不了解音律，怎么来谱曲呢？我说：酿酒的人家并非全都知道酒的滋味，但是多放高粱少放水酒味才会香醇，酒曲好酒味就香，这个道理很容易明白；这个道理既然明白了，那么酿杜康这样的佳酿就不难了。制造弓箭的人并非全都擅长射箭，但是弯曲且强劲的弓更利于射箭，笔直锋利的箭更容易射中，这个道理也是简单明了的；既然明白了这个道理，那么世人就都能够成为制造弓箭的人了。虽然山中的人善于爬山，水边的人善于涉水，但是技术生疏的话，再灵巧的人也会显得笨拙，从事某个职业时间长了，再粗笨的人也会变得精通；填写过几十种新词，全部都交给演员出演了，听他们唱歌表演，近朱者赤，近墨者黑，更何况是填写戏曲的作者呢？粗糙的地方自然听着不顺耳，精彩的地方自然能够娱乐身心，因此戏曲之中的优劣也逐渐明晰。俗话说："种田的事情应当向奴仆请教，织布的事情应当向婢女请教。"我虽然不够聪慧，也算是戏曲之中的老奴，唱词中的巧婢了。请让我将自己所知晓的阐述出来，备后人裁断选择。

解明曲意

【原文】

唱曲宜有曲情，曲情者，曲中之情节也。解明情节，知其意之所在，则唱出口时，俨然此种神情，问者是问，答者是答，悲者黯然魂消而不致反有喜色，欢者怡然自得而不见稍有瘁容①，且其声音齿颊之间，各种俱有分别，此所谓曲情是也。吾观今世学曲者，始则诵读，继则歌咏，歌咏既成而事毕矣。至于讲解二字，非特废而不行，亦且从无此例。有终日唱此曲，终年唱此曲，甚至一生唱此曲，而不知此曲所言何事，所指何人。口唱而心不唱，口中有曲而面上、身上无曲，此所谓无情之曲，与蒙童背书，同一勉强而非自然者也。虽腔板极正，喉舌齿牙极清，终是第二、第三等词曲，非登峰造极之技也。欲唱好曲者，必先求明师讲明曲义。师或不解，不妨转询文人，得其义而后唱。唱时以精神贯串其中，务求酷肖。

若是，则同一唱也，同一曲也，其转腔换字之间，别有一种声口，举目回头之际，另是一副神情，较之时优，自然迥别。变死音为活曲，化歌者为文人，只在能解二字，解之时义大矣哉！

【注释】

①瘁（cuì）容：憔悴的神色。

【译文】

唱曲的时候应当含有曲情。曲情，就是戏曲之中的情节。明白了其中的情节，知道了它所传达的意思所在，在唱出口的时候，俨然这种神情，问的人是在问，回答的人是在回答，悲伤的时候就要表现出黯然魂消，而不是反有喜色，欢乐的人就应当怡然自得而不能稍微流露出憔悴的容颜，且声音口齿面颊之间，各种情形都存在着彼此的差异，这就是所说的曲情。我看如今学曲的人，开始的时候诵读，然后开始歌咏，歌咏完毕之后事情也就完毕了。至于“讲解”这两个字，不仅废除且没有实行，也从来就没有这样的惯例。有的人从早到晚都在唱这首曲子，全年都在唱这首曲子，甚至一生都在唱这首曲子，却不知道这首曲子所说的是哪件事，所指的是哪个人，嘴里在唱但是心里没有唱，嘴里带着曲子但是身体里并没有曲子，这被称为无情，就跟幼童背书一样，都是强迫之下做的而不是自然而然的行动。虽然腔板极正，喉舌齿牙极其清楚，终究不过是第二、第三等词曲，并非是登峰造极的技能。想要唱好词曲，一定要先请求名师将其中的意思讲清楚。老师如果也有不解的地方，不妨转而去咨询文人，明白了其中的意思之后再演唱。唱的时候应当全神贯注，务必要做到酷似。如果这样，那么同是一唱，同是一曲，在转腔换字之间，就会别有一番韵味，抬头回眸的时候，别有一番神情，跟当下的演员相比，自然有着天壤之别。将没有生命的声音变成有生命的曲调，将歌者变成文人，只在于“能解”这两个字，理解的意义确实十分重要啊！

调熟字音

【原文】

调平仄，别阴阳，学歌之首务也。然世上歌童解此二事者，百不得一。不过口传心授，依样葫芦，求其师不甚谬，则习而察，亦可以混过一生。独有必不可少之一事，较阴阳平仄为稍难，又不得因其难而忽视者，则为“出口”“收音”二诀窍。世间有一字，即有一字之头，所谓出口者是也；有一定，即有一字之尾，所谓收音者是也。尾后又有余音，收煞此字，方能了局。譬如吹箫、姓萧诸“箫”字，本音为箫，其出口之字头与收音之字尾，并不是“箫”。若出口作“箫”，收音作“箫”，其中间一段正音并不是“箫”，而反为别一字之音矣。且出口作“箫”，其音一泄而尽，曲之缓者，如何接得下板？故必有一字为之头，以备出口之用，有一定为之尾，以备收音之用，又有一字为余音，以备煞板之用。字头为何？“西”字是也。字尾为何？“天”字是也。尾后余音为何？“乌”字是也。字字皆然，不能枚纪[①]。《弦索辨讹》等书载此颇详，阅之自得。

要知此等字头、字尾及余音，乃天造地设，自然而然，非后人扭捏而成者也，但观切字之法，即知之矣。《篇海》《字汇》等书，逐字载有注脚，以两字切成一字。其两字者，上一字即为字头，出口者也；下一字即为字尾，收音者也；但不及余音之一字耳。无此上下二字，切不出中间一字，其为天造地设可知。此理不明，如何唱曲？出口一错，即差谬到底，唱此字而讹为彼字，可使知音者听乎？故教曲必先审音。即使不能尽解，亦须讲明此义，使知字有头尾以及余音，则不敢轻易开口，每字必询，久之自能惯熟。“曲有误，周郎顾。”苟明此道，即遇最刻之周郎，亦不能拂情而左顾矣。字头、字尾及余音，皆为慢曲而设，一字一板或一字数板者，皆不可无。其快板曲，止有正音，不及头尾。缓音长曲之字，若无头尾，非止不合韵，唱者亦大费精神，但看青衿赞礼之法[②]，即知之矣。“拜”“兴”二字皆属长音。“拜”字出口以至收音，必俟其人揖毕而跪，跪毕而拜，为特甚久。若止唱一“拜”字到底，则其音一泄而尽，不当歇而不得不歇，失傧相之体矣。得其窍者，以“不”“爱”二字代之。“不”乃“拜”之头，“爱”乃“拜”之尾，中间恰好是一“拜”字。以一字而延数晷[③]，则气力不足；分为三字，即有余矣。“兴”字亦然，以“希”“因”二字代之。赞礼且然，况于唱曲？婉譬曲喻，以至于此，总出一片苦心。审乐诸公，定须怜我。字头、字尾及余音，皆须隐而不现，使听者闻之，但有其音，并无其字，始称善用头尾者；一有字迹，则沾泥带水，有不如无矣。

【注释】

①枚纪：一个一个记录。

②青衿赞礼之法：典礼时司仪的发音方法。赞礼，典礼的司仪。

③晷（guǐ）：日影，这里引申为时光。

【译文】

调节平仄、区别阴阳，是学习唱戏的人首先要掌握的技能。但是世上的歌童能够了解这两点的，一百个人之中也不一定能出现一个。不过口传心授，依样画葫芦，向师傅求教也不算什么大错，只是习以为常，没有觉察，也能够混过一生。只是有一件事不能缺少，与区分阴阳、调节平仄相比要稍微更难一些，却又是不能由于难而忽略掉的，就是“出口”“收音”这两个诀窍。世间有一个字，就有一个字的字头，就是所说的出口；有一个字，就有一个字的字尾，也就是所谓的收音。字尾之后还有余音，收煞这个字，才算是完。例如吹箫、姓萧等这个“箫”字，本音为箫，如果出口的字头与收音的字尾都读“箫”，中间一段的正音就会不是“箫”，反而成了另一个字的发音。而且出口是“箫”，声音一发出就结束了，曲子缓慢的，要如何去接下一板？因此必须用一个字当字头，用于开口；一个字作为字尾，用于收音，还要让一个字去充当余音，用来煞板。“箫”字的字头是什么？就是“西”字。字尾时什么呢？就是“夭”字。尾后的余音应当是什么呢？就是“乌”字。每个字都是如此，就不一一列举了。《弦索辨讹》这些书对这些的记载十分详细，看后自然能够有所收获。要知道这些字头、字尾及余音，都是天造地设，自然而然的，并非是后人捏造而成的，只要看切字的方法，就明白了。《篇海》《字汇》等书，每个字都会标有注脚，用两个字切为一个字。这两个字，前一个字是字头，就是出口；后一个字是字尾，就是收音；只是没有涉及余音的那个字罢了。没有这上下两个字，就切不出中间一字，由此可见它们是天造地设的。这个道理如果不明白，又如何唱戏呢？出口一错，就会一错到底，将这个字错唱成那个字，如何能够让懂戏的人听得懂？因此教人唱曲一定要先审定字音。就算不能解释清楚明白，也应当要讲明道理，让其明白字头字尾以及余音，如此就不敢轻易开口，每个字都一定要向他人请教，时间长了自然就能够熟练掌握了。“曲有误，周郎顾。”如果明白了这个道理，就算遇到再苛刻的周郎，也不会不顾情面地责问你了。字头、字尾及余音，全都是专门为慢曲而设，一字一板或一字数板的，全都不能少。那些节奏快的，只有正音，没有字头、字尾。缓音长曲当中的字如果没有字头、字尾，不仅不合韵律，演唱的人也会精疲力尽，只要看看司仪典礼时唱读时的方

法，就能够知晓了。“拜”跟“兴”这两个字都属于长音。“拜”字从出口到收音，一定要等到行礼的人礼毕之后再次下跪，下跪结束之后再叩首，时间很长。如果只发一个“拜”字的音到底，那么会让声音刚一发出就结束，在不该停的地方却又不能不停，从而丢掉了主持的人的体面。了解了其中诀窍的人，用“不”和“爱”这两个字来代替。“不”是“拜”的字头，“爱”是“拜”的字尾，中间刚好有一个“拜”字。用一个字而延长很长时间，就会力气不足；如果分成了三字，就有余地。“兴”字也是这样，用“希”“因”这两个字来代替。典礼都是这样，更何况是唱戏呢？我委婉地比喻到这种程度，是出于一番苦心。审查音乐的各位，一定要怜悯我。字头、字尾及余音，全都应当隐而不现，让观众听见的，只有其音，并无其字，才能称得上是善于运用字头字尾；一旦有了字的痕迹，就容易拖泥带水，有还不如没有呢。

字忌模糊

【原文】

学唱之人，勿论巧拙，只看有口无口①；听曲之人，慢讲精粗，先问有字无字。字从口出，有字即有口。如出口不分明，有字若无字，是说话有口，唱曲无口，与哑人何异哉？哑人亦能唱曲，听其呼号之声，即可见矣。常有唱完一曲，听者止闻其声，辨不出一字者，令人闷杀。此非唱曲之料，选材者任其咎，非本优之罪也。舌本生成，似难强造，然于开口学曲之初，先能净其齿颊，使出口之际，字字分明，然后使工腔板，此回天大力，无异点铁成金，然百中遇一，不能多也。

【注释】

①有口无口：跟下文的“有字无字”一样，都是说唱曲要讲究字正腔圆，吐字要清晰。

【译文】

学唱曲的人，不管是巧还是拙，只看他是否字正腔圆；听曲的人，慢讲精粗，先看演员是否字正腔圆。字从口中发出，有字就有口。如果出口不是很清晰，有字跟无字一般，这就是说话有口，唱曲没有口，跟哑巴有什么差别？哑巴也能唱曲，听他的呼号之声就能够知晓了。常常有唱完一曲，听的人只听到了他的声音，却分辨不出一个字，让人十分郁闷。这并非是唱曲的人所能预料的，责任在于选材的人，而并非是唱曲的人的过错。舌头本就是天生的，似乎难以强制改变，但是在开口学习唱曲的时候，一定要让他的口齿和脸颊净化，让他在开口的时候，能够字字分明，然后让他在腔板上下工夫，这是回天大力，无异于点铁成金，不过一百个人之中也就能遇到一个，不能再多了。

曲严分合

【原文】

同场之曲[①]，定宜同场，独唱之曲，还须独唱，词意分明，不可犯也。常有数人登场，每人一只之曲，而众口同声以出之者，在授曲之人，原有浅深二意：浅者虑其冷静，故以发越见长[②]；深者示不参差，欲以翕如见好[③]。尝见《琵琶·赏月》一折，自“长空万里”以至“几处寒衣织未成”，俱作合唱之曲，谛听其声，如出一口，无高低断续之痕者，虽曰良工心苦，然作者深心，于兹埋没。此折之妙，全在共对月光，各谈心事，曲既分唱，身段即可分做，是清淡之内，原有波澜。若混作同场，则无所见其情，亦无可施其态矣。惟“峭寒生”二曲可以同唱，首四曲定该分唱，况有“合前”数句振起神情，原不虑其太冷。他剧类此者甚多，举一可以概百。戏场之曲，虽属一人而可以同唱者，惟行路出师等剧，不问词理异同，皆可使众声合一。场面似闹，曲声亦宜闹，静之则相反矣。

【注释】

①同场之曲：合唱，齐唱。

②发越：发声洪亮。

③翕（xī）如：声音柔和。

【译文】

合唱的曲子，一定要适合合唱；独唱的曲子，还须独唱，词意一定要分明，这一点不能违背。经常会出现多人登场，每人各有一支曲子，而众口同声演唱出来的情况，在教授唱曲的人，原本有深浅两层意思：浅的是担心场上冷清，因此想要用洪亮的声音让全场热闹起来；深的是想要让整体显得整齐，让观众在听后能够为之一振。我曾经观赏过《琵琶·赏月》

这一折戏，从“长空万里”到“几处寒衣织未成”，全都是合唱的曲目，听他们的声音，像是出自一人之口，没有高低、断续的痕迹。虽然可以称得上是用心良苦，却将作者的良苦用心给埋没了。这折戏的精彩，在于要共同面对月光，各自谈各自的心事，曲既然已经分着唱了，演员的身段也可以分开来做，平淡冷清之中又显出一些波澜。如果混在一起唱，就无法看到人物的感情，也无法施展自己的神态。只有“峭寒生”这两个曲子能够一起演唱，前面的四支曲子一定要分开来唱，更何况还有“合前”几句可以振奋精神，原本就不用担心台上太过冷清。其他剧本中像这种情况有很多，举一个例子就能够概括了。戏场上的曲子，虽然属于一人却可以同唱的，只有《行路》《出师》等剧，不用过问词理异同，都能够让众人一同演唱。场面看起来颇为热闹，曲声也显得十分热闹，让它安静则情况会恰恰相反。

锣鼓忌杂

【原文】

戏场锣鼓，筋节所关①，当敲不敲，不当敲而敲，与宜重而轻，宜轻反重者，均足令戏文减价。此中亦具至理，非老于优孟者不知。最忌在要紧关头，忽然打断。如说白未了之际，曲调初起之时，横敲乱打，盖却声音，使听白者少听数句，以致前后情事不连，审音者未闻起调，不知以后所唱何曲。打断曲文，罪犹可恕，抹杀宾白，情理难容。予观场每见此等，故为揭出。又有一出戏文将了，止余数句宾白未完，而此未完之数句，又系关键所在，乃戏房锣鼓早已催促收场，使说与不说同者，殊可痛恨。故疾徐轻重之间，不可不急讲也。场上之人将要说白，见锣鼓未歇，宜少停以待之，不则过难专委，曲、白、锣鼓，均分其咎矣。

【注释】

①筋节：指关键的地方。

【译文】

戏台上的锣鼓，对整部戏起到了关键性的作用。该敲的时候不敲，不该敲的时候却敲了，还有该敲重的时候却敲轻了，该敲轻的时候反而重了，都足以让戏文掉价。这其中蕴藏着很深的道理，不是经验老到的行家并不知晓。最忌讳的就是在关键时刻，突然打断了。比如说白还没有终了，曲调刚开始，如果锣鼓横敲乱打，却不知道后面要唱什么曲子。打断了曲文，罪犹可恕，抹杀宾白，却是情理难容。我在看戏的时候经常会看到这种情况，因此在此要特意指出来。还有就是一出戏快要完了，只剩下几句宾白还没有讲完，但又是关键所在，可是戏场的锣鼓却早早地催促着收场，导致说了跟没说一般，着实让人痛恨。因此锣鼓的快慢轻重，不能不急于讲出来。场上的人打算说宾白，看到锣鼓还没有停止，最好能够稍稍等候片刻，不然过错就不能只让锣鼓手来承担了，曲文、宾白与锣鼓要共同分担过错。

吹合宜低

【原文】

丝、竹、肉三音，向皆孤行独立，未有合用之者，合之自近年始。三籁齐鸣[①]，天人合一，亦金声玉振之遗意也，未尝不佳；但须以肉为主，而丝竹副之，使不出自然者，亦渐近自然，始有主行客随之妙。迩来戏房吹合之声，皆高于场上之曲，反以丝竹为主，而曲声和之，是座客非为听歌而来，乃听鼓乐而至矣。从来名优教曲，总使声与乐齐，箫笛高一字，曲亦高一字，箫笛低一字，曲亦低一字。然相同之中，即有高低轻重之别，以其教曲之初，即以箫笛代口，引之使唱，原系声随箫笛，非以箫笛随声，习久成性，一到场上，不知不觉而以曲随箫笛矣。正之当用何法？曰：家常理曲，不用吹合，止于场上用之，则有吹合亦唱，无吹合亦唱，不靠吹合为主。譬之小儿学行，终日倚墙靠壁，舍此不能举步，一旦去其墙壁，偏使独行，行过一次两次，则虽见墙壁而不靠矣。以予见论之，和箫和笛之时，当比曲低一字，曲声高于吹合，则丝竹之声亦变为肉，寻其附和之痕而不得矣。正音之法，有过此者乎？然此法不宜概行，当视唱曲之人之本领。如一班之中，有一二喉音最亮者，以此法行之，其余中人以下之材，俱照常格。倘不分高下，一例举行，则良法不终，而怪予立言之误矣。

吹合之声，场上可少，教曲学唱之时，必不可少，以其能代师口，而司熔铸变化之权也。何则？不用箫笛，止凭口授，则师唱一遍，徒亦唱一遍，师住口而徒亦住口，聪慧者数遍即熟，资质稍钝者，非数十百遍不能，以师徒之间无一转相授受之人也。自有此物，只须师教数遍，齿牙稍利，即用箫笛引之。随箫随笛之际，若曰无师，则轻重疾徐之间，原有法脉准绳，引人归于胜地；若曰有师，则师口并无一字，已将此曲交付其

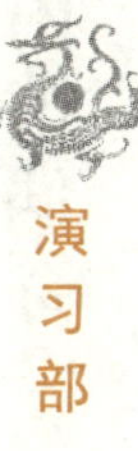

徒。先则人随箫笛，后则箫笛随人，是金蝉脱壳之法也。“庾公之斯，学射于尹公之他；尹公之他，学射于我。”箫笛二物，即曲中之尹公他也。但庾公之斯与子濯孺子，昔未见面，而今同在一堂耳。若是，则吹合之力讵可少哉？予恐此书一出，好事者过听予言，谬视箫笛为可弃，故复补论及此。

【注释】

①三籁：指的是天籁、地籁、人籁，这里指的是弦乐、管乐以及人声这三种声音。

【译文】

弦乐、管乐、声乐这三种乐声，向来都是独奏，没有把它们合起来用的情况，三种乐音合用，是从最近几年才开始的。三籁齐鸣，天人合一，也就是金声玉振的意思，未必是不好的；不过要将人声作为主音，将弦乐、管乐作为辅音，让那些并非是自然的人声逐渐接近自然，才有主唱客随的美妙。不过最近戏院里伴奏的乐曲，全都要高于台上演员的声音，反而变成了以弦乐、管乐为主，而唱曲之声附和的情况，这就让观众成了并非是为了听歌而来，而是为了听鼓乐而来的了。一直以来有名的戏师在教曲时，总是让演唱之声跟伴奏之声一起，箫笛高一调，曲也高一调，箫笛低一调，曲也低一调。但是高低相同的情况下，也有着高低轻重的差距，由于在教人唱戏之初，就用箫笛来代替人声，引导他们能够跟随着乐器的声调来演唱。如此就变成了声乐跟随器乐，而不是器乐跟随声乐了。练习时间长了之后就变成了习惯。一开口演唱，不知不觉间就用唱乐的声音来跟随箫笛了。纠正它应当用何种方法呢？回答说：家常唱曲的时候，不用吹伴奏，只在场上宴席的时候会用上伴奏，如此，有伴奏也唱，没有伴奏也唱，但是以不伴奏为主。比如小孩子学习走路，整天倚靠着墙壁练习，舍弃了墙壁就不会走路，一旦离开了墙壁，偏要他独自走，走一两次之后，即便看到墙壁也不会依靠了。依我来看，用箫和笛伴奏的时候，应当比曲低一调，演唱的声音高于伴奏的声音，那么弦乐与管乐也就变成了人声，

想要寻找其附和的痕迹也找不到了。正音的方法，还有比这更好的吗？不过这种方法不能一概而论，应该根据唱曲者的能力来定。如果一个戏班之中，有一两个声音最为洪亮的，可以用这种方法来做，剩下的中等以下的人才，全都应当依照寻常的方法来办事。如果不分高下，一律实行，那么这种好方法最终往往得不到好效果，反而要责怪我说话有误了。

伴奏的声音，是场上不可或缺的，而教曲学唱的时候，必然也不能省略，由于它能够代替戏师之口，而掌握熔铸变化之权啊。为什么呢？不用箫笛，只靠亲口传授，那么戏师唱一遍，徒弟也唱一遍，戏师停住而徒弟也停住，聪慧的人只跟几遍便熟练了，资质稍稍显得有些愚钝的，非几十百遍而不能，这是由于师徒之间没有一个引导的人。自从有了箫笛吹奏的伴奏之后，只需要戏师教上几遍，齿牙稍显伶俐的徒弟，就能够根据箫笛的引领而演唱了。跟随箫笛的伴奏的时候，看上去并没有老师在教导，实际上轻重快慢之间，原本就有了一个丈量的标准，引领弟子到达理想的境地；如果说有老师在，老师却没有唱一调，这部曲子已经全权交给弟子了。开始的时候是人声随着器乐，后来变成了器乐随着人声，这是一种金蝉脱壳的方法。“庾公之斯，学射于尹公之他；尹公之他，学射于我。”箫跟笛这两种乐器，就是戏曲之中的尹公之他。只是庾公之斯与子濯孺子，过去从来没有见过面，如今却同在一个房间里。如果这样，那么伴奏是可以缺少的吗？我担心这本书一旦出版，好事的人就会偏信我的话，错误地将箫笛等乐器看成是可以抛弃的，因此特意在这里补充说明。

教白

小序

【原文】

教习歌舞之家，演习声容之辈，咸谓唱曲难，说白易。宾白念熟即是，曲文念熟而后唱，唱必数十遍而始熟，是唱曲与说白之工，难易判如霄壤。时论皆然，予独怪其非是。唱曲难而易，说白易而难，知其难者始易，视为易者必难。盖词曲中之高低抑扬，缓急顿挫，皆有一定不移之格，谱载分明，师传严切，习之既惯，自然不出范围。至宾白中之高低抑扬，缓急顿挫，则无腔板可按、谱籍可查，止靠曲师口授；而曲师入门之初，亦系暗中摸索，彼既无传于人，何从转授于我？讹以传讹，此说白之理，日晦一日而人不知。人既不知，无怪乎念熟即以为是，而且以为易也。吾观梨园之中，善唱曲者，十中必有二三；工说白者，百中仅可一二。此一二人之工说白，若非本人自通文理，则其所传之师，乃一读书明理之人也。故曲师不可不择。教者通文识字，则学者之受益，东君之省力[1]，非止一端。苟得其人，必破优伶之格以待之，不则鹤困鸡群，与侪众无异[2]，孰肯抑而就之乎？然于此中索全人，颇不易得。不如仍苦立言者，再费几升心血，创为成格以示人。自制曲选词，以至登场演习，无一不作功臣，庶于为人为彻之义，无少缺陷。虽然，成格即设，亦止可为通文达理者道，不识字者闻之，未有不喷饭胡卢[3]，而怪迂人之多事者也。

【注释】

①东君：主人。

②侪（chái）众：同辈的人。

③胡卢：喉咙中发出的声音。

【译文】

教习歌舞的人家，演习戏曲的演员，都说唱曲难，说白容易。宾白能够念熟就可以了，曲文念熟之后还要学会演唱，演唱一定要几十次之后才开始熟练，如此，唱曲跟说白的难易程度有着天壤之别。现在的观点都是这样，我却认为并非如此。唱曲看起来困难但实际容易，说白看起来容易但实际上很难，知道它困难才开始变得容易，将它看成是容易的必然会变得困难。这是由于词曲之中的高低抑扬、缓急顿挫，全都有一定不会变更的格式，曲谱写得十分明白，戏师传授也十分严格，常常练习便养成了习惯，自然出不了这个范畴。至于宾白中的高低抑扬、缓急顿挫，则没有腔板可以遵照、没有谱籍可查，只能靠老师的亲口教授；而老师在刚刚入门的时候，也是暗中摸索，既然没有人去传授他，他又如何能够传授给我呢？以讹传讹，这便是说白之中的道理，一天比一天隐晦，而人们却没有察觉到。人们既然无法察觉到，也难怪会认为只要将宾白念熟就可以了，而且认为十分简单。我看梨园之中，善于唱曲的人，十个人之中一定会有两三个；而说白能力强者，一百个人之中也就只有一两人。这一两个人善于说白，并非是本人自通文理，而是由于教授他的师傅是读书人中的明理之人。因此曲师不能不加以选择。教导的人通文识字，那么学习的人也会受益，戏班的主人省去的麻烦，就不只是一两点了。如果有幸得到了这样的人，一定要以优良的待遇来对待他，否则，鹤困鸡群，跟平庸大众没有差别，谁又肯放下身段来做这个差事呢？但是要在其中寻找全才，很难寻找到。不如依然让我再花些心血，创立出宾白的规范之后告知大家。从谱曲填词，到登台表演，每一个环节都是有功之臣，根据帮人要帮到底的道理，不能出现任何疏漏。虽然如此，宾白的规范就算是成立了，也只能对通晓文理的人来说，不识字的人听到了，没有不笑话的，而且会怪罪我是一个迂腐多事的人。

高低抑扬

【原文】

宾白虽系常谈，其中悉具至理，请以寻常讲话喻之。明理人讲话，一句可当十句；不明理人讲话，十句抵不过一句，以其不中肯綮也[①]。宾白虽系编就之言，说之不得法，其不中肯綮等也。犹之倩人传语[②]，教之使说，亦与念白相同，善传者以之成事，不善传者以之偾事[③]，即此理也。此理甚难亦甚易，得其孔窍则易，不得孔窍则难。此等孔窍，天下人不知，予独知之。天下人即能知之，不能言之，而予复能言之，请揭出以示歌者。白有高低抑扬，何者当高而扬？何者当低而抑？曰：若唱曲然。曲文之中，有正字，有衬字。每遇正字，必声高而气长；若遇衬字，则声低气短而疾忙带过，此分别主客之法也。说白之中，亦有正字，亦有衬字，其理同，则其法亦同。一段有一段之主客，一句有一句之主客，主高而扬，客低而抑，此至当不易之理，即最简极便之法也。凡人说话，其理亦然。譬如呼人取茶取酒，其声云："取茶来！""取酒来！"此二句既为茶酒而发，则"茶""酒"二字为正字，其声必高而长，"取"字、"来"字为衬字，其音必低而短。再取旧曲中宾白一段论之。《琵琶·分别》白云："云情雨意，虽可抛两月之夫妻；雪鬓霜鬟，竟不念八旬之父母！功名之念一起，甘旨之心顿忘[④]，是何道理？"首四句之中，前二句是客，宜略轻而稍快，后二句是主，宜略重而稍迟。"功名""甘旨"二句亦然，此句中之主客也。"虽可抛""竟不念"六个字，较之"两月夫妻""八旬父母"虽非衬字，却与衬字相同，其为轻快，又当稍别。至于"夫妻""父母"之上二"之"字，又为衬中之衬，其为轻快，更宜倍之。是白皆然，此字中之主客也。常见不解事梨园，每于四六句中之"之"字，与上下正文同其轻重疾徐，是谓菽麦不辨，尚可谓之能说白乎？此等皆言宾白，盖场上所说之话也。至于上场诗，定场白，以及长篇大幅叙事之文，定宜高低相错，缓急得宜，切勿作一片高声，或一派细语，俗言“水平调”是也。上场诗四句之中，三句皆高而缓，一名宜低而快。低而快者，大率宜在第三句，至第四句之高而缓，较首二句更宜倍之。如《浣纱记》定场诗云：“少小豪雄侠气闻，飘零仗剑学从军。何年事了拂衣去，归卧荆南梦泽云。”“少小”二句宜高而缓，不待言矣。“何年”一句必须轻轻带过，若与前二句相同，则煞尾一句不求低而自低矣。末句一低，则懈而无势，况其下接着通名道姓之语。如“下官姓范名蠡，字少伯”，“下官”二字例应稍低，若末句低而接者又低，则神气索然不振矣，故第三句之稍低而快，势有不得不然者。此理此法，谁能穷究至此？然不如此，则是寻常应付之戏，非孤标特出之戏也。高低抑扬之法，尽乎此矣。

优师既明此理，则授徒之际，又有一简便可行之法，索性取而予之：但于点脚本时，将宜高宜长之字用朱笔圈之，凡类衬字者不圈。至于衬中之衬，与当急急赶下、断断不宜沾滞者，亦用朱笔抹以细纹，如流水状，使一一皆能识认。则于念剧之初，便有高低抑扬，不俟登场摹拟。如此教曲，有不妙绝天下，而使百千万亿之人赞美者，吾不信也。

【注释】

①肯綮（qìng）：筋骨结合的地方，比喻事物的关键所在。

②倩（qìng）：通“请”。

③偾（fèn）事：坏事。

④甘旨之心：孝顺父母的心。

【译文】

宾白虽然是老生常谈，其中的道理却十分深刻，请让我用平时讲话来做个比喻。明白事理的人讲话，一句能够顶十句，不明事理的人说话，十句也抵不过一句，这是由于他说话没有抓住重点。宾白虽然是编好的话，可是说不得法，也同样无法抓到重点。就像是请人传话，要教他说什么，这跟念白的道理相同，善于传话的人能够用它办好事，不善于传话的人就只能耽误

事，这就是其中的道理。这个道理很难也很简单，找到其中的诀窍就容易，找不到其中的诀窍就很难。这里面的诀窍，天下人都不知晓，只有我知晓。天下人就算能够知晓，也无法把它说出来，而我还能将它说清楚。请让我将其中的诀窍揭晓告知给演员。宾白有高低抑扬，什么时候应该高而扬？什么时候应当低而抑？我说：就像是唱曲那样。曲文之中，有正字，有衬字。每次遇到正字，一定声高而气长，如果遇到衬字，声音必然会低沉而气短，快速带过，这便是分清主次的方法。说白之中，也有正字，也有衬字，道理都是相同的。宾白的一段有一段的主次，一句有一句的主次，主要的字句要高而扬，次要的要低沉而压抑，这是非常恰当且不容易更改的道理，也是最为简单方便的方法。凡是人说话，也是这样的道理。比如叫人去取茶取酒，就会说："取茶来！""取酒来！"这两句都是为了茶和酒而发出的，那么“茶”跟“酒”这两个字都是正字，发声必然是高而长，“取”字和“来”字就是衬字，发声必然是低沉而短促。再拿旧曲中宾白一段来讨论。《琵琶·分别》的宾白中：“云情雨意，虽可抛两月之夫妻；雪鬓霜鬟，竟不念八旬之父母！功名之念一起，甘旨之心顿忘，是何道理?”前四句之中，头两句是客句，应当念得稍微轻一些且快一些，后两句是主句，应当念得重一些且稍稍迟一些。“功名”“甘旨”这两句也是这样。这是句中的主客。“虽可抛”“竟不念”这六个字，与“两月夫妻”“八旬父母”虽然并非是衬字，却跟衬字相同，其为轻快，又应当有所差别。至于“夫妻”“父母”之上的两个“之”字，又是衬字之中的衬字，应当轻快，发音的速度更应当加倍，只要是宾白都是这样。这是字当中应当有主客。常看到不了解其中道理的演员，每到四六句之中的“之”字，就会将宾白的轻重快慢念得跟上下文一样，就像是辨不清豆子跟麦子，还能说他会说宾白吗?这样的都是在说宾白，都是戏台上演员说的话。至于上场诗，定场白，以及长篇大幅叙事的文章，一定要高低相错，缓急得当，万不可全都念成高声，或者全都念成低语，成了平时所说的“水平调”。上场诗的四句之中，有三句都是高而缓，一句是低而快。低而快的诗大概适合放在第三句，到了第四句，相比于开始的两句声音要高扬而舒缓。比如《浣纱记》的定场诗是这样写的：“少小豪雄侠气闻，飘零仗剑学从军。何年事了拂衣去，归卧荆南梦泽云。”“少小”这两句适合高扬而舒缓，就不多言了。“何年”这一句一定要轻轻带过，如果跟前二句相同，那么收尾的一句不用刻意去求低就能够自己降低音调。末句的一句一低，就会显得松懈而没有气势，况且后面紧接着通名报姓的话，比如“下官姓范名蠡，字少伯”，“下官”这两个字照例应当稍低，如果最后一句低而接着一句又低，那么人物的神情气势就会变得萎靡不振，因此第三句应当稍低而快，形势不能不这样。这个道理这个方法，谁能够深究到这种程度呢?但是如果不这样，就是通常人们应付的那种表演，而不是出类拔萃的好戏了。宾白要高低抑扬的道理，全都在这里了。

戏师既然明白了这个道理，在传授给徒弟的时候，还有一种简单可行的方法，索性也拿来传授给大家：只要在读脚本的时候，将发音应当高且长的字用红笔圈出，凡是衬字则不用圈出。至于衬字之中的衬字，应当马上带过，不能拖泥带水，也用红笔画上细纹，就像是流水的形状一般，让人一看便能够辨认出来。那么，学生在开始念宾白的时候，就有高低抑扬，不用等到登场表演的时候模仿。这样来教戏，还达不到妙绝天下，让百千万亿人称赞的，我是不会相信的。

缓急顿挫

【原文】

缓急顿挫之法，较之高低抑扬，其理愈精，非数言可了。然了之必须数言，辩者愈繁，则听者愈惑，终身不能解矣。优师点脚本授歌童，不过一句一点，求其点不刺谬[①]，一句还一句，不致断者联而联者断，亦云幸矣，尚能询及其他？即以脚本授文人，倩其画文断句，亦不过每句一点，无他法也。而不知场上说白，尽有当断处不断，反至不当断处而忽断；当联处不联，忽至不当联处而反联者。此之谓缓急顿挫。此中微渺，但可意会，不可言传；但能口授，不能以笔舌喻者。不能言而强之使言，只有一法：大约两句三句而止言一事者，当一气赶下，中间断句处勿太迟缓；或一句止言一事，而下句又言别事，或同一事而另分一意者，则当稍断，不可竟连下句。是亦简便可行之法也。此言其粗，非论其精；此言其略，未及其详。精详之理，则终不可言也。当断当联之处，亦照前法，分别于脚本之中，当断处用朱笔一画，使至此稍顿，余俱连读，则无缓急相左之患矣。妇人之态，不可明言，宾白中之缓急顿挫，亦不可明言，是二事一致。轻盈袅娜，妇人身上之态也；缓急顿挫，优人口中之态也。予欲使优人之口，变为美人之身，故为讲究至此。欲为戏场尤物者，请从事予言，不则仍其故步。

【注释】

①剌（là）谬：违背，错误。

【译文】

缓急顿挫的方法，跟高低抑扬比起来，道理要更加精深，并非是几句话就能讲明白的。但是又必须用几句话将它说明白，辩解的人越多，听的人就会越迷惑，甚至一生都无法解开。戏师圈点脚本来教授歌童，不过是一句一点，只要圈点没有错误，一句还是一句，不会导致本应该断开的地方连上，也不会让连上的地方断开，也就可以说是幸运了，还能向他人咨询其他事情吗？就算将脚本教授给文人，请他来代为圈点断句，也不过是每句一点，没有其他方法。却不知道台上的宾白，很多都是该断开的地方却没有断开，反而不该断开的地方突然断开了；该连接的地方没有连接，不该连接的地方反而连接上了。这就是所说的缓急顿挫。这里面的奥妙，只能意会，不能言传；只能通过亲口说，却不能用文字表达出来。不能说出的话却强迫其用文字表达出来，只能采取一种方法：大约两句三句只谈一件事，应

当用一口气带过，中间断句的地方不应该读得太过缓慢；有的人一句只说一件事，而下句又去说别的事情，有的同一件事却有着另外一层意思，就应当稍稍切断，不能直接上下一句。这就是一个简单可行的方法。这句话说的只是个粗略的大概，不能细说。精详其中的道理，则终究无法用语言表达出来。应该断开的地方和应该相连的地方，也要按照前面所说的方法，分别在脚本之中，在该断的地方用红笔画出来，让其到了这个地方可以稍微停顿，其他地方则需要连读，这样就没有快慢不当的担忧了。妇人的体态，不能详细说明，宾白之中的缓急顿挫，也无法详细说明，这两件事是一样的情况。轻盈袅娜，是女子身上的姿态；缓急顿挫，是演员口中的姿态。我想要让演员的唱腔，变成美人那般曼妙的身姿，因此才会讲到这种程度。想要成为戏台上的尤物，请听从我的话，不然就继续去遵循过去的方法吧。

声容部

选姿

小序

【原文】

“食、色，性也。”“不知子都之姣者，无目者也[①]。”古之大贤择言而发，其所以不拂人情，而数为是论者，以性所原有，不能强之使无耳。人有美妻美妾而我好之，是谓拂人之性；好之不惟损德，且以杀身。我有美妻美妾而我好之，是还吾性中所有，圣人复起，亦得我心之同然，非失德也。孔子云：“素富贵，行乎富贵。”人处得为之地，不买一二姬妾自娱，是素富贵而行乎贫贱矣。王道本乎人情，焉用此矫清矫俭者为哉？但有狮吼在堂，则应借此藏拙，不则好之实所以恶之，怜之适足以杀之，不得以红颜薄命借口，而为代天行罚之忍人也。予一介寒生，终身落魄，非止国色难亲，天香未遇，即强颜陋质之妇，能见几人，而敢谬次音容，侈谈歌舞，贻笑于眠花藉柳之人哉！然而缘虽不偶，兴则颇佳，事虽未经，理实易谙，想当然之妙境，较身醉温柔乡者倍觉有情。如其不信，但以往事验之。楚襄王，人主也。六宫窈窕，充塞内庭，握雨携云，何事不有？而千古以下，不闻传其实事，止有阳台一梦，脍炙人口。阳台今落何处？神女家在何方？朝为行云，暮为行雨，毕竟是何情状？岂有踪迹可考，实事可缕陈乎？皆幻境也。幻境之妙，十倍于真，故千古传之。能以十倍于真之事，谱而为法，未有不入闲情三昧者。凡读是书之人，欲考所学之从来，则请以楚国阳台之事对。

【注释】

①不知子都之姣者，无目者也：出自《孟子·告子上》。子都，春秋郑国人，原名为公孙阏，是当时著名的美男子。

【译文】

"贪恋美食与美色是人的本性。""不知道子都俊美的人，都是有眼无珠的。"古代的圣贤说话都是有选择的，这些话之所以不违反人情，而多次提及，是由于人们的本性中就有这些，不能通过强迫而让其消失。别人有娇美的妻妾，而我却去惦记，这便是违背人性的；惦记别人的妻妾不仅有损道德，还可能会招来杀身之祸。我自己有貌美的妻妾，我自己疼爱，这是恢复我自己的本性，圣人就算复活，也会赞同我的观点，并不认为这是失德。孔子说："生来富贵，行事便应当有富贵人的样子。"人在允许的情况下，不买上一两个姬妾自娱，便是富贵的人去做了贫贱的事，圣贤依照的就是人情，哪里还用得着去伪装成清贫简朴的样子呢？但是如果妻子凶悍，那么就要将对姬妾的宠爱藏起来，否则便不是宠爱而是厌恶了，你对姬妾的怜爱可能会给她招致杀身之祸，不能用红颜薄命来充当借口，让自己代替上天成为那些惩治姬妾的残忍之人。我不过是一介书生，终身潦倒落魄，不仅难以遇到国色天香的美人，就算是勉强可看的妇人，又能够遇到几人呢，不敢擅自对音容歌舞大肆评点，怕被那些寻花问柳的人笑话了去。不过我虽然没有这样的缘分，兴致却十分高涨，虽然没有经历过这样的事情，理论上却很容易明白其中的道理，可以想象其中的妙境，要比那些沉醉于温柔乡之中的人更有情趣。如果不相信，可以用过去的事情来验证。楚襄王，是当时的君主。后宫美女如云，填满了他的庭院，男欢女爱，哪种没有经历过？而千百年以来，真实发生的事情没有得到流传，人口皆知的却是“阳台一梦”的传说。阳台现在在哪里？神女的家又在哪里？早上的时候还是行云，傍晚就变成了行雨，为什么会出现这种景象呢？哪里有踪迹可以考证，可有实事能够详细讲来？这些都是幻境。幻境最为绝妙的地方，是要比现实高出十倍，因此千百年来一直流传。能够将比现实美好十倍的事情作为标尺，没有不得到闲情真谛的。只要是读这本书的人，想要问我从哪里学来的，都请让我用“阳台一梦”来回答吧。

肌肤

【原文】

妇人妩媚多端，毕竟以色为主。《诗》不云乎“素以为绚兮[①]”？素者，白也。妇人本质，惟白最难。常有眉目口齿般般入画，而缺陷独在肌肤者。岂造物生人之巧，反不同于染匠，未施漂练之力，而遽加文采之工乎？曰：非然。白难而色易也。曷言乎难[②]？是物之生，皆视根本，根本何色，枝叶亦作何色。人之根本维何？精也，血也。精色带白，血则红而紫矣。多受父精而成胎者，其人之生也必白。父精母血交聚成胎，或血多而精少者，其人之生必在黑白之间。若其血色浅红，结而为胎，虽在黑白之间，及其生也，豢以美食[③]，处以曲房[④]，犹可日趋于淡，以脚地未尽缁也[⑤]。有幼时不白，长而始白者，此类是也。至其血色深紫，结而成胎，则其根本已缁，全无脚地可漂，及其生也，即服以水晶云母，居以玉殿琼楼，亦难望其变深为浅，但能守旧不迁，不致愈老愈黑，亦云幸矣。有富贵之家，生而不白，至长至老亦若是者，此类是也。知此，则知选材之法，当如染匠之受衣。有以白衣使漂者受之，易为力也；有以白衣稍垢而使漂者，亦受之，虽难为力，其力犹可施也；若以既染深色之衣，使之剥去他色，漂而为白，则虽什伯其工价，必辞之不受。以人力虽巧，难拗天工，不能强既有者而使之无也。

妇人之白者易相，黑者亦易相，惟在黑白之间者，相之不易。有三法焉：面黑于身者易白，身黑于面者难白；肌肤之黑而嫩者易白，黑而粗者难白；皮肉之黑而宽者易白，黑而紧且实者难白。面黑于身者，以面在外而身在内，在外则有风吹日晒，其渐白也为难；身在衣中，较面稍白，则其由深而浅，业有明征，使面亦同身，蔽之有物，其验亦若是矣，故易白。身黑于面者，反此，故不易白。肌肤之细而嫩者，如绫罗纱绢，其体光滑，故受色易，退色亦易，稍受风吹，略经日照，则深者浅而浓者淡矣。粗则如布如毯，其受色之难，十倍于绫罗纱绢，至欲退之，其工又不止十倍，肌肤之理亦若是也，故知嫩者易白，而粗者难白。皮肉之黑而宽者，犹绸缎之未经熨，靴与履之未经楦者，因其皱而未直，故浅者似深，淡者似浓，一经熨楦之后，则纹理陡变，非复曩时色相矣⑥。肌肤之宽者，以其血肉未足，犹待长养，亦犹待楦之靴履，未经烫熨之绫罗纱绢，此际若此，则其血肉充满之后必不若此，故知宽者易白，紧而实者难白。相肌之法，备乎此矣。若是，则白者、嫩者、宽者为人争取，其黑而粗、紧而实者遂成弃物乎？曰：不然。薄命尽出红颜，厚福偏归陋质，此等非他，皆素封伉俪之材，诰命夫人之料也。

【注释】

①素以为绚兮：出自哪里说法不一，通常认为出自《论语·八佾》。后有成语“以素为绚”。素为白色。绚，色彩斑斓。

②曷（hé）：怎么，如何。

③豢（huàn）：养。

④曲房：幽深的院子。

⑤脚地：质地。缁（zī）：黑色。

⑥曩（nǎng）：过去，昔日。

【译文】

妇人妩媚多姿的原因主要在于肤色。《诗经》里不是说过“素以为绚兮”？素，便是白的意思。妇人天生的东西中，只有白是最难的。经常有妇人眉毛、眼睛、嘴巴、牙齿都像是画中一般漂亮，只有肌肤成了缺陷。难道造物者的巧妙反而比不过染匠，没有经过漂白处理洗涤干净，就匆忙上了颜色吗？我认为并非如此。染色容易而肌肤白皙最难。为什么说难呢？万物的生长，都要看它的根本，根本是什么颜色，那么枝叶也就是什么颜色。人的根本怎么维系？在于精和血。精色带有白色，血则是红中泛紫。人如果接受父精比较多，那么这个人的肤色一定会较白；如果接受母血比较多，那么这个人的肤色应当处于黑白之间；如果母血的颜色较淡，那么结合形成胎儿之后，虽然处于黑白之间，等她出生之后，用美食来喂养她，让她住在幽深的院子中，也能让她一日变得白皙，这是由于她的本质并非全是黑。有些女孩小时候不白，长大了之后才开始白，就属于这种情况。至于接受的母血为深紫色，结合成胎儿之后，则她的本质已经是黑色，失去了变白的基础。等到出生之后，用水晶云母来喂养她，让她住在玉殿琼楼，也难以期望她能变深为浅了，只能保持原来的肤色不变，不至于变得越老越黑，也能称得上是幸运了。有富贵人家的女儿，生来肌肤便不白皙，越长大便越黑，指的就是这一种。知道这些，便明白了选择美女的方法，应当像染匠挑染衣服一般。有的人让他将白衣漂白，他能够接受，这是由于很容易做到；有的人让他将那些沾染了污垢的白衣漂白，他也接受，因为虽然难办，但是却可以做到；如果让他去挑染那些已经被染成深色的衣服，让他将这些颜色去掉，漂染成白色，即便给他十倍、百倍的价钱，他也一定会推辞拒绝。人的技能虽然精巧，但是难以违背天工，不能强迫让本质中已经有的东西消失。

妇人中皮肤白的容易分辨，皮肤黑的也容易分辨，只有介于黑白之间的不容易分辨。有三种方法可以帮助人们分辨这种女人：脸部比身体黑的女人容易变白，身体比脸部黑的不容易变白；皮肤虽然黑但是质地细嫩的容易变白，皮肤又黑还结实的不容易变白。脸部比身体黑，由于脸部都裸露在外面，身体则藏在衣服里，露在外面的难免会受到风吹日晒，想要变白则较为困难；身体藏在衣服里面，要比脸部稍微白皙一些，说明肤色可以从深变浅。如果脸部也跟身体一样有了遮盖的东西，那么也会跟身体一样，因此容易变白。身体要比脸部黑跟这种情况正好相反，因此不容易变白。肌肤细腻的女人，就像是绫罗纱绢一般，质地光滑，因此染色容易，褪色也容易，稍有一些风吹日晒，就容易深变浅、浓变淡。而皮肤粗糙的则像是麻布与毯子，染色的时候要比绫罗纱绢困难十倍，但是如果想要将

这种颜色褪去，也需要花上不止十倍的工夫，肌肤的道理也是如此，因此知道皮肤细嫩的人容易白，而皮肤粗糙的人很难变白。皮肉又黑又松弛的，就像是没有经过熨烫的丝绸，没有填充的鞋子，由于其褶皱部分没有被拉直，因此浅色看上去也好像很深，淡色似乎也很浓，一旦经过了熨烫和填充，纹理突然发生了改变，不再是之前的颜色了。肌肤松弛的，由于血肉不足，还需要生长养育，就像是等待填充的鞋子以及没有经过熨烫的绫罗纱绢，虽然现在是这个样子，等到血肉饱满之后一定会跟现在不同。因此肌肤宽松的容易变白，紧致而结实的难以变白。分辨肌肤的方法，全都在这里了。如此说来，皮肤白的、嫩的、松弛的女人更容易成为人人争抢的对

象，而皮肤又黑又粗糙、紧密结实的则会被淘汰吗？其实并非如此。红颜自古多薄命，厚福常常偏爱那些丑女，这不是因为别的，是因为这些女人生来就是当贵夫人的材料。

眉眼

【原文】

面为一身之主，目又为一面之主。相人必先相面，人尽知之，相面必先相目，人亦尽知，而未必尽穷其秘。吾谓相人之法，必先相心，心得而后观其形体。形体维何？眉、发、口、齿，耳、鼻、手、足之类是也。心在腹中，何由得见？曰：有目在，无忧也。察心之邪正，莫妙于观眸子，子舆氏笔之于书[①]，业开风鉴之祖[②]。予无事赘陈其说，但言情性之刚柔，心思之愚慧。四者非他，即异日司花执爨之分途[③]，而狮吼堂与温柔乡接壤之地也。目细而长者，秉性必柔；目粗而大者，居心必悍；目善动而黑白分明者，必多聪慧；目常定而白多黑少，或白少黑多者，必近愚蒙。然初相之时，善转者亦未能遽转，不定者亦有时而定。何以试之？曰：有法在，无忧也。其法维何？一曰以静待动，一曰以卑瞩高。目随身转，未有动荡其身，而能胶柱其目者；使之乍往乍来，多行数武，而我回环其目以视之，则秋波不转而自转，此一法也。妇人避羞，目必下视，我若居高临卑，则彼下而又下，永无见目之时矣。必当处之高位，或立台坡之上，或居楼阁之前，而我故降其躯以瞩之，则彼下无可下，势必环转其睛以避我。虽云善动者动，不善动者亦动，而勉强自然之中，即有贵贱妍媸之别，此又一法也。至于耳之大小，鼻之高卑，眉发之淡浓，唇齿之红白，无目者犹能按之以手，岂有识者不能鉴之以形？无俟哓哓[④]，徒滋繁渎。眉之秀与不秀，亦复关系性情，当与眼目同视。然眉眼二物，其势往往相因。眼细者眉必长，眉粗者眼必巨，此大较也，然亦有不尽相合者。如长短粗细之间，未能一一尽善，则当取长恕短，要当视其可施人力与否。张京兆工于画眉，则其夫人之双黛，必非浓淡得宜，无可润泽者。短者可长，则妙在用增；粗者可细，则妙在用减。但有必不可少之一字，而人多忽视之者，其名曰“曲”。必有天然之曲，而后人力可施其巧。“眉若远山”“眉如新月”，皆言曲之至也。即不能酷肖远山，尽如新月，亦须稍带月形，略存山意，或弯其上而不弯其下，或细其外而不细其中，皆可自施人力。最忌平空一抹，有如太白经天；又忌两笔斜冲，俨然倒书八字。变远山为近瀑，反新月为长虹，虽有善画之张郎，亦将畏难而却走。非选姿者居心太刻，以其为温柔乡择人，非为娘子军择将也。

【注释】

①子舆氏：指的是孟子，名轲，字子舆。

②风鉴：相面术。

③司花：指的是文化品位较高的活动。执爨（cuàn）：指的是文化品位较低的粗活儿。爨，烧火煮饭。

④哓哓（xiāo）：啰里啰唆，争吵不止。

【译文】

脸部是一身之主，眼睛又是脸部之主。相人一定要先看脸部，这个每个人也都知晓，相面一定要先看眼睛，这个每个人也都知道，不过却未必都知晓其中的深意。我认为相面的方法，一定要先看他的心，了解了他的心后再看他的形体。形体指的是什么呢？眉、发、口、齿，耳、鼻、手、足这一类的。心在肚子里，如何能够看到呢？我说：有眼睛在，不必担忧。观察一个人的心术是正是邪，没有比看他的眼睛更巧妙的方法了，孟子在书中所阐述的，已经开创了怎么鉴定眸子的祖业。我不想要再赘述他的说法，就只说说性情之中的刚柔，心思之中的愚钝和聪慧。这四样东西不是别的，就是以后分辨其品位高低的根据，是站在狮吼堂还是温柔乡的接壤之地。眼睛细而长的人，性情必然温柔；眼睛粗而大的人，居心一定凶悍；眼睛爱动且黑白分明的，大多都聪慧；眼睛呆滞且白多黑少，或白少黑多的，大多都愚钝。不过初次相面的时候，眼睛善于灵动的也不一定会马上灵动，眼神流动的有时也会停住不动。如何来试验她？我说：有方法，不用担心。这种方法是什么呢？一种叫作以静待动，一种叫作以卑瞩高。眼睛根据身体而转动，没有人身体动了，眼睛还一动不动的；可以让她来回多走几遍，而我则要看着她的眼睛，如此眼睛必然会转动，这是一种方法。女孩子们都会害羞，目光全都容易往下看，我如果又居高临下地看，那么两个人都朝下看，必然无法看到她的眼睛。一定要处于高位，或站在台坡之上，或者站在楼阁的前面，我要故意俯身去看她，如此她朝下避之不及，一定会转动目光避开我。虽然说善动的人会转动眼睛，目光呆滞的人也会转动眼睛，不过勉强与自然，还是有着贵贱与美丑的差距，因此这也是一种方

法，至于耳朵的大小，鼻子的高低，瞎子都能够用手摸出来，难道相面的人无法辨别吗？用不着我再啰里啰唆，过多赘述了。眉毛清秀还是不清秀，也与性情有着关联，可以跟眼睛一起观察。不过眉毛、眼睛这两者常常相互关联，眼睛细的眉毛一定长，眉毛粗的眼睛一定大，大多都是这样，不过也有并不相称的。比如长短粗细之间，不可能全都完美，如此就要取长补短，看看能不能人为修补。张敞善于给夫人画眉，那么他的夫人双眉一定不是浓淡得宜，不用修饰的。眉毛短的可以画长，妙在增补；眉毛粗的可以细，妙在减少。但是一定不能忽略一个字，但是大多数人都会忽视的，这个字叫作“曲”。一定要有天然的弯曲，后面才能巧施人工。“眉若远山”“眉如新月”，都是在说眉毛的弯曲恰到好处。既不跟远山相似，也不跟新月相似，也需要带着一些新月的形状，远山的韵味，或上面弯下面不弯，或下面弯上面不弯，或两边细中间不细，都是可以通过人的外力来改变的。最忌讳凭空一抹眉，就像是太白星在白天出现；又忌讳两笔斜冲眉，俨然倒写的八字。将远山变成了近瀑，将新月变成了长虹的眉毛，就算是擅长画眉毛的张敞，也由于畏难而望而却步。并不是挑选的人太过苛刻，而是由于他在为温柔乡选人，并非是在给娘子军选将领。

手足

【原文】

相女子者，有简便诀云：“上看头，下看脚。”似二语可概通身矣。予怪其最要一着，全未提起。两手十指，为一生巧拙之关，百岁荣枯所系，相女者首重在此，何以略而去之？且无论手嫩者必聪，指尖者多慧，臂丰而腕厚者，必享珠围翠绕之荣，即以现在所需而论之：手以挥弦[①]，使其指节累累，几类弯弓之决拾[②]，手以品箫，如其臂形攘攘，几同伐竹之斧斤，抱枕携衾，观之兴索，振卮进酒[③]，受者眉攒，亦大失开门见山之初着矣。故相手一节，为观人要着，寻花问柳者不可不知，然此道亦难言之矣。选人选足，每多窄窄金莲；观手观人，绝少纤纤玉指。是最易者足，而最难者手，十百之中，不能一二觏也[④]。须知立法不可不严，至于行法，则不容不恕。但于或嫩或柔或尖或细之中，取其一得，即可宽恕其他矣。

至于选足一事，如但求窄小，则可一目了然。倘欲由粗以及精，尽美而思善，使脚小而不受脚小之累，兼收脚小之用，则又比手更难，皆不可求而可遇者也。其累维何？因脚小而难行，动必扶墙靠壁，此累之在已者也；因脚小而致秽，令人掩鼻攒眉，此累之在人者也。其用维何？瘦欲无形，越看越生怜惜，此用之在日者也；柔若无骨，愈亲愈耐抚摩，此用之在夜者也。昔有人谓予曰："宜兴周相国，以千金购一丽人，名为'抱小姐'，因其脚小之至，寸步难移，每行必须人抱，是以得名。"予曰："果若是，则一泥塑美人而已矣，数钱可买，奚事千金？"造物生人以足，欲其行也。昔形容女子聘婷者，非曰"步步生金莲"，即曰"行行如玉立"，皆谓其脚小能行，又复行而入画，是以可珍可宝，如其小而不行，则与刖足者何异？此小脚之累之不可有也。予遍游四方，见足之最小而无累，与最小而得用者，莫过于秦之兰州、晋之大同。兰州女子之足，大者三寸，小者犹不及焉，又能步履如飞，男子有时追之不及，然去其凌波小袜而抚摩之，犹觉刚柔相半；即有柔若无骨者，然偶见则易，频遇为难。至大同名妓，则强半皆若是也。与之同榻者，抚及金莲，令人不忍释手，觉倚翠偎红之乐，未有过于此者。向在都门，以此语人，人多不信。一席间拥二妓，一晋一燕，皆无丽色，而足则甚小。予请不信者即而验之，果觉晋胜于燕，大有刚柔之别。座客无不翻然，而罚不信者以金谷酒数。此言小脚之用之不可无也。噫，岂其娶妻必齐之姜[⑤]？就地取材，但不失立言之大意而已矣。

验足之法无他，只在多行几步，观其难行易动，察其勉强自然，则思过半矣。直则易动，曲即难行；正则自然，歪即勉强。直而正者，非止美观便走，亦少秽气。大约秽气之生，皆强勉造作之所致也。

【注释】

①挥弦：弹琴拨弦。

②决拾：指的是古代射箭用具。决，扳指。拾，套袖。

③卮（zhī）：酒杯。

④觏（gòu）：遇见。

⑤齐之姜：周朝时齐国为姜姓，因此将齐侯之女称为“齐姜”。

【译文】

观察女子有一个简单的口诀：“上看头，下看脚。”这两句话似乎就能概括全身。我却认为忽略了其中最关键的一点，丝毫没有提起。两手的十指，是一生灵巧还是笨拙的关键，关系着一生的兴衰荣辱，观察女子一定要首先看重这一点，为什么会忽略舍去呢？暂且不说双手白嫩的人一定会聪明，双手尖细的人大部分都聪慧，手臂丰满手腕厚实的人，一定能够享受荣华富贵，就只针对如今需要谈论的来讲，手原本是让她会抚琴的，如果她的指节粗大，就跟拉弓射箭的扳指一般；手原本是让她品箫弄笛的，如果粗壮得像伐木的斧头一般，跟这样的女人同眠共枕，看到便会觉得索然无味，让她给别人捧杯敬酒，接受敬酒的人会皱起眉头，这便与以诚相待的初衷有所违背。因此观察手部是观察女人最为重要的一方面，寻花问柳的人不能不知道，可是这个道理却很难通过语言表述清楚。挑选女子的时候如果看脚，那么世上有很多三寸金莲，但是如果通过观察手来挑选的话，则很少能够碰到真正的纤纤玉手。因此最容易挑选的是脚，最难挑选的是手，十个百个之中，不能挑选出一两个出来。要知道立法的时候不能不严，至于执行法律的时候又不能不宽松。在白嫩、柔软、纤细之中，只要能达到一条，就能够对其他方面放松要求了。

至于挑选脚的时候，如果只追求窄小，那么便能够一目了然。如果想要从粗中求精，尽善尽美，让脚小又不至于拖累身体，同时又能兼有小的作用，那么比挑选手更难了，都是可遇不可求的。小脚会拖累什么呢？由于脚小，那么走起路来便困难了，行动一定要扶着墙，这已经是对自己的影响了；由于脚小招来污秽之味，让人捂着鼻子皱起眉头，这便连累了其他人。脚小的又有什么功用呢？瘦到快要没有的地步，让人越看越心生怜爱，这是它白天的作用；柔软到没有骨头，让人越摸越爱不释手，这便是它在晚上的作用。过去有人对我说："宜兴周相国，用千金买了一位佳人，唤其名为'抱小姐'，由于她的脚极小，寸步难移，每走一步都要让人抱着才行，因此而得名。"我说："如果真的是这样，那么不过是哪一个泥塑的美人罢了，几钱就能够买到，又何须花上千金呢？"造物者让人有脚，就是想让人能够走路，过去形容女子娉婷，不是说她"步步生金莲"，就是说她"行行如玉立"，都是说她脚小却能走，而且走起来仿佛进入了画中，因此可以珍视，可以以此为宝贝，如果脚虽小却不能走路，跟砍去脚的人有什么差别？这种小脚的拖累是不能有的。我游遍了四方，看到脚虽小却无所连累，与脚小却有用途的，没有超过秦地的兰州、晋地的大同。兰州女子的脚，大的也不过三寸，小者还不到三寸，却能健步如飞，男子有时都赶超不上，不过将她的凌波小袜褪去而抚摸她的小脚，却觉得柔软得仿佛没有骨头一般，只能偶尔得见，想要常常看到就难了。大同的名妓，则有一大半均为软若无骨。跟她睡在一张床上，抚摸着三寸金莲，让人爱不释手，顿时觉得寻花问柳的乐趣莫过于此。过去我在京都告诉别人这些，人们大多都不相信。有一次跟人一起吃饭，有两个妓女在席上作陪，一个是山西的，一个是河北的，均没什么姿色，但是脚却极小。我请那些不相信我的人当场验证，果然都觉得山西的要胜于河北的，大有刚柔的差别。席上的客人没有不啧啧称奇的，要像古时金谷罚酒那般去惩罚那些不相信我说的话的人。这里说的小脚的作用是不能没有的。哎，难道娶妻一定要娶齐国的姜氏的美女吗？就地取材，只要不偏离大概的标准就行了。

检验脚小的方法没有别的，只要让她多走几步，观察她难走还是易动，就大致掌握了。脚直则易动，脚曲则难行，脚正则自然，脚歪则不自然。脚直而正的人，不仅美观走起来方便，也很少有污浊的气味。大约脚上有气味的，均是勉强而为的结果。

态度

【原文】

古云："尤物足以移人。"尤物维何？媚态是已。世人不知，以为美色，乌知颜色虽美，是一物也，乌足移人？加之以态，则物而尤矣。如云美色即是尤物，即可移人，则今时绢做之美女，画上之娇娥，其颜色较之生人，岂止十倍，何以不见移人，而使之害相思成郁病耶？是知"媚态"二字，必不可少。媚态之在人身，犹火之有焰，灯之有光，珠贝金银之有宝色，是无形之物，非有形之物也。惟其是物而非物，无形似有形，是以名为"尤物"。尤物者，怪物也，不可解说之事也。凡女子，一见即令人思，思而不能自已，遂至舍命以图，与生为难者，皆怪物也，皆不可解说之事也。

吾于“态”之一字，服天地生人之巧，鬼神体物之工。使以我作天地鬼神，形体吾能赋之，知识我能予之，至于是物而非物，无形似有形之态度，我实不能变之化之，使其自无而有，复自有而无也。态之为物，不特能使美者愈美，艳者愈艳，且能使老者少而媸者妍，无情之事变为有情，使人暗受笼络而不觉者。女子一有媚态，三四分姿色，便可抵过六七分。试以六七分姿色而无媚态之妇人，与三四分姿色而有媚态之妇人同立一处，则人止爱三四分而不爱六七分，是态度之于颜色，犹不止于一倍当两倍也。试以二三分姿色而无媚态之妇人，与全无姿色而止有媚态之妇人同立一处，或与人各交数言，则人止为媚态所惑，而不为美色所惑，是态度之于颜色，犹不止于以少敌多，且能以无而敌有也。今之女子，每有状貌姿容一无可取，而能令人思之不倦，甚至舍命相从者，皆“态”之一字之为祟也。是知选貌选姿，总不如选态一着之为要。态自天生，非可强造。强造之态，不能饰美，止能愈增其陋。同一颦也[①]，出于西施则可爱，出于东施则可憎者，天生、强造之别也。相面、相肌、相眉、相眼之法，皆可言传，独相态一事，则予心能知之，口实不能言之。口之所能言者，物也，非尤物也。噫，能使人知，而能使人欲言不得，其为物也何如！其为事也何如！岂非天地之间一大怪物，而从古及今，一件解说不来之事乎？

【注释】

①颦（pín）：皱眉。

【译文】

古人说："尤物足以打动人。"尤物指的是什么呢？指的是妩媚的姿态。世人并不知晓，认为指的是美色，怎知颜色虽然漂亮，不过是一个物件，如何能够打动人呢？要加上妩媚的姿态，才能成为尤物。如果说美色便是尤物，便能够打动人，那么现在绢做的美女，画上的娇娥，她们的美貌跟活人相比，岂不是要漂亮十倍，为何没有看到她们打动人，而让人得了相思病，得了抑郁病呢？从这里便知道"媚态"这两个字是必不可少的。人的身上有媚态，就像是火有了焰，灯能够发光，珠贝金银有了珍宝的光泽，是一种无形的物，并不是有形的物。只因它是物又不只是物，无形看上去又有形，因此才能称为"尤物"。尤物，是一种怪物，是一种不能解说的东西。只要是女子，一看到便能让人想个没完没了，让人无法自拔，于是只能舍弃性命去追求，凡是让人与自己的性命作对的东西，均是怪物，是不可解说的事情。

我从"态"这个字上，真正钦佩天地创造人的巧妙，鬼神体察物的化工。如果让我成为天地鬼神，形体我能够赐予他，知识我能给予他，但是至于是物却又不只是物，无形又像是有形的态度，我着实不能改变它，让它从无到有，又从有到无。媚态这样的东西，不仅能够让美的更加美，艳的更加艳，还能够让老者得以年轻，无情的东西变得有情，让人在无意间被它笼络却不自知。女子一旦有了媚态，原本是三四分的姿色，便能够增加到六七分。如果原本是六七分姿色但是却没有媚态的妇人，与三四分姿色但是却有媚态的妇人站在一起，那么人们会选择疼爱那个只有三四分的而不疼爱那个有六七分的，这是因为媚态跟姿色相比，其差距不只是一倍或两倍。如果只有两三分姿色而且没有媚态的女人，与毫无姿色却有媚态的女人站在一起，或者让她们跟别人交谈几句，那么这个人只会被媚态所迷惑，而不会被美色所迷惑，这便是态度跟姿色相比，并不只是以少敌多，还能够用无来胜有。现在的女子，常常相貌姿容毫无可取之处，却总是让人挂念无法舍弃，甚至会舍命相从，均是因为“态”这个字在从中作祟。由此可知，挑选容貌，选取姿色，都没有比挑选媚态这一项重要。媚态是天生的，不能强求。刻意造出来的媚态，不能增加魅力，还会让人显得愈发丑陋。同样是皱眉，出于西施就让人怜爱，出自东施就让人觉得可憎，这便是天生和刻意为之的差距。相面、相肌、相眉、相眼的方法，均可以言传，只有看媚态这一项，则只能心里知晓，却无法通过语言讲出来。口中能够传达的，是物，而非尤物。哎，能够让人们知晓，却又能让人无法通过言语来传达，它作为物又是怎样的物呢！它作为事是怎样一件事呢！难道不是天地之间的一件怪事，古往今来，都无法解说清楚的一件事吗？

【原文】

诘予者曰：既为态度立言，又不指人以法，终觉首鼠，盍亦舍精言粗，略示相女者以意乎？予曰：不得已而为言，止有直书所见，聊为榜样而已。向在维扬，代一贵人相妾。靓妆而至者不一其人，始皆俯首而立，及命之抬头，一人不作羞容而竟抬；一人娇羞腼腆，强之数四而后抬；一人初不即抬，及强而后可，先以眼光一瞬，似于看人而实非看人，瞬毕复定而后抬，俟人看毕，复以眼光一瞬而后俯，此即“态”也。记曩时春游遇雨[①]，避一亭中，见无数女子，妍媸不一，皆踉跄而至。中一缟衣贫妇，年三十许，人皆趋入亭中，彼独徘徊檐下，以中无隙地故也；人皆抖擞衣衫，虑其太湿，彼独听其自然，以檐下雨侵，抖之无益，徒现丑态故也。及雨将止而告行，彼独迟疑稍后，去不数武而雨复作，仍趋入亭。彼则先立亭中，以逆料必转，先踞胜地故也。然亿虽偶中，绝无骄人之色。见后入者反立檐下，衣衫之湿，数倍于前，而此妇代为振衣，姿态百出，竟若天集众丑，以形一人之媚者。自观者视之，其初之不动，似以郑重而养

态；其后之故动，似以徜徉而生态。然彼岂能必天复雨，先储其才以俟用乎？其养也，出之无心，其生也，亦非有意，皆天机之自起自伏耳。当其养态之时，先有一种娇羞无那之致现于身外，令人生爱生怜，不俟娉婷大露而后觉也。斯二者，皆妇人媚态之一班，举之以见大较。噫，以年三十许之贫妇，止为姿态稍异，遂使二八佳人与曳珠顶翠者皆出其下，然则态之为用，岂浅鲜哉！

人问：圣贤神化之事，皆可造诣而成，岂妇人媚态独不可学而至乎？予曰：学则可学，教则不能。人又问：既不能教，胡云可学？予曰：使无态之人与有态者同居，朝夕薰陶，或能为其所化；如蓬生麻中，不扶自直[2]，鹰变成鸠，形为气感，是则可矣。若欲耳提而面命之，则一部《廿一史》，当从何处说起？还怕愈说愈增其木强，奈何！

【注释】

①曩（nǎng）时：过去，以前。

②蓬生麻中，不扶自直：比喻生活在好的环境之中，能够健康成长。

【译文】

有人反问我说：既然为态度设立了一套说法，又不让人们根据这种方法来辨别，终究会让人们觉得你首鼠两端，为什么不舍弃精彩的立论，粗略地给挑选女子的人讲述一下一个大体的意思呢？我说：情非得已才写的，现在只好写出我的亲眼所见，来给大家做一个参考。过去我在扬州的时候，为一名贵人选妾。漂亮的女子不止一人，开始的时候均低着头站着，随即命令她们将头抬起来，有一个人毫不害羞地抬了起来，而另一个总是羞羞答答，勉强了多次才肯抬起头来，抬头的时候先是用眼光一扫，好像是在看人实际上并没有看人，目光一扫将眼睛盯住之后抬头，等人看完了，又用目光瞟了一眼之后将头又低了下去，这便是“态”了。记得过去春游的时候碰到了下雨，在一个亭子避雨，看到了无数女子，环肥燕瘦都有，全都狼狈不堪地跑了过来。其中有一个穿着白衣的贫家女，年纪在三十上下，众人全都进入亭子之中，只有她在檐下徘徊，因为亭子里面已经没有地方了；众人全都抖擞着衣服，担心衣服太湿了，她却任其自然，因为屋檐下的雨下个不停，抖擞也是无用的，只会让人看到丑态罢了。到了雨停之后离开的时候，只有她稍作迟疑，人们没走几步雨又下了下来，随即又跑进亭子里。她则先站在亭子里了，由于她早就料定人们一定会再跑回来，所以先占据了好位置。不过，虽然她预测准确，却没有高高在上的神色。看到后来进入的人站在屋檐下，衣服比之前还要湿上几倍，这个妇人还替别人整理衣服，这期间可以看出她姿态百出，竟仿佛是上天故意将众人的丑态都集中在此，来衬托出她一个人的媚态一般。从旁观者的角度来看，这位妇人开始不动，仿佛是用郑重之心来培养自己的媚态；之后有意给别人整理衣服，看上去像是用徜徉之行来产生媚态。不过她哪里会想到上天居然又下起了雨，让她事先储备的才能等着使用？她开始培养的媚态，出于无心，她后来产生的媚态，也并非是有意而为，均是上天的安排。当她培养媚态的时候，先有一种娇羞的风致显露于外，让人心生怜爱，不等她婀娜多姿充分显露之后才有所察觉。这两种，都是妇人媚态中极其不起眼的一点，从这个行为便能够推测出她的整体情况。哎，一个三十左右的贫家女子，只是由于姿态稍有不同，便让妙龄少女以及珠光宝气的妇人都望尘莫及，如此可以看出，媚态的作用不容小觑啊！

有人问：圣贤神而化之的事情，均能够通过锤炼修养来养成，难道只有妇人的媚态不能通过学习来达成吗？我说：学是可以学，却无法教授。有人又问：既然不能教授，又怎么能学呢？我说：让没有媚态的人跟有媚态的人居住在一起，朝夕相处进行熏陶，可能会让其同化；例如蓬草生长在麻中，不用扶它自然能够长直，鹰变成鸠，形体自然可以被气氛所感染，这是可以的。如果每天耳提面命地去教育，那么就像是读一部《廿一史》，不知道从哪里讲起，还要怕越说越让其变得呆滞死板，如何是好！

习技

小序

【原文】

“女子无才便是德。”言虽近理，却非无故而云然。因聪明女子失节者多，不若无才之为贵。盖前人愤激之词，与男子因官得祸，遂以读书作宦为畏途，遗言戒子孙，使之勿读书、勿作宦者等也。此皆见噎废食之说，究竟书可竟弃，仕可尽废乎？吾谓才德二字，原不相妨。有才之女，未必人人败行；贪婬之妇，何尝历历知书？但须为之夫者，既有怜才之心，兼有驭才之术耳。至于姬妾婢媵①，又与正室不同。娶妻如买田庄，非五谷不殖，非桑麻不树，稍涉游观之物，即拔而去之，以其为衣食所出，地力有限，不能旁及其他也。买姬妾如治园圃，结子之花亦种，不结子之花亦种；成阴之树亦栽，不成阴之树亦栽，以其原为娱情而设，所重在耳目，则口腹有时而轻，不能顾名兼顾实也。使姬妾满堂，皆是蠢然一物，我欲言而彼默，我思静而彼喧，所答非所问，所应非所求，是何异于入狐狸之穴，舍宣淫而外，一无事事者乎？故习技之道，不可不与修容、治服并讲也。技艺以翰墨为上，丝竹次之，歌舞又次之，女工则其分内事，不必道也。然尽有专攻男技，不屑女红，鄙织纴为贱役，视针线如仇雠，甚至三寸弓鞋不屑自制，亦倩老妪贫女为捉刀人者[②]，亦何借巧藏拙，而失造物生人之初意哉！予谓妇人职业，毕竟以缝纫为主，缝纫既熟，徐及其他。予谈习技而不及女工者，以描鸾刺凤之事，闺阁中人人皆晓，无俟予为越俎之谈[③]。其不及女工，而仍郑重其事，不敢竟遗者，虑开后世逐末之门，置纺绩蚕缫于不讲也。虽说闲情，无伤大道，是为立言之初意尔。

【注释】

①媵（yìng）：陪嫁的人。

②捉刀人：替人办事的人，替身。

③越俎（zǔ）：是成语“越俎代庖”的省语，指的是人各有其职，就算厨师不尽责，主祭等人也不能越职替他办席。

【译文】

“女子无才便是德。”这句话虽然有些道理，却不是凭空说的。因为聪慧的女子失节的人多，还不如没有才能更好。这是前人的激愤之词，跟男人因为当官而招惹祸端，于是认为读书和做官都是畏途，因此留下遗言告诫子孙后代，不要让他读书，不要去做官相同。这类都是因噎废食的说法，说到底，书能够完全舍弃，官可以完全废除吗？我认为才德这两个字，原本互相之间并不妨碍。有才气的女子，不一定每个人都有败行；贪恋淫荡之事的妇人，何尝每个人都读书？只是作为丈夫的需要既有怜才的心，又有驾驭才华的方法。至于姬妾婢媵，跟正室又有所不同。娶妻就像是买田园，不是五谷不种，不是桑麻不树，稍稍有一些赏玩的东西，应当马上拔去，因为这里乃是衣食所出之地，地力有限，不能顾及其他东西。买姬妾就像是整治花园，结子的花要种，不结子的花也要种；能够用来乘凉的树要种，不能用来乘凉的树也要种，因为它原本就是为了娱乐情志，注重的是耳目的享受，对于口腹的需求可以暂时不管，不可能兼顾赏玩和实用。如果姬妾满堂，都是蠢笨之类，我想说话的时候她们却都沉默，我想要静一静的时候她们却都喧哗不已，答非所问，应非所求，这跟进了狐狸洞有什么差别？除了可以纵情淫乱之外，没有其他事情了。因此，学习技艺的道理，不能不与穿衣打扮一并讲一讲了。技艺之中，首选诗文书画，其次是乐器，再次是歌舞，女红则是她分内之事，不用多言。但是有不少女子专门学习男人的技能，对女红颇为不屑，将织布制衣当成仇敌，甚至连三寸的绣花鞋都不屑自己去动手缝制，还请了一些老妇人或者贫家女来代做。怎么能如此来借助别人的巧手来掩饰自己的笨拙呢？这是丢弃了造物者创造女子的本意啊！我认为妇人的职业，终究要以缝纫为主，缝纫技艺娴熟之后，才能学习其他技能。我谈学习技能的时候之所以没有说女红，是因为描鸾刺凤这样的事情，每个闺阁中的女子都知晓，没必要再越俎代庖。不过虽然我不谈女红，依然对这件事十分重视，不敢有所遗漏，是因为担心后人舍本

逐末，将纺织这件事放在一边不予理会。虽然说的是闲情，却不会影响大道理，这是我立言的本来意图。

文艺

【原文】

学技必先学文。非曰先难后易，正欲先易而后难也。天下万事万物，尽有开门之锁钥。销钥维何？文理二字是也。寻常锁钥，一钥止开一锁，一锁止管一门；而文理二字之为锁钥，其所管者不止千门万户。盖合天上地下，万国九州，其大至于无外，其小至于无内，一切当行当学之事，无不握其枢纽，而司其出入者也。此论之发，不独为妇人女子，通天下之士农工贾，三教九流①，百工技艺，皆当作如是观。以许大世界，摄入文理二字之中，可谓约矣，不知二字之中，又分宾主。凡学文者，非为学文，但欲明此理也。此理既明，则文字又属敲门之砖，可以废而不用矣。天下技艺无穷，其源头止出一理。明理之人学技，与不明理之人学技，其难易判若天渊。然不读书不识字，何由明理？故学技必先学文。然女子所学之文，无事求全责备，识得一字，有一字之用，多多益善，少亦未尝不善；事事能精，一事自可愈精。予尝谓土木匠工，但有能识字记帐者，其所造之房屋器皿，定与拙匠不同，且有事半功倍之益。人初不信，后择数人验之，果如予言。粗技若此，精者可知。甚矣，字之不可不识，理之不可不明也。

【注释】

①三教九流：三教指的是儒、道、释。九流指的是儒家、道家、阴阳家、法家、名家、墨家、纵横家、杂家、农家。

【译文】

学技能一定要先学文。这并非是先难后易，正是想要先易而后难啊。

天下万事万物，全都有开门的锁和钥匙。锁和钥匙是什么？就是文理这两个字。普通的锁和钥匙，都是一把钥匙只能开一把锁，一把锁只能掌管一道门；而文理这两个字作为锁和钥匙，掌管的不只是千门万户。原来天上地下，万国九州，一切应当学和应当做的事情，不管是大还是小，都掌握在这两个字手中。我说出此番言论，不仅是为了妇人女子而发，全天下的士农工贾，三教九流，百工技艺，均应当这样看。世界这么大，全都归纳于文理二字之中，可以称得上简略了，怎不知这两个字之中，又分了宾主。只要是学文的人，并不是为了学文，而是为了明白其中的道理。既然道理已经明了了，那么文字就成了敲门之砖，可以废弃不用了。天下技艺没有穷尽，它们的源头都出自一个理字。明理的人学习技能，跟不明理的人学习技能，难易程度就像是天和地的差距。但是不读书不识字，如何能够明理？因此学习技能需要先学文。但是女子所学的文，不应当求全责备，认识一个字便有一个字的用途，多多益善，学得少也未必不好，凡事都很精通，那么一件事必然会更加精通。我曾说土木匠工，只要能够认字记

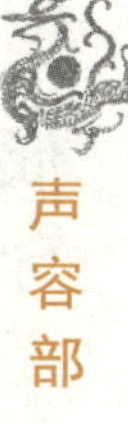

账，那么他们所造的房屋器皿，必然与那些笨拙的工匠有所不同，而且有事半功倍之益。人们最开始并不相信我的话，后来选了几个人来验证，果然正如我所说的。粗鄙的技能已经这样，更不用说精深的技能了。确实如此啊，字不能不认识，理也不能不明了。

【原文】

妇人读书习字，所难只在入门。入门之后，其聪明必过于男子，以男子念纷，而妇人心一故也。导之入门，贵在情窦未开之际，开则志念稍分，不似从前之专一。然买姬置妾，多在三五、二八之年[①]，娶而不御，使作蒙童求我者，宁有几人？如必俟情窦未开，是终身无可授之人矣。惟在循循善诱，勿阻其机，“扑作教刑”一语，非为女徒而设也。先令识字，字识而后教之以书。识字不贵多，每日仅可数字，取其笔画最少，眼前易见者训之。由易而难，由少而多，日积月累，则一年半载以后，不令读书而自解寻章觅句矣。乘其爱看之时，急觅传奇之有情节、小说之无破绽者，听其翻阅，则书非书也，不怒不威而引人登堂入室之明师也[②]。其故维何？以传奇、小说所载之言，尽是常谈俗语，妇人阅之，若逢故物。譬如一句之中，共有十字，此女已识者七，未识者三，顺口念去，自然不差。是因已识之七字，可悟未识之三字，则此三字也者，非我教之，传奇、小说教之也。由此而机锋相触，自能曲喻旁通。再得男子善为开导，使之由浅而深，则共枕论文，较之登坛讲艺，其为时雨之化，难易奚止十倍哉？十人之中，拔其一二最聪慧者，日与谈诗，使之渐通声律，但有说话铿锵，无重复聱牙之字者，即作诗能文之料也。苏夫人说：“春夜月胜于秋夜月，秋夜月令人惨凄，春夜月令人和悦。”此非作诗，随口所说之话也。东坡因其出口合律，许以能诗，传为佳话。此即说话铿锵，无重复聱牙，可以作诗之明验也。其余女子，未必人人若是，但能书义稍通，则任学诸般技艺，皆是锁钥到手，不忧阻隔之人矣。

【注释】

①三五、二八之年：分别指的是十五岁、十六岁。

②登堂入室：登上厅堂，进入内室。形容学问或者技能由浅入深，达到了极高的水准。

【译文】

妇人读书习字，难就难在入门。入门之后，其聪慧必然会超越男子，因为男子杂念多，而妇人则专心致志。引导妇人入门，最好在她情窦未开之时，等情窦初开之后，她们就容易分神，不像以前那么专注了。不过买姬置妾，大多都在其十五六岁的时候，娶她入门之后却不与她行房事，而让她们能够像孩子一样专心求学的，能有几个人？如果一定要找到情窦未开的来教授，那么恐怕一辈子也找不到可以教授的人了。（教女子读书）只能循循善诱，不能耽误她们学习的时机，用体罚的方式来教书，并不适合于女孩子。现在让她们识字，识字之后教她们念书。识字并非贵在认得多，每天只要能够多认几个字，线条笔画少的，最为常见的教授给她们。从易到难，从少变多，日积月累，一年半载之后，不让她读书，她都会自觉地去寻找文章诗句来读了。趁着她爱看的时候，马上找出一些有情节的传奇以及没有破绽的小说来给她读，如此这些书便不再是书了，而是相当于一位不怒不威同时引人登堂入室的开明老师。为什么会这样？因为传奇、小说中所使用的语言，均是通俗的日常用语，女人看了就像是碰到了自己熟悉的东西。例如一句话之中一共有十个字，这个女子认识其中的七个，有三个不认识，顺口念去，自然不会出现差错。这是由于已经认识了七个字，可以领悟出剩下的并不认识的三个字，这三个字并不是我教的，而是传奇、小说中教的。在这个基础上可以互相引发，自然能够触类旁通。另外还要加上男子的细心开导，让她能够由浅入深，那么同床共枕的时候也能探讨学术，如此春风化雨、润物无声，跟登台授课相比，其难易程度何止相差十倍？十个人之中，挑选出最为聪慧的那个人，每天与她谈论诗歌，让她慢慢通晓声律知识，只要是一个说话铿锵有力，没有重复的拗口的字的女子，均是写诗做文章的好材料。苏夫人说："春夜月胜于秋夜月，秋夜月令人惨凄，春夜月令人和悦。"这并不是在作诗，而是随口说的话罢了。苏东坡因为夫人说话符合格律，便赞许她说她能作诗，从此传为佳话。这便是说话铿锵的女子能够作诗的证明。剩下的女子，虽然不是每个人都这样，但是稍能识字的，那么任由她学习其他技能，也能掌握其中的诀窍，不用担心有所隔阂。

【原文】

妇人读书习字，无论学成之后受益无穷，即其初学之时，先有裨于观者：只须案摊书本，手捏柔毫，坐于绿窗翠箔之下，便是一幅画图。班姬续史之容，谢庭咏雪之态①，不过如是，何必睹其题咏，较其工拙，而后有闺秀同房之乐哉？噫，此等画图，人间不少，无奈身处其地者，皆作寻常事物观，殊可惜耳。

欲令女子学诗，必先使之多读，多读而能口不离诗，以之作话，则其诗意诗情，自能随机触露，而为天籁自鸣矣。至其聪明之所发，思路之由开，则全在所读之诗之工拙，选诗与读者，务在善迎其机。然则选者维何？曰：在“平易尖颖”四字。平易者，使之易明且易学；尖颖者，妇人之聪明，大约在纤巧一路，读尖颖之诗，如逢故我，则喜而愿学，所谓迎其机也。所选之诗，莫妙于晚唐及宋人，初中盛三唐，皆所不取；至汉魏晋之诗，皆秘勿与见，见即阻塞机锋，终身不敢学矣。此予边见，高明者阅之，势必哑然一笑。然予才浅识隘，仅足为女子之师，至高峻词坛，则生平未到，无怪乎立论之卑也。

【注释】

①班姬续史之容，谢庭咏雪之态：班姬，班固的妹妹，班固过世之后，她曾代为续写《汉书》，谢庭咏雪指的是东晋的才女、谢安的侄女谢道韫曾经以柳絮来喻雪，被人称为“咏絮才”。

【译文】

妇人读书识字，不要说学成之后可以受益无穷，就算是初学的时候，也能让旁人得到好处：只需要她在案头摊开书本，手中握着毛笔，坐在绿窗翠箔之下，便已经成了一幅图画。班姬续史的容颜，谢庭咏雪的姿态，也不过如此，何必一定要看她真的题咏，去比较其所写的是工整还是拙劣，之后才能感受到闺秀同房的乐趣呢？哎，这样的画面，人间并不少见，只是因为身处其地，均把它当成了寻常事来看，着实可惜。

想要让女子学诗，一定要先让她多读书，多读书之后才能口不离诗，将诗句挂在嘴边说话，如此她们的诗意诗情，自然而然能够随机吐露，成为自鸣的天籁了。至于她们的聪明因为受到启发而有所发挥，思路也渐渐被打开，这全仰仗其所读的诗书是工整还是拙劣，给女子选择诗歌以及阅读这些诗歌的时候，一定要善于迎合她的灵机。那么要如何来选取诗歌呢？我回答说：全在于“平易尖颖”这四个字。所谓的平易，指的是能够让人容易明白容易学习；所谓的尖颖，指的是妇人的聪明，大约在纤巧一路，读一些尖巧新颖的诗，就像是碰到过去的自己，因此会产生喜爱之情并愿意去学，这便是迎合天性。所选取的诗歌最好是晚唐和宋朝的作品，初唐、中唐、盛唐时期的诗，都不适合；至于两汉魏晋南北朝时期的诗作，均应当藏起来不让其瞧见，不然那只会影响她学习的兴趣，让她一辈子都不敢学习了。这都是我个人片面的见解，高明的人读了，必然会哑然失笑。但是我的学识浅薄，只够当女子的老师，至于那些高高在上的词坛，我一辈子都无法到达，立论如此卑微，就请不要怪罪于我了。

【原文】

女子之善歌者，若通文义，皆可教作诗余。盖长短句法，日日见于词曲之中，入者既多，出者自易，较作诗之功为尤捷也。曲体最长，每一套必须数曲，非力赡者不能。诗余短而易竟，如《长相思》《浣溪纱》《如梦令》《蝶恋花》之类，每首不过一二十字，作之可逗灵机。但观诗余选本，多闺秀女郎之作，为其词理易明，口吻易肖故也。然诗余既熟，即可由短而长，扩为词曲，其势亦易。果能如是，听其自制自歌，则是名士佳人合而为一，千古来韵事韵人，未有出于此者。吾恐上界神仙，自鄙其乐，咸欲谪向人寰而就之矣。此论前人未道，实实创自笠翁，有由此而得妙境者，切勿忘其所本。

以闺秀自命者，书、画、琴、棋四艺，均不可少。然学之须分缓急，必不可已者先之，其余资性能兼，不妨次第并举，不则一技擅长，才女之名著矣。琴列丝竹，别有分门，书则前说已备。善教由人，善习由己，其工拙浅深，不可强也。画乃闺中末技，学不学听之。至手谈一节[1]，则断不容已，教之使学，其利于人己者，非止一端。妇人无事，必生他想，得此遣日，则妄念不生，一也；女子群居，争端易酿，以手代舌，是喧者寂之，二也；男女对坐，静必思婬，鼓瑟鼓琴之暇，焚香啜茗之余，不设一番功课，则静极思动，其两不相下之势，不在几案之前，即居床第之上矣[2]。一涉手谈，则诸想皆落度外，缓兵降火之法，莫善于此。但与妇人对垒，无事角胜争雄，宁饶数子而输彼一筹，则有喜无嗔，笑容可掬；若

有心使败，非止当下难堪，且阻后来弈兴矣。纤指拈棋，踌躇不下，静观此态，尽勾消魂。必欲胜之，恐天地间无此忍人也。双陆投壶诸技[3]，皆在可缓。骨牌赌胜，亦可消闲，且易知易学，似不可已。

【注释】

①手谈：下围棋。

②床笫（zǐ）：床铺。

③双陆：古时的一种游戏，因局如棋盘，左右各有六路而得名。投壶：古时的一种游戏，将盛酒用的壶口作为目标，用箭矢投。

【译文】

女子中擅长歌唱的，如果能够识文断字，都可以教她们作诗。因为长短句法，每天都能在诗词之中看到，看得多了，那么写出来就容易了，比学习作诗要便捷得多。曲子的篇幅最长，每一套一定要有好几支曲子，如果不是才情丰富的人恐怕写不出来。词的篇幅较短，而且容易完成，比如《长相思》《浣溪纱》《如梦令》《蝶恋花》等，每一首不过一二十个字，写的时候可以激发灵感。只要看看诗词的选本，就知晓其中很多都是闺中女郎所写，这是因为词理容易明白，口吻容易模仿的缘故。等到写词熟练之后，就能够从短到长，扩充为词曲，这样就容易多了。果真能够这样的话，任由自己填词自己演唱，那可真是才子佳人结合到了一起，千百年来的闲情雅致与风流韵事，没有比这更美妙的了。我担心上面的神灵也会自叹弗如，都要屈尊到人间来享乐了。这种说法前人没有讲过，全部都是我自己的见解。如果能够从此进入佳境，万不可忘了本。

以大家闺秀自居的女子，书、画、琴、棋这四种才艺，全都不能缺少。但是学的时候要分清缓急，必不可少的要先学，剩下的才艺，如果学习者具备天资，不妨按照顺序一个个地来学习；如果不是这样，擅长一种技艺，也能赢得才女的佳名。琴属于丝竹之类的乐器，下面会单独讲述；书在前面已经说得十分详细了。教得好坏是别人的事，是否善于学习则是自己的事情，不管学习的深浅好坏，均不可强求。画是闺中女子最末等的技艺，是否学习全听凭其选择。至于围棋这一项技艺则是不能不学的，教授女子学习围棋，于人于己都是有利的，并非只有一种好处。妇人无所事事的时候必然会心生杂念，让她通过下棋来消遣，就能让她停止胡思乱想，这是其一；女子在一起居住，容易产生争执，用手来替代口舌，能让她们安静下来，这是其二；孤男寡女坐在一起，安静下来就会想一些淫邪之事，弹琴鼓瑟的空暇之间，以及焚香品茶的空暇时间，如果不安排一番功课，就会静极思动，男女两人不相上下，不是在桌子前面就开始，就是已经脱衣上床了。可是一旦从一开始就下棋，那么这些杂念就会被置之度外，缓兵降火的方法，没有比这个更有用的了。不过跟妇人下棋对垒，不要去争夺胜利，宁愿饶数子而输她一局，让她欢喜，笑容可掬；如果刻意将她打败，则不止当下难堪，而且还会让棋兴大减。纤细的手指捏着棋子，犹豫不决的样子，静静地看着这种情态，就已经十分销魂勾魄了。如果想着一定要战胜她，恐怕天下都没有这样残忍的人。双陆、投壶这些技能的学习，均可以放在后面。用骨牌来赌，也能打发闲暇时间，而且简单易学，不过玩起来似乎没完没了。

丝竹

【原文】

丝竹之音，推琴为首。古乐相传至今，其已变而未尽变者，独此一种，余皆末世之音也。妇人学此，可以变化性情，欲置温柔乡，不可无此陶熔之具。然此种声音，学之最难，听之亦最不易。凡令姬妾学此者，当先自问其能弹与否。主人知音，始可令琴瑟在御，不则弹者铿然，听者茫然，强束官骸以俟其阕[①]，是非悦耳之音，乃苦人之具也，习之何为？凡人买姬置妾，总为自娱。己所悦者，导之使习；己所不悦，戒令勿为，是真能自娱者也。尝见富贵之人，听惯弋阳、四平等腔，极嫌昆调之冷，然因世人雅重昆调，强令歌童习之，每听一曲，攒眉许久，坐客亦代为苦难，此皆不善自娱者也。予谓人之性情，各有所嗜，亦各有所厌，即使嗜之不当，厌之不宜，亦不妨自攻其谬[②]。自攻其谬，则不谬矣。予生平有三癖，皆世人共好而我独不好者：一为果中之橄榄，一为馔中之海参，一为衣中之茧细。此三物者，人以食我，我亦食之；人以衣我，我亦衣之；然未尝自沽而食，自购而衣，因不知其精美之所在也。谚云："村人吃橄榄，不知回味。"予真海内之村人也。因论习琴，而谬谈至此，诚为饶舌。

【注释】

①强束官骸以俟（sì）其阕：强打起精神去听，煎熬着等它结束。

②亦不妨自攻其谬：也不妨自我反驳错的地方。

【译文】

丝弦和竹管的音乐，以琴声最为动听。古时的音乐传到现在，已经发生变化却没有完全变化的，只有这一种，剩下的都是末世之音。妇人学习这种乐器，可以改变自己的性情，将她放在娱乐人生的温柔之乡，不能没有这种陶冶性情的工具。不过这种音乐学习起来却最为困难，听起来也不容易。只要是让姬妾学习这种乐器的，应当先问问自己能不能弹。主人知晓音律，方可让下人掌握乐器，不然弹琴的人弹得悦耳动听，听的人却十分茫然，勉强打起精神去听，也不过是在煎熬中结束，琴瑟也就成了为难人的工具，还学习它干吗？人们购买姬妾，总是为了自己娱乐。自己所喜欢的，引导她来学习；自己不喜欢的，就令其戒除，是真的能够自娱自乐的人。曾经看到过一个富贵之人，因为听惯了弋阳、四平等热闹的唱腔，因此极其嫌弃昆曲中的清冷，但是由于诗人都看重昆曲，就强制歌童来学习，每听完一曲，就会皱眉很久，在座的客人也要代为受苦，这都是不善于自娱自乐的人。我说人的性情，各自有着自己的喜欢，也有着各自厌烦的事情，就算自己喜欢的东西不好，也不妨自我反驳。自己反驳自己的错误，那么就没有错误了。我一生有三个癖好，都是世人所

好而我认为不好的：一个是水果中的橄榄，一个是饭菜之中的海参，一个是衣服之中的丝绸。这三种东西，如果别人拿来给我吃，我也是会吃的；别人拿来给我穿，我也是会穿的；但是我并不会自己去买来吃，买来穿，因为我并不知晓它们到底好在哪里。有谚语说："山野的村民吃橄榄，不知道回味。"我果真是没有见过世面的山野农夫。原本谈论的是学习弹琴，却跑题说到了这里，实在是啰唆。

【原文】

人问：主人善琴，始可令姬妾学琴，然则教歌舞者，亦必主人善歌善舞而后教乎？须眉丈夫之工此者，有几人乎？曰：不然。歌舞难精而易晓，闻其声音之婉转，睹见体态之轻盈，不必知音，始能领略，座中席上，主客皆然，所谓雅俗共赏者是也。琴音易响而难明，非身习者不知，惟善弹者能听。伯牙不遇子期，相如不得文君[①]，尽日挥弦，总成虚鼓。吾观今世之为琴，善弹者多，能听者少；延名师、教美妾者尽多，果能以此行乐，不愧文君、相如之名者绝少。务实不务名，此予立言之意也。若使主人善操，则当舍诸技而专务丝桐。"妻子好合，如鼓瑟琴。""窈窕淑女，琴瑟友之。"琴瑟非他，胶漆男女，而使之合一；联络情意，而使之不分者也。花前月下，美景良辰，值水阁之生凉，遇绣窗之无事，或夫唱而妻和，或女操而男听，或两声齐发，韵不参差，无论身当其境者俨若神仙，即画成一幅合操图，亦足令观者消魂，而知音男妇之生妒也。

【注释】

①伯牙不遇子期，相如不得文君：俞伯牙善于弹琴，钟子期知音，钟子期过世之后，伯牙终身都不再弹琴。司马相如爱慕卓文君，随即用一曲《凤求凰》打动了卓文君，二人私奔。

【译文】

有人询问说：主人善于弹琴，才能让姬妾去学琴，那么要教授姬妾歌舞，也一定要主人善于歌舞才能教授吗？男子汉大丈夫善于歌舞的，又有几人呢？回答说：不用。歌舞难以精通，却容易知晓，听到乐曲的婉转，就能看到舞者体态的轻盈，不用知晓音律，也能领略。不管是座上的主人还是席上的客人，全都可以欣赏，正所谓雅俗共赏。琴音虽然容易响却难以明白其中的乐理，不是亲身学习的都不知晓，只有善于弹琴的人才能听出来。伯牙如果没有遇到钟子期，司马相如如果没有遇到卓文君，整日弹琴，也不过是白弹。我对世上学习弹琴的人进行观察，善于弹奏的人多，能够听懂的人却很少；请名师、教授美妾的人很多，果真用弹琴来行乐的，配得上卓文君、司马相如这样知音的人却很少。追求实际而不追求虚名，这是我写这篇文章的立意。如果让主人善于弹琴，那么可以舍弃其他技能而专心丝桐。“妻子好合，如鼓瑟琴。”“窈窕淑女，琴瑟友之。”琴瑟并不是其他东西，能够让男女之间如胶似漆，合二为一；是联络感情，让他们不会分离的东西。花前月下，美景良辰，正值水阁生凉的时候，又逢家中无事，或夫唱而妻和，或女子弹琴而男子聆听，亦或是两人合奏一曲，声音和谐没有杂音，且不说身临其境的人像神仙一般惬意，成了一幅男女合奏图，还能让观看的人销魂，而让精通音乐的男女心生妒忌。

【原文】

丝音自蕉桐而外[①]，女子宜学者，又有琵琶、弦索、提琴之三种。琵琶极妙，惜今时不尚，善弹者少，然弦索之音，实足以代之。弦索之形较琵琶为瘦小，与女郎之纤体最宜。近日教习家，其于声音之道，能不大谬于宫商者，首推弦索，时典次之，戏曲又次之。予向有场内无文，场上无曲之说，非过论也。止为初学之时，便以取舍得失为心，虑其调高和寡，止求为“下里巴人”，不愿作“阳春白雪”，故造到五七分即止耳。提琴较之弦索，形愈小而声愈清，度清曲者必不可少。提琴之音，即绝少美人之音也。春容柔媚，婉转断续，无一不肖。即使清曲不度，止令善歌二人，一吹洞箫，一拽提琴，暗谱悠飏之曲，使隔花间柳者听之，俨然一绝代佳人，不觉动怜香惜玉之思也。丝音之最易学者，莫过于提琴，事半功倍，悦耳娱神。吾不能不德创始之人，令若辈尸而祝之也[②]。

竹音之宜于闺阁者，惟洞箫一种。笛可暂而不可常。至笙、管二物，则与诸乐并陈，不得已而偶然一弄，非绣窗所应有也。盖妇人奏技，与男子不同，男子所重在声，妇人所重在容。吹笙搦管之时，声则可听，而容不耐看，以其气塞而腮胀也，花容月貌为之改观，是以不应使习。妇人吹箫，非止容颜不改，且能愈增娇媚。何也？按风作调，玉笋为之愈尖；簇口为声，朱唇因而越小。画美人者，常作吹箫图，以其易于见好也。或箫或笛，如使二女并吹，其为声也倍清，其为态也更显，焚香啜茗而领略之，皆能使身不在人世间也。吹箫品笛之人，臂上不可无钏。钏又勿使太宽，宽则藏于袖中，不得见矣。

【注释】

①蕉桐：指的是琴。

②若辈尸而祝之：若辈，这些人。尸而祝，本指古时祭祀时主持祭祀的人，引申为祭祀与崇拜。

【译文】

丝弦之音除了要学习弹琴之外，适合女子学习的，还有琵琶、弦索、提琴这三种。琵琶极妙，可惜现在不崇尚，善于弹奏的人很少，但是弦索之音，实际上能够代替琴瑟。弦索的形状要比琵琶更加瘦小一些，与女郎纤细的体态最为般配。最近教授音乐的专家，对于这门学问，能在音律上不出什么大错的，首先是弦索，其次是时典，再次是戏曲。我曾经认为场内没有什么好文，场上没有什么好曲的说法，并没有言过其实。只是在开始学的时候，在取舍得失方面要多尽心，考虑曲调的高和寡，只求能够写出《下里》《巴人》这样的粗糙曲调，不愿意写《阳春》《白雪》这类的精美曲调，因此只学到五分、七分就停止了。提琴与弦索相比，形状更小且声音更为清扬，是弹奏清曲不能缺少的。提琴的声音，如同是美人的声音。娴雅柔媚，婉转断续，均是惟妙惟肖。就算不唱清曲，只让两位擅长歌唱的女孩，一个吹洞箫，一个拉提琴，按照乐谱来演奏悠扬的曲子，让那些在帘外隔花间柳的人听到了，俨然绝代佳人，从而在不知不觉间产生了怜香惜玉的心思。丝弦之音中最容易学的，莫过于提琴了，不仅事半功倍，而且悦耳娱神。我不能不歌颂最初制成提琴的人的功德，让我们这些人顶礼膜拜。

竹管类的乐器之中最适合闺中女子学习的，只有洞箫这一种。笛子偶尔可以吹一吹，但不能常吹。至于笙和管这两种乐器，跟其他乐器一样，只有在万不得已的时候才偶尔摆弄一下，并非是女子该学的东西。因为妇人的演奏技艺跟男子有所不同，男子注重声音，而女子则注重仪态。吹笙握管的时候，声音能够听到，仪态却不好看，由于吹的时候需要憋气鼓腮，女子的花容月貌会因此而变形，因此不应该让其学习。妇人吹箫，不仅容貌不改，而且越吹越娇媚。为什么会这样呢？按着孔来做调，玉笋一般的手会显得更加尖细；簇口为声，朱唇会因此而显得更加小巧。画美人的时候，经常画她在吹箫，是由于这样画更加好看。或箫或笛，如果能够让两个女孩一起吹，那么声音就会变得更加清亮，姿态也更加楚楚动人，焚香啜茗而领略她的美，都能够让人们产生仿佛不在人间的错觉。吹箫品笛的美人，手臂上不能不戴着镯子。镯子不能太宽，如果太宽，就容易藏在袖子里面，不容易看到。

歌舞

【原文】

昔人教女子以歌舞，非教歌舞，习声容也。欲其声音婉转，则必使之学歌；学歌既成，则随口发声，皆有燕语莺啼之致，不必歌而歌在其中矣。欲其体态轻盈，则必使之学舞；学舞既熟，则回身举步，悉带柳翻花笑之容，不必舞而舞在其中矣。古人立法，常有事在此而意在彼者。如良弓之子先学为箕，良冶之子先学为裘。妇人之学歌舞，即弓冶之学箕裘也。后人不知，尽以声容二字属之歌舞，是歌外不复有声，而征容必须试舞，凡为女子者，即有飞燕之轻盈[①]，夷光之妩媚，舍作乐无所见长。然则一日之中，其为清歌妙舞者有几时哉？若使声容二事，单为歌舞而设，则其教习声容，犹在可疏可密之间。若知歌舞二事，原为声容而设，则其讲究歌舞，有不可苟且塞责者矣。但观歌舞不精，则其贴近主人之身，而为殢雨尤云之事者[②]，其无娇音媚态可知也。

【注释】

①飞燕：指的是汉成帝的皇后赵飞燕。

②殢（tì）雨尤云：指的是男女之间的缠绵欢爱。

【译文】

过去人们教女子学习歌舞，并非是教歌舞，而是教她们学习声音跟仪态。想要让她们的声音变得婉转动听，就一定要让她们学习歌唱；歌唱学习完毕之后，随口发出来的声音，都有燕语莺啼的雅致，不用歌唱，歌唱已经蕴含其中。想要让她的体态轻盈，那么一定要让她学习跳舞；学习舞蹈熟练之后，转身抬步，均带着柳翻花笑的姿容，不用跳舞而舞蹈已经包含其中。古人建立法度，经常会事在此而意在彼。就像是善于制造弓箭的人，会先让他的儿子学习如何制造簸箕；善于冶炼的人，会先让他的儿子学习如何制造裘衣。妇人学习歌舞，就是善于做弓，善于冶炼的人先要学会做簸箕、做裘衣。后人不明白其中的道理，将声容这两个字归为了歌舞，如此，歌唱之外不再有声，而看她的仪态只需要检验她的舞蹈，只要是女子，就算是有着赵飞燕一般的轻盈，西施一般的妩媚，除了歌舞之外就毫无特长了。但是在一天之中，她用于唱歌跳舞的时间能有多少？如果声容这两个字只是为了歌舞而设的，那么叫人学习声容，就在可紧可慢之间，是一件并不那么要紧的事情。不过，如果知晓歌舞这两件事，原本是为了声容而有的，如此讲究歌舞，就有不能敷衍、不能搪塞的重要意义了。只看她歌舞不精通，那么当她贴近主人的身体，做男女云雨之事的时候，就能想到她会缺少娇音媚态了。

【原文】

"丝不如竹，竹不如肉[①]。"此声乐中三昧语，谓其渐近自然也。予又谓男音之为肉，造到极精处，止可与丝竹比肩，犹是肉中之丝，肉中之竹也。何以知之？但观人赞男音之美者，非曰"其细如丝"，则曰"其清如竹"，是可概见。至若妇人之音，则纯乎其为肉矣。语云："词出佳人口。"予曰：不必佳人，凡女子之善歌者，无论妍媸美恶，其声音皆迥别男人。貌不扬而声扬者有之，未有面目可观而声音不足听者也。但须教之有方，导之有术，因材而施，无拂其天然之性而已矣。歌舞二字，不止谓登场演剧，然登场演剧一事，为今世所极尚，请先言其同好者。

【注释】

①丝不如竹，竹不如肉：丝是弦乐器，竹是管乐器，肉指的是人的歌喉。

【译文】

"丝不如竹，竹不如肉。"这是深谙乐曲三昧的话语，说的是音乐应当慢慢趋向于自然。我还认为，男子的歌唱，即便极为精湛，也只能跟丝竹之乐差不多，依然是喉咙之中发出来的丝音，喉咙中发出的竹音。我是如何知晓的呢？只要观察人们称赞男音之美的用词，不是说"其细如丝"，就是说"其清如竹"，从中也就能够知晓个大概了。至于妇人的声音，则纯粹是人的喉咙发出来的声音。俗语说："词出佳人口。"我说：不必一定要佳人，只要是善于歌唱的女子，不管是妍媸美恶，她的声音均跟男人有着很大差别。其貌不扬但声音悠扬动听的有，貌美如花声音却不好听的却少有，只要教授有方，导之有术，能够因材而施，不违背她的天性就行了。歌舞这两个字，不仅仅指的是登台演出，然而如今的人们特别喜欢看戏，我先从这个大家都喜欢的事情讲起吧。

【原文】

一曰取材。取材维何？优人所谓"配脚色"是已。喉音清越而气长者，正生、小生之料也；喉音娇婉而气足者，正旦、贴旦之料也，稍次则充老旦；喉音清亮而稍带质朴者，外末之料也；喉音悲壮而略近噍杀者[1]，大净之料也。至于丑与副净，则不论喉音，只取性情之活泼，口齿之便捷而已。然此等脚色，似易实难。男优之不易得者二旦，女优之不易得者净丑。不善配脚色者，每以下选充之，殊不知妇人体态不难于庄重妖娆，而难于魁奇洒脱，苟得其人，即使面貌娉婷，喉音清婉，可居生旦之位者，亦当屈抑而为之。盖女优之净丑，不比男优仅有花面之名，而无抹粉涂胭之实，虽涉诙谐谑浪，犹之名士风流。若使梅香之面貌胜于小姐，奴仆之词曲过于官人，则观者听者倍加怜惜，必不以其所处之位卑，而遂卑其才与貌也。

【注释】

①噍（jiào）杀：声音苍凉、急促。

【译文】

第一是取材。取材是什么呢？指的就是戏子所说的“配角色”。喉音清越而气息又长的人，是出演正生、小生的材料；喉音娇柔婉转而底气充足的，是出演正旦、贴旦的材料，声音稍有逊色的可以出演老旦；喉音清亮却稍微带着一些质朴的，是出演外末的材料；喉音悲壮而苍凉的，是出演大净的材料。至于丑角与副净这两种角色，则不管喉音，只要性情活泼，口齿伶俐就行了。但是这样的角色，看似容易实际上却很难。男演员不容易找到适合演正旦和贴旦的，女演员不容易找到适合出演净角和丑角的。不善于分配角色的人，每次都会用次等的演员来充数，却不知用女子的体态来扮演庄重或者妖娆的角色并不难，难的是扮演奇异和洒脱的角色。如果得到这样的演员，即便她面容姣好，声音清脆婉转，能够去饰演生角、旦角，也要让她屈尊去饰演净角、丑角。由于女演员所饰演的净角、丑角不像男演员所饰演的那般只有花脸之名，却没有抹粉涂胭之实，虽然涉及诙谐谑浪，依然表现出名士风流。如果丫鬟的容貌在小姐之上，奴仆的词曲好过官人，那么观看的人、听戏的人都会倍加怜惜，一定不会由于他们所处的地位较低，而对他们的才和貌予以轻视。

【原文】

二曰正音。正音维何？察其所生之地，禁为乡土之言，使归《中原音韵》之正者是已。乡音一转而即合昆调者，惟姑苏一郡。一郡之中，又止取长、吴二邑[①]，余皆稍逊，以其与他郡接壤，即带他郡之音故也。即如梁溪境内之民，去吴门不过数十里，使之学歌，有终身不能改变之字，如呼酒钟为“酒宗”之类是也。近地且然，况愈远而愈别者乎？然不知远者易改，近者难改；词语判然、声音迥别者易改，词语声音大同小异者难改。譬如楚人往粤，越人来吴，两地声音判如霄壤，或此呼而彼不应，或彼说而此不言，势必大费精神，改唇易舌，求为同声相应而后已。止因自任为难，故转觉其易也。至入附近之地，彼所言者，我亦能言，不过出口收音之稍别，改与不改，无甚关系，往往因仍苟且[②]，以度一生。止因自视为易，故转觉其难也。正音之道，无论异同远近，总当视易为难。选女乐者，必自吴门是已。然尤物之生，未尝择地，燕姬赵女、越妇秦娥见于载籍者，不一而足。“惟楚有材，惟晋用之。”此言晋人善用，非曰惟楚为能生材也。予游遍域中，觉四方声音，凡在二八上下之年者，无不可改，惟八闽、江右二省，新安、武林二郡[③]，较他处为稍难耳。正音有法，当择其一韵之中，字字皆别，而所别之韵，又字字相同

者，取其吃紧一二字，出全副精神以正之。正得一二字转，则破竹之势已成，凡属此一韵中相同之字，皆不正而自转矣。请言一二以概之。九州以内，择其乡音最劲、舌本最强者而言，则莫过于秦、晋二地。不知秦、晋之音，皆有一定不移之成格。秦音无“东钟”，晋音无“真文”；秦音呼“东钟”为“真文”，晋音呼“真文”为“东钟”。此予身入其地，习处其人，细细体认而得之者。秦人呼“中庸”之“中”为“肫”，“通达”之“通”为“吞”，“东南西北”之“东”为“敦”，“青红紫绿”之“红”为“魂”，凡属“东钟”一韵者，字字皆然，无一合于本韵，无一不涉“真文”。岂非秦音无“东钟”，秦音呼“东钟”为“真文”之实据乎？我能取此韵中一二字，朝训夕诂，导之改易，一字能变，则字字皆变矣。晋音较秦音稍杂，不能处处相同，然凡属“真文”一韵之字，其音皆仿佛“东钟”，如呼“子孙”之“孙”为“松”，“昆腔”之“昆”为“空”之类是也。即有不尽然者，亦在依稀仿佛之间。正之亦如前法，则用力少而成功多。是使无“东钟”而有“东钟”，无“真文”而有“真文”，两韵之音，各归其本位矣。秦、晋且然，况其他乎？大约北音多平而少入，多阴而少阳。吴音之便于学歌者，止以阴阳平仄不甚谬耳。然学歌之家，尽有度曲一生，不知阴阳平仄为何物者，是与蠹鱼日在书中，未尝识字者等也。予谓教人学歌，当从此始。平仄阴阳既谙，使之学曲，可省大半工夫。正音改字之论，不止为学歌而设，凡有生于一方，而不屑为一方之士者，皆当用此法以掉其舌。至于身在青云，有率吏临民之责者，更宜洗涤方音，讲求韵学，务使开口出言，人人可晓。常有官说话而吏不知，民辩冤而官不解，以致误施鞭扑，倒用劝惩者。声音之能误人，岂浅鲜哉！

正音改字，切忌务多。聪明者每日不过十余字，资质钝者渐减。每正一字，必令于寻常说话之中，尽皆变易，不定在读曲念白时。若止在曲中正字，他处听其自然，则但于眼下依从，非久复成故物，盖借词曲以变声音，非假声音以善词曲也。

【注释】

①长、吴：分别指的是长洲、吴县。这两个地区均属于江苏苏州。

②因仍：沿袭。

③惟八闽、江右二省，新安、武林二郡：八闽，指的是福建。江右，指的是江西。新安，指的是现在的安徽徽州，也有人认为是现在的安徽休宁与现在的浙江祁门等地。武林，指的是浙江杭州。

【译文】

第二要说的是正音。正音指的是什么呢？就是对优伶的出生地进行考察，禁止他说出当地的方言，让他的语言都归于《中原音韵》中的纯正之声。方言土话稍微一转就能跟昆曲相合的，只有苏州一郡。一郡之中，又只有长洲、吴县这两个小城，剩下的小城都稍有逊色，由于这些地方跟其他郡县接壤，因此都会带有其他郡县的口音。比如梁溪境内的百姓，距离吴门不过数十里，让他学习长歌，有终身都无法更改的字音，比如会将“酒钟”唤为“酒宗”之类的。近的地方尚且如此，更何况越远差距就越大呢？却不知道远的地方口音容易更改，而近的地方口音很难更改；词语声音迥然不同的容易更改，词语声音大同小异的难以更改。就像是楚人前往粤地，越地的人来吴地，两地的口音有着天壤之别，有时你叫他而他并不会应答，或者他说而你不言，必然会大费周折，改变口音，达到同声相应才行。只是由于自己已经意识到了语音带来的困难，因此转变过来反而容易了。至于到了相近的地方，你说的话，我也会说，不过口音稍稍有些差别罢了，改或者不改，没有什么影响，往往沿袭苟且，度过一生。只是由于自己觉得容易，因此改变过来会觉得困难。纠正读音之道，不管是不同还是相同，不管是远是近，都应当将容易的看成是困难的才好。选取女乐的人，一定是出自吴门才行。但是尤物的出生，并不曾选择地方，书中有所记载的燕姬赵女、越妇秦娥等美女，不知有多少。“惟楚有材，惟晋用之。”这是在说晋人善用人才，并非是说只有楚地才能产生人才。我游览了全国各地，觉得四面八方的语言，只要是年纪在十五六岁上下的，没有不能更改的，只有福建、江西这两个省，徽州、杭州这两个郡，跟其他地区相比要稍微难一些。纠正读音也有办法，选取那种在一韵之中，每个字都不一样，而所要区别的韵，又每个字都是相同，取最重要的一两个字，集中精力去纠正它。纠正这一两个字了，那么破竹之势已经达成，只要是属于这一韵中相同的字，都不需要纠正就能够自然纠正过来。请让我举一两个例子概括说明一下。全国上下，没有比秦、晋这两地的口音最重、舌根最硬的了。却不知秦、晋这两地的方言，均有着一成不变的规律。秦方言之中没有“东钟”，晋方言之中没有“真文”韵；秦地的方言之中将“东钟”唤为“真文”，晋地的方言之中将“真文”唤为“东钟”。这是我深入到当地，去观察当地人说话，悉心辨认才了解到的。秦地的人将“中庸”的“中”称为“肫”，“通达”的“通”称为“吞”，“东南西北”的“东”称为“敦”，“青红紫绿”的红称为“魂”，均属于“东钟”这一韵，每个字都是这样，没有一个字是符合本韵的，没有一个不念成“真文”韵的。难道不是秦音中没有“东钟”韵，将“东钟”念

成“真文”韵的真凭实据吗？我能选取此韵之中的一两个字，早晚对其训导，引导他纠正过来，一个字能够改正过来，其他一样韵的字也同样可以纠正过来。晋地方言与秦地方言相比比较复杂，不能做到每一处都相同，但是只要是属于“真文”一韵的字，发音都像“东钟”，比如会将“子孙”的“孙”称为“松”，“昆腔”的“昆”称为“空”这之类的。虽然也有不全是这样的，也都是在依稀仿佛之间。对晋方言进行纠正跟上面的方法一样，都有着事半功倍的效果。可以让没有掌握“东钟”韵开始掌握“东钟”韵，没有掌握“真文”韵的掌握“真文”韵，这两个韵的发音都各归其位。秦晋两地都可以这样进行纠正，更不用说其他地方了。大体上来讲，北方的方言多平声而少入声，阴平较多而阳平较少。吴地方言之所以方便学习歌唱，是由于其中的阴阳平仄错误较少。然而有些学习唱戏的人唱了一辈子的戏曲，却不知道阴阳平仄是什么东西，就像是蠹虫总是钻进书中，却从未认识半个字一样。我认为教人学习演唱，应当从学习阴阳平仄开始。平仄阴阳既然熟悉了，再让他学习唱歌，可以省去很多工夫。纠正字音的方法也不仅是针对学习演唱的人来说，只要是生在一个地方，却不屑只做这个地方的人的，都能够用这种方法将自己的口音去掉。至于身居要职，有着率领官员、管理百姓职责的人，更应当纠正自己的方言，讲究音乐，一定要做到开口说话的时候能够让每个人都清楚。常常有官员说话而下属却无法明白，百姓辩解冤情而官员却不明白，以至于导致错误地施行了刑罚，颠倒了是非。方言造成的错误，难道还少吗！

纠正字音，切忌贪多。聪明的人每天不过十多个字，资质愚钝的，依次减少。每纠正一个字，一定要让他在平时说话时全都改变过来，而不是在读曲念白的时候才会留意到。如果只是在曲子之中纠正字音，在其他地方却还是任其自然，那么不过是在眼下顺从，过不了多久就会故态复发。纠正读音的初衷是借助词曲来改变发音，而并非是借着改变声音来学好词曲。

【原文】

三曰习态。态自天生，非关学力，前论声容，已备悉其事矣。而此复言习态，抑何自相矛盾乎？曰：不然。彼说闺中，此言场上。闺中之态，全出自然。场上之态，不得不由勉强，却又类乎自然，此演习之功之不可少也。生有生态，旦有旦态，外末有外末之态，净丑有净丑之态，此理人人皆晓；又与男优相同，可置弗论，但论女优之态而已。男优妆旦，势必加以扭捏，不扭捏不足以肖妇人；女优妆旦，妙在自然，切忌造作，一经造作，又类男优矣。人谓妇人扮妇人，焉有造作之理，此语属赘。不知妇人登场，定有一种矜持之态；自视为矜持，人视则为造作矣。须令于演剧之际，只作家内想，勿作场上观，始能免于矜持造作之病。此言旦脚之态也。然女态之难，不难于旦，而难于生；不难于生，而难于外、末、净、丑；又不难于外、末、净、丑之坐卧欢娱，而难于外、末、净、丑之行走哭泣。总因脚小而不能跨大步，面娇而不肯妆瘁容故也。然妆龙像龙，妆虎像虎，妆此一物，而使人笑其不似，是求荣得辱，反不若设身处地，酷肖神情，使人赞美之为愈矣。至于美妇扮生，较女妆更为绰约。潘安、卫玠①，不能复见其生时，借此辈权为小像，无论场上生姿，曲中耀目，即于花前月下偶作此形，与之坐谈对弈，啜茗焚香，虽歌舞之余文，实温柔乡之异趣也。

【注释】

①潘安、卫玠（jiè）：古代有名的美男子。潘安，原名为潘岳，晋朝文学家。卫玠，字叔宝，晋朝的书法家。

【译文】

第三是习态。一个人的仪态是天生的，跟学习的能力没有关联，前面在阐述声容的时候，已经说得十分详细了。在这里又讲习态，难道不是自相矛盾吗？我认为：并非这样。前面说的是闺阁之中，这里说的是戏场之上。闺阁之中的仪态，完全出于自然。戏台上的仪态，则不得不勉强而行，虽然是因为勉强而出现的，却又要形同自然，这便是表演的工夫所不能缺少的。生有生的仪态，旦有旦的仪态，外末有外末的仪态，净丑有净丑的仪态，这个道理每个人都知晓；这些道理又跟男优相同，因此可以搁置不去讨论，只去谈论女优的仪态就行了。男优扮演旦角，必然会做出扭捏的样子，不扭捏便不足以跟妇女相似；女优扮演旦角，妙在自然，万不可造作，一旦造作了，就跟男优相类似了。人们说妇人扮妇人，怎么会有造作的道理，这句话属于多余。却不知妇女登场表演，一定会展现出一副矜持的仪态；自己认为是矜持，在他人眼中就变成了造作。一定要让她在表演的时候，只想着是在家中，不要看成是在舞台之上，这样才能避免产生矜持造作的毛病。这是说旦角的仪态。不过女优仪态的难点，并不是出演旦角，而是出演生角；生角还不算太难，更难的是出演外末净丑；最难的不是外末净丑的坐卧欢娱，最难的是外末净丑的行走哭泣。总是犹豫脚太小而无法跨出大步，面容娇嫩而总不想要去扮演憔悴的样子。不过，演龙就要像龙，演虎就要像虎，扮演外末丑净，却被人笑话演得不像，本来想要获得荣誉，得到的却总是羞辱，还不如设身处地，将角色扮演得活灵活现，让人们赞誉有加。至于让美人去扮演生角，会比让她扮演女子显得更加仪态万千。潘安、卫玠，这些古代的美男子我们已经看不到了，借着美女来扮演，且不说能够在舞台上展现风姿，在演唱的时候能够引人注目，就算是偶尔在花前月下也能够打扮成美男子，如此跟她在一起坐谈对弈，啜茗焚香，虽然并不会涉及歌舞，却是身处温柔乡的另一番情趣。

居室部

房舍

小序

【原文】

人之不能无屋，犹体之不能无衣。衣贵夏凉冬燠[1]，房舍亦然。“堂高数仞，榱题数尺[2]”，壮则壮矣，然宜于夏而不宜于冬。登贵人之堂，令人不寒而粟，虽势使之然，亦廖廓有以致之；我有重裘，而彼难挟纩故也[3]。及肩之墙，容膝之屋，俭则俭矣，然适于主而不适于宾。造寒士之庐，使人无忧而叹，虽气感之乎，亦境地有以迫之；此耐萧疏，而彼憎岑寂故也。吾愿显者之居，勿太高广。夫房舍与人，欲其相称。画山水者有诀云：“丈山尺树，寸马豆人。”使一丈之山，缀以二尺三尺之树；一寸之马，跨以似米似粟之人，称乎？不称乎？使显者之躯，能如汤、文之九尺、十尺，则高数仞为宜，不则堂愈高而人愈觉其矮，地愈宽而体愈形其瘠[4]，何如略小其堂，而宽大其身之为得乎？处士之庐，难免卑隘，然卑者不能耸之使高，隘者不能扩之使广，而污秽者、充塞者则能去之使净，净则卑者高而隘者广矣。

【注释】

①燠（yù）：热。

②堂高数仞，榱（cuī）题数尺：出自《孟子·尽心下》。仞，古时八尺或者七尺为一仞。榱题，指的是屋檐。

③挟纩（kuàng）：身披丝绵。挟，用胳膊夹着。

④瘠：瘦。

【译文】

人不能没有房屋，就像是身体不能没有衣服。穿衣服最重要的就是能够让人冬暖夏凉，房屋也是这样。“殿堂有数丈之高，房檐伸出去有几尺之长”，壮观倒是壮观，虽然适合于夏季，却不适合于冬季。进入到富贵人家的厅堂，让人不寒而栗，虽然有权势的关系，但是与房屋过于宽敞有关。这就像是我身上穿着厚厚的裘衣，而他难以感觉身披丝绵的缘故。刚到肩部高的墙，仅能容下腿脚的房屋，这样虽然俭朴，却只适合主人而不适合宾客。造访寒士的房舍，让人就算没有什么忧愁的事情也会叹息，这虽然跟氛围有关，但是也跟所处的环境有关；这是由于房子的主人虽然耐得住萧条清冷，客人却受不了这种孤寂的感觉。我希望富贵人家的房屋不要太高太大。房屋跟人应当相匹配。画山水的人有一个口诀：“丈山尺树，寸马豆人。”画一丈高的山，点缀上二尺三尺高的树；一寸长的马，配上米粟大小的人，相称不相称呢？如果富贵的人全都像商汤和周文王有九尺十尺的身高，那么房子要有好几丈高才适合。如果人并没有那么高，那么房屋越高便会显得人越矮，地方越宽敞便会显得身体越消瘦。为什么不将房屋缩小一些，让自己的身材能够显得更为高大一些呢？隐士的房屋，南面会显得会矮小一些，但是低矮不能再去加高，狭小的不能再去扩大，只要能将屋子中的脏东西或者多余的东西收拾干净，也能让屋子显得高大宽敞一些。

【原文】

吾贫贱一生，播迁流离，不一其处，虽债而食，赁而居，总未尝稍污其座。性嗜花竹，而购之无资，则必令妻孥忍饥数日，或耐寒一冬，省口体之奉，以娱耳目。人则笑之，而我怡然自得也。性又不喜雷同，好为矫异，常谓人之葺居治宅①，与读书作文同一致也。譬如治举业者②，高则自出手眼，创为新异之篇；其极卑者，亦将读熟之文移头换尾，损益字句而后出之，从未有抄写全篇，而自名善用者也。乃至兴造一事，则必肖人之堂以为堂，窥人之户以立户，稍有不合，不以为得，而反以为耻。常见通侯贵戚，掷盈千累万之资以治园圃，必先谕大匠曰：亭则法某人之制，榭则遵谁氏之规，勿使稍异。而操运斤之权者，至大厦告成，必骄语居功，谓其立户开窗，安廊置阁，事事皆仿名园，纤毫不谬。噫，陋矣！以构造园亭之胜事，上之不能自出手眼，如标新创异之文人；下之至不能换尾移头，学套腐为新之庸笔，尚嚣嚣以鸣得意，何其自处之卑哉！

【注释】

①葺（qì）：修葺，修缮。

②治举业：科举考试。

【译文】

我贫贱一生，迁徙流离，居无定所，虽然靠借钱来吃饭，靠租房来安家，房子却从未有所污染。我喜欢花竹，就算没钱也要购买，就算让妻妾忍几天的饿，或者忍耐一冬的严寒，省去买口中的粮食、身上的衣服的钱财，也要来买花竹娱乐耳目。人们都因此而笑话我，而我却怡然自得。我天生不喜欢跟别人雷同，爱好标新立异，我常说安家治院跟读书作文的道理是一样的。比如说专攻科举考试的书生，高明的人会自己创作，写一些标新立异的文章；低水平的人也会将熟悉的文章改头换面，增减字数，之后将其变为自己的文章，从来没有人傻到将整篇文章都抄下来，还自认为

自己是善加利用的人。至于建造房舍这件事，有些人却必然会按照别人的房屋样式来建造自己的房屋，看着别人的门户来建造自己的门户，如果稍与别人有所不同，不仅不认为是自己的成就，还会认为是一种耻辱。我经常看到达官贵人在花钱来修建园林之时，一定会嘱咐工匠说：亭子要仿照某某人家的，台榭要按照谁的规格来建，不要有所差池。而操刀运斧的工匠，等到房屋都建成之后，也必然会自认为自己的功劳很大，说这园亭的立户开窗，安廊置阁，每个都是仿效了有名的院子，丝毫不差。哎，浅陋啊！像构建园亭这类的事情，对上不能像标新立异的文人那般自我创新，对下不能像平庸的文人那样改头换面，将陈腐的东西变得新颖，还在那里自鸣得意，这是要将自己贬低到何种地步啊！

【原文】

予尝谓人曰：生平有两绝技，自不能用，而人亦不能用之，殊可惜也。人问：绝技维何？予曰：一则辨审音乐，一则置造园亭。性嗜填词，每多撰著，海内共见之矣。设处得为之地，自选优伶，使歌自撰之词曲，口授而躬试之，无论新裁之曲，可使迥异时腔，即旧日传奇，一概删其腐习而益以新格，为往时作者别开生面，此一技也。一则创造园亭，因地制宜，不拘成见，一榱一桷，必令出自己裁，使经其地、入其室者，如读湖上笠翁之书，虽乏高才，颇饶别致，岂非圣明之世、文物之邦，一点缀太平之具哉？噫，吾老矣，不足用也。请以崖略付之简篇[①]，供嗜痂者采择。收其一得，如对笠翁，则斯编实为神交之助尔。

土木之事，最忌奢靡。匪特庶民之家当崇俭朴，即王公大人亦当以此为尚。盖居室之制，贵精不贵丽，贵新奇大雅，不贵纤巧烂漫。凡人止好富丽者，非好富丽，因其不能创异标新，舍富丽无所见长，只得以此塞责。譬如人有新衣二件，试令两人服之，一则雅素而新奇，一则辉煌而平易，观者之目，注在平易乎？在新奇乎？锦绣绮罗，谁不知贵，亦谁不见之？缟衣素裳，其制略新，则为众目所射，以其未尝睹也。凡予所言，皆属价廉工省之事，即有所费，亦不及雕镂粉藻之百一。且古语云："耕当问奴，织当访婢。"予贫士也，仅识寒酸之事。欲示富贵，而以绮丽胜人，则有从前之旧制在。

新制人所未见，即缕缕言之，亦难尽晓，势必绘图作样。然有图所能绘，有不能绘者。不能绘者十之九，能绘者不过十之一。因其有而会其无，是在解人善悟耳。

【注释】

①崖略：概略。崖，边际。略，粗略。

【译文】

我曾经对人说：我一生只有两个绝技，自己没有用武之地，而别人也用不了，实在可惜。有人问：绝技是什么？我说：一个是欣赏音乐，一个是置造园亭。我喜欢填词，写了很多作品，天下之人都能看到。如果我能够有条件亲自挑选优伶，让他们演唱自己所编写的词曲，亲口教授他们演唱，就算是新编写的曲目，也能够让其跟流行唱法有所差异，就算是过去的作品，我也能够去掉旧习，加入新鲜的格调，让旧的作品别开生面，这便是我的一项绝技。另一个便是建造园亭，这方面我能够因地制宜，不拘一格，每个椽子，一定由我自己来创造，让经过这个地方，进入到这个厅

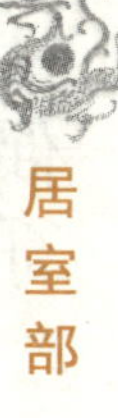

堂的人，就像是在读我李笠翁的书一般，虽然没有八斗之才，却也别有一番情趣。这难道不正是给如今的盛世、文明之国点缀太平的工具吗？唉，我已经老了，不中用了。请让我做一个简略的概述，来供有这种爱好的人参考。如果看了之后有所收获，那么对于笠翁而言，这本书也算是有助于我们之间的神交了。

建造房屋这件事，最忌讳奢侈浪费。不仅平民百姓应当崇尚节俭，就算是王公贵族也应当将节俭作为风尚。居室的建造最可贵的在于精巧而非华丽，贵在新奇雅致，而非纤巧烂漫。只要是指追求富丽堂皇的人，并非是因为真的喜欢这样，而是由于他做不到标新立异，舍弃了富丽堂皇之外就没有什么长处，因此只能用富丽堂皇来敷衍。就像是人有两件新衣服，如果让两个人来试穿，一件素雅且颇为新奇，一件华丽却寻常，看的人注意的是寻常那件？还是新奇那件？绫罗绸缎，谁不知道是贵重的，而且谁没见过？普通的衣服，只要做法新颖一些，便能够成为众人注意的焦点，因为人们从来都没有见过啊。我所说的，都是不用花费太多精力的小事，就算有所破费，也不足雕镂粉藻的百分之一。况且古人曾经说过："耕当问奴，织当访婢。"我是一个贫寒之士，知道的也只是寒酸的事情。如果想要炫耀自己的富贵，用华丽来战胜别人，那么到处都是过去的老样式可以效仿。

新的样式人们都没有看过，就算一一道来，也很难言尽，一定要绘图作样来说明。然而有的样式能够通过绘图来标注出来，有的根本就画不出来。不能画出来的十种之中有九种，能画出来的十种之中只有一种。通过画出来的来掌握没有画出来的，就要靠聪明者的领悟能力了。

向背

【原文】

屋以面南为正向。然不可必得，则面北者宜虚其后，以受南薰[①]；面东者虚右，面西者虚左，亦犹是也。如东、西、北皆无余地，则开窗借天以补之。牖之大者[2]，可低小门二扇；穴之高者，可敌低窗二扇，不可不知也。

【注释】

①南薰：南边吹过来的暖风以及和煦的阳光。

②牖（yǒu）：窗户。

【译文】

屋子以面朝南为正向。然而不可能所有的屋子都能面朝南，因此面朝北的屋子应当在后面留出空地，如此才能接受南面的阳光；面朝东的房屋应当在右侧留出空地，面朝西的房屋应当留出左侧，也是一样的道理。如果东、西、北面都没有空地，可以开一扇窗户来弥补。窗户大的能够抵上两扇小门，窗户高的能够抵上两扇低窗，这些都是不可不知的。

途径

【原文】

径莫便于捷，而又莫妙于迂。凡有故作迂途[1]，以取别致者，必另开耳门一扇，以便家人之奔走，急则开之，缓则闭之，斯雅俗俱利，而理致兼收矣。

【注释】

①迂途：曲径，弯路。

【译文】

道路没有比直径更便利的了，也没有比幽径更妙的了。只是故意铺设

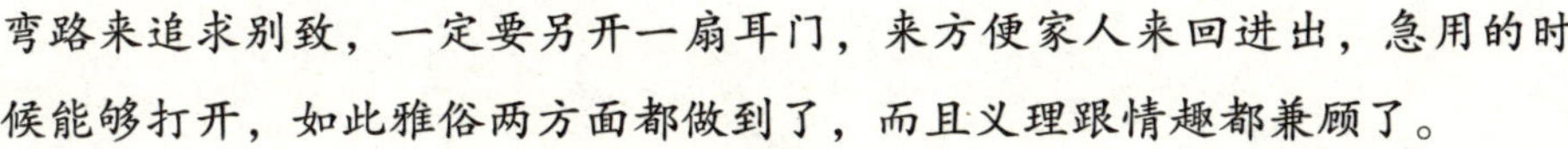
弯路来追求别致，一定要另开一扇耳门，来方便家人来回进出，急用的时候能够打开，如此雅俗两方面都做到了，而且义理跟情趣都兼顾了。

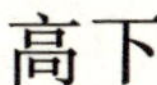

高下

【原文】

房舍忌似平原，须有高下之势，不独园圃为然，居宅亦应如是。前卑后高，理之常也。然地不如是，而强欲如是，亦病其拘。总有因时制宜之法：高者造屋，卑者建楼，一法也；卑处叠石为山，高处浚水为池①，二法也。又有因其高而愈高之，竖阁磊峰于峻坡之上；因其卑而愈卑之，穿塘凿井于下湿之区。总无一定之法，神而明之，存乎其人，此非可以遥授方略者矣。

【注释】

①浚（jùn）：疏通，挖。

【译文】

房舍最忌讳像平原一样，应当有高下起伏的态势，不仅园林应当如此，住宅也应当如此。前面低后面高，这是常理。但是如果地形不是这样，而是强做成这样，就犯了过于拘谨的毛病。总有因地制宜的方法：在高处建造房屋，在低处建造楼房，这是一种方法；在低洼的地方叠石为山，在高处挖地引水造池，这是第二种方法。也有人就着地势的高来让它变得更高，在高坡之上建造竖阁磊峰；顺应地势的低洼来让它更低，在低湿的地方穿塘凿井。并不需要固定的方法，神思巧构，全靠人们自己来掌握，这不是通过传授方法就能够办到的。

出檐深浅

【原文】

居宅无论精粗，总以能避风雨为贵。常有画栋雕梁，琼楼玉栏，而止可娱晴，不堪坐雨者，非失之太敞，则病于过峻。故柱不宜长，长为招雨之媒；窗不宜多，多为匿风之薮①；务使虚实相半，长短得宜。又有贫士之家，房舍宽而余地少，欲作深檐以障风雨，则苦于暗；欲置长牖以受光明，则虑在阴。剂其两难，则有添置活檐一法。何为活檐？法于瓦檐之下，另设板棚一扇，置转轴于两头，可撑可下。晴则反撑，使正面向下，以当檐外顶格；雨则正撑，使正面向上，以承檐溜。是我能用天，而天不能窘我矣。

【注释】

①匿风之薮（sǒu）：藏风的窟窿。

【译文】

住宅不管精致还是粗糙，都是以能够遮风挡雨为贵。有的宅院虽然有画栋雕梁，琼楼玉栏，只能供晴天消遣，却无法在雨天供人使用，不是太过宽敞，就是太过高大。因此柱子不应当太长，太长的话就无法挡雨；窗子不应当太多，太多的话就成了藏风的窟窿；务必要让虚实参半，长短适当。还有一些贫穷人家，房舍房屋过于宽敞，剩下的空地却很少，因此想要将屋檐伸长来遮挡风雨，却又由于屋檐伸长之后遮挡了阳光而苦恼不已；想要将窗户加长来接受阳光，又担心阴天下雨。调节这种两难的情况，有一种添加活檐的方法。什么是活檐呢？就是在屋檐下面另外放置一扇板棚，在两头安上转轴，可以撑起来也能放下去。晴天的时候让反面撑起来，让正面朝下，将其作为屋檐外的顶格；雨天的时候则从正面撑起来，让正面朝上，来接住屋檐下流下来的雨水。如此就能让我利用天气的变化，而天气却对我无可奈何了。

置顶格

【原文】

精室不见椽、瓦，或以板覆，或用纸糊，以掩屋上之丑态，名为“顶格”，天下皆然。予独怪其法制未善。何也？常因屋高檐矮，意欲取平，遂抑高者就下，顶格一概齐檐，使高敞有用之区，委之不见不闻，以为鼠窟，良可慨也。亦有不忍弃此，竟以顶板贴椽，仍作屋形，高其中而卑其前后者，又不美观，而病其呆笨。予为新制，以顶格为斗笠之形①，可方可圆，四面皆下，而独高其中。且无多费，仍是平格之板料，但令工匠画定尺寸，旋而去之。如作圆形，则中间旋下一段是弃物矣，即用弃物作顶，升之于上，止增周围一段竖板，长仅尺许，少者一层，多则二层，随人所好，方者亦然。造成之后，若糊以纸，又可于竖板之上，裱贴字画，圆者类手卷，方者类册叶，简而文，新而妥，以质高明，必当取其有裨。方者可用竖板作门，时开时闭，则当壁橱四张，纳无限器物于中，而不之觉也。

【注释】

①斗笠：古时遮风挡雨的帽子。

【译文】

精致的房间看不到椽、瓦，有的是用木板遮掩住，有的是用纸糊住，来掩盖屋顶的丑态，这叫作“顶格”，天下的房子都是这样。我唯独觉得这样的方法并不完善。为什么这么说呢？人们常常由于房屋过高而屋檐太矮，想要让二者持平，因此迁就比较低的屋檐，将顶格弄得跟屋檐一般高，将原本又高又宽敞的有用的地方裹得严严实实的，成了老鼠窝，实在是让人感慨。还有些人不忍心舍弃这块地方，竟然将顶板贴上椽子，做成屋子的形状，中间高而前后低，既不美观，又显得十分笨拙呆板。我研制了一种新的方法，将顶格做成斗笠的形状，可以是方的也可以是圆的，四面都朝下，只有中间是高的。这样做不浪费材料，而且平格的那些板料，只需要让工匠画好尺寸，将多余的地方去除就行了。如果打算做成圆形的，那么中间切下的一段便是废料了，如果这些废弃的材料可以做顶，升到上面去，只需要在它周围增加一段一尺多长的竖板就可以了，少的可以是一层，多的可以是两层，根据个人的喜好而定，方形的顶格也是这样。造成之后，如果用纸来糊的话，可以在竖板上面装裱上字画，圆的跟手卷类似，方形的跟册叶类似，既简单又富有文采，既新颖又合宜，就算去向高明的人请教，也必然认为这样做大有裨益。长方形的能够用竖板来当门，随时开关自如，当成四张壁橱来使用，里面还能放很多东西，外面却看不见。

甃地[①]

【原文】

古人茅茨土阶，虽崇俭朴，亦以法制未尽备也。惟幕天者可以席地，梁栋既设，即有阶除，与戴冠者不可跣足，同一理也。且土不覆砖，尝苦其湿，又易生尘。有用板作地者，又病其步履有声，喧而不寂。以三和土

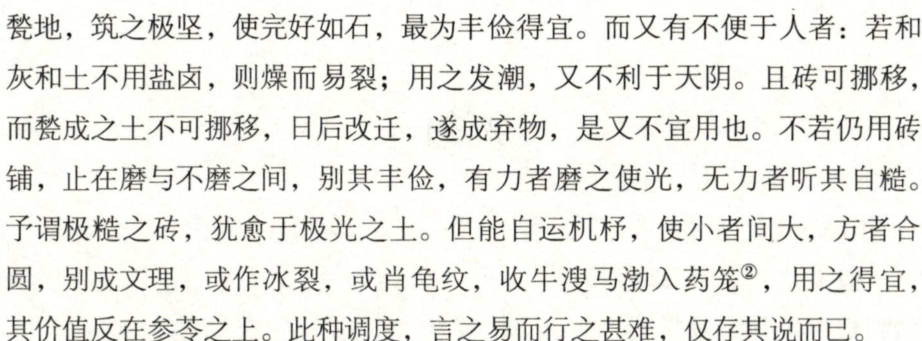

甃地，筑之极坚，使完好如石，最为丰俭得宜。而又有不便于人者：若和灰和土不用盐卤，则燥而易裂；用之发潮，又不利于天阴。且砖可挪移，而甃成之土不可挪移，日后改迁，遂成弃物，是又不宜用也。不若仍用砖铺，止在磨与不磨之间，别其丰俭，有力者磨之使光，无力者听其自糙。予谓极糙之砖，犹愈于极光之土。但能自运机杼，使小者间大，方者合圆，别成文理，或作冰裂，或肖龟纹，收牛溲马渤入药笼[②]，用之得宜，其价值反在参苓之上。此种调度，言之易而行之甚难，仅存其说而已。

【注释】

①甃（zhòu）地：用砖、石等装饰地面。

②牛溲（sōu）马渤：比喻运用得宜，就能变废为宝。

【译文】

古人在土阶建造茅屋，虽然这般崇尚简朴，却也是由于修建房屋的水准不够完善。只有将天作为帐幕才会将地作为席，既然盖好了梁和栋，就要有台阶，跟戴帽子的人不能光着脚一样。更何况土地上如果不铺设砖，就可能被潮湿所困扰，也容易扬尘。有的人用木板来铺地，又担心走路有声，不够安静。用三合土来铺设地面，可以修筑得十分坚固，像石头一般完好，是最为简朴得宜的方法。不过三合土也有不便的地方：如果石灰跟土和好之后不用盐卤的话，就会变得太过干燥容易开裂；而用盐卤之后又容易发潮，不利于阴天下雨。而且砌好的砖可以挪动，而三合土却无法挪移，日后改迁，终会变成弃物，这是它另一个不适合用的地方。不如依然采用砖来铺设，铺设得精巧还是粗糙主要在于是否打磨，有能力的可以打磨光亮，没有能力的可以任其粗糙。我认为极其粗糙的砖，也要比极其光亮的三合土要好。只要能够自己钻研打磨，大小、方圆相称，构成一种纹理图案，或者像是冰裂的形状，或者像龟纹的形状，就像牛马尿做成药，如果能够运用得宜，其价值反在人参和茯苓这些名贵药材之上。这种搭配，说起来容易做起来难，因此只是说说罢了。

洒扫

【原文】

精美之房，宜勤洒扫。然洒扫中亦具大段学问，非僮仆所能知也。欲去浮尘，先用水洒，此古人传示之法，今世行之者，十中不得一二。盖因童子性懒，虑有汲水之烦，止扫不洒，是以两事并为一事，惜其力也。久之习为固然，非特童子忘之，并主人亦不知扫地之先，更有一事矣。彼但知两者并一是省事法，殊不知因其懒也。遂以一事化为数十事。服役者既以为苦，而指使者亦觉其繁，然总不知此数十事者，皆从一事苟简而生之者也。精舍之内，自明窗净几而外，尚有图书翰墨、古董器玩之种种，无一不忌浮尘。不洒而扫，是以红尘掺物，物物皆受其蒙，并栋梁之上、榱桷之间亦生障翳①，势必逐

件擦磨，始现本来面目，手不停挥者，半日才能竣事，不亦劳乎？若能先洒后扫，则扫过之后，只须麈尾一拂[②]，一日清晨之事毕矣，何指使服役之纷纷哉？此洒水之不容已也。然勤扫不如勤洒，人则知之；多洒不如轻扫，人则未之知也。饶其善洒，不能处处皆遍，究竟干地居多，服役者不知，以为既经洒湿，则任意挥扫无妨。扬尘舞蹈之际，障翳之生也更多，故运帚切记勿重；匪特勿重，每于歇手之际，必使帚尾着地，勿令悬空，如扫一帚起一帚，则与挥扇无异，是扬灰使起，非抑尘使伏也。此是一法。又有闭门扫地之诀，不可不知。如人先扫房舍，后及阶除，则将房舍之门紧闭，俟扫完阶除后，略停片刻，然后开门，始无灰尘入户之患。臧获不知[③]，以为房舍扫完，其事毕矣，此后渐及门外，与内绝不相蒙，岂知有顾此失彼之患哉！顺风扬灰，一帚可当十帚，较之未扫更甚。此皆世人所忽，故拈出告之，然未免饶舌。

洒扫二事，势必相因，缺一不可，然亦有时以孤行为妙，是又不可不知。先洒后扫，言其常也，若旦旦如是，则土胶于水，积而不去，日厚一日，砖板受其虚名，而有土阶之实矣。故洒过数日，必留一日勿洒，止令童子轻轻用帚，不致扬尘，是数日所积者一朝去之，则水土交相为用，而不交相为害矣。

【注释】

①榱桷（cuī jué）：椽子。障翳（yì）：物体表面蒙上的灰尘等东西。

②麈（zhǔ）尾：古人用来驱虫、掸尘的一种工具。

③臧（zāng）获：古时对奴婢的贱称。

【译文】

精美的房屋，应当勤于洒扫。不过洒水打扫中也有大学问，并不是奴仆所能够知晓的。要想去除浮尘，先要用水洒，这是古人传下来的方法，现在能够用上这种方法，十个之中不足一两个。大概是由于童子生性懒惰，嫌弃打水太过麻烦，因此就只扫地不洒水，将这两件事合并成了一件事，不愿意出力。久而久之就成了习惯，不仅童子忘记洒水，连主人也不知道扫地之前，还有一件事要做。他们只知道将两件事合并为一件事是省事的方法，却不知晓是由于仆人太懒，一件事变成了几十件事。干活的人认为辛苦，指挥的人也觉得太过繁琐，却不知道这几十件事，都是由于在一件事情上偷懒而衍生出来的。精致的房间之内，除了明窗净几而外，还有图书翰墨、古董器玩等，没有不忌讳浮尘的。不洒水就清扫，就会让尘土上扬，每件物品都会遭受其害，就连房屋的栋梁之上、椽子之间也会蒙上灰尘，必然要将每件物品都擦洗一般，才能恢复其本来的面目，手不停地挥舞擦拭，半天才能完工，不是更加辛劳了吗？如果能够先洒水再清扫，那么清扫过后，只需要用拂尘一拂，一个早晨就能打扫完了，哪里还需要主人忙着指挥、仆人忙着干活呢？洒水这件事不能省略。然而，就算是人们明白勤于打扫不如勤于洒水的道理，却未必知晓多洒水不如轻轻扫的道理。就算是善于洒水，也不能将所有地方都顾及，毕竟干地居多，干活的人不知晓，以为既然洒过了水，任意清扫也没有大碍了。扬起的尘土到处飞舞，蒙上尘土的地方就更多了，因此会扫的人在打扫的时候一定不能过重，不但不能过重，当歇息的时候，一定要让帚尾的部分着地，不要让其悬空，如果扫一下扬一下扫帚，则跟挥扇子没什么差别，只是将灰尘扬起来，并不能抑制灰尘。这是一种方法。还有一种关门扫地的方法，不能不知晓。如果人们先扫房屋，再扫台阶，那么可以等到扫完台阶之后，稍微等一会儿再开房门，如此才能让灰尘不进入屋中。奴仆不知晓这一点，以为房舍打扫完毕就完事了，之后扫到门外，跟屋子就没有什么关系了，哪里知道顾此失彼的隐患啊！顺风扬灰，扫一下扬起的尘土是平时的十下，比没扫的时候的尘土还要多。这都是世人经常会忽略的，因此特意提出来告知，然而难免有些啰唆。

洒水和清扫这两件事，势必互相联系，缺一不可，不过有时也以单独做其中一件事为妙，这也是不能不知晓的。先洒水后清扫，是最常见的方式，如果每天都是这样，那么土跟水粘在一起，积累起来更不容易去除，一天比一天厚，砖板只成了虚名，实际上跟土地没什么两样。因此扫过几天，必然会空出一天不洒水，只让童子慢慢拿着扫帚扫，不让灰尘扬起来，这样几天积累的脏东西一天去除，水跟土都被利用上了，也不会互相影响产生危害。

藏垢纳污

【原文】

欲营精洁之房，先设藏垢纳污之地。何也？爱精喜洁之士，一物不整齐，即如目中生刺，势必去之而后已。然一人之身，百工之所为备，能保物物皆精乎？且如文人之手，刻不停批；绣女之躬，时难罢刺。唾绒满地，金屋为之不光；残稿盈庭，精舍因而欠好。是极韵之物，尚能使人不韵，况其他乎？故必于精舍左右，另设小屋一间，有如复道，俗名“套房”是也。凡有败笺弃纸、垢砚秃毫之类，卒急不能料理者，姑置其间，以俟暇时检点。妇人之闺阁亦然，残脂剩粉无日无之，净之将不胜其净也。此房无论大小，但期必备。如贫家不能办此，则以箱笼代之，案旁榻后皆可置。先有容拙之地，而后能施其巧，此藏垢之不容已也。

至于纳污之区，更不可少。凡人有饮即有溺，有食即有便。如厕之时尚少，可于溷厕之外[①]，不必另筹去路。至于溺之为数，一日不知凡几，若不择地而遗，则净土皆成粪壤，如或避洁就污，则往来仆仆，是“率天下而路”

也[②]。此为寻常好洁者言之。若夫文人运腕，每至得意疾书之际，机锋一转，则断不可续。然而寝食可废，便溺不可废也。“官急不知私急”，俗不云乎？常有得句将书而阻于溺，及溺后觅之，杳不可得者，予往往验之，故营此最急。当于书室之旁，穴墙为孔，嵌以小竹，使遗在内而流于外，秽气罔闻，有若未尝溺者，无论阴晴寒暑，可以不出户庭。此予自为计者，而亦举以示人，其无隐讳可知也。

【注释】

①溷（hùn）厕：厕所。

②率天下而路：出自《孟子·滕文公上》，让天下人忙得不可开交。

【译文】

打算让房屋精致整洁，就要先设一个藏污纳垢的地方。为什么呢？爱干净的人，没有一件东西是不整齐的，就像是眼睛里长了刺，一定要拔去才算完。但是一个人所需要的东西，需要各种工匠的工作来提供，如何能够保证每一件东西能够整洁精致呢？就像是文人的手一刻不停地写文章；刺绣的女子一直在刺绣。废弃的绒线掉到地上，就算是金屋也会因此毫无光泽；书房到处都是残稿，精美的房舍也会因此而缺失美好。就算是这些极有韵味的事物，也会让人感觉失去了韵味，更何况是其他东西呢？因此一定要在房舍的旁边另外建造一间小屋，就像是楼阁中的复道一般，俗称为“套房”。只要是需要丢弃的信件或者废纸，不再使用的砚台和毛笔之类的，着急还没有进行处理的，都可以暂时放进这间小房子里，等到将来有空的时候再处理。妇人的闺房也是一样，每天都会产生剩下的残脂剩粉，想要清扫干净也无法清扫干净。不管这个套房多大多小，都一定要有。如果贫寒的人家没办法办到，可用箱笼来代替，放在几案的旁边或者床榻的后边均可以。先要有容纳脏物的地方，然后才能展示精巧，因此容纳脏物的地方是不能缺少的。

至于容纳脏水的地方，也是不能缺少的。只要是人，要喝水吃饭便会有便溺。大便的次数还算是少的，除了厕所之外，不用再另找其他地方。

至于小便的次数，一天之内不知道要去几次，如果不挑选地方解决，就会让干净的土壤也变成粪土，如果避开干净的地方，只在脏的地方小便，那么来来回回，又让人忙得不可开交。这是针对通常爱好干净的人来说。如果当时正是文人提笔写字、奋笔疾书的时候，万一灵感一断，就很难再续上了。即便能够做到废寝忘食，也无法做到不去小便。“官急不知私急”，俗话不是这么说的吗？常常有人偶得佳句，准备写下来的时候却被便意所阻挠，等到上过厕所之后，却再也找不到写作的灵感了，我常常就是如此，因此解决这件事才是最为至关紧要的。应当在房间旁侧的墙上钻一个小孔，在里面镶嵌一根小竹棍，如此即便是在房间里小便却能够流到外面去，连污浊的气息都闻不到，好像从来都没有在屋里面小便一般。不管是阴晴寒暑都能足不出户便解决内急。这是我自己想出来的办法，如今也拿出来告知众人，可见我已经没有什么可隐瞒的了。

山石

小序

【原文】

幽斋磊石，原非得已。不能致身岩下与木石居，故以一卷代山，一勺代水，所谓无聊之极思也。然能变城市为山林，招飞来峰使居平地[①]，自是神仙妙术，假手于人以示奇者也，不得以小技目之。且磊石成山，另是一种学问，别是一番智巧。尽有丘壑填胸、烟云绕笔之韵士，命之画水题山，顷刻千岩万壑，及倩磊斋头片石，其技立穷，似向盲人问道者。故从来叠山名手，俱非能诗善绘之人。见其随举一石，颠倒置之，无不苍古成文，纡回入画，此正造物之巧于示奇也。譬之扶乩召仙[2]，所题之诗与所判之字，随手便成法帖，落笔尽是佳词，询之召仙术士，尚有不明其义者。若出自工书善咏之手，焉知不自人心捏造？妙在不善咏者使咏，不工书者命书，然后知运动机关，全由神力。其叠山磊石，不用文人韵士，而偏令此辈擅长者，其理亦若是也。然造物鬼神之技，亦有工拙雅俗之分，以主人之去取为去取。主人雅而喜工，则工且雅者至矣；主人俗而容拙，则拙而俗者来矣。有费累万金钱，而使山不成山、石不成石者，亦是造物鬼神作祟，为之摹神写像，以肖其为人也。一花一石，位置得宜，主人神情已见乎此矣，奚俟察言观貌，而后识别其人哉？

【注释】

①飞来峰：位于杭州灵隐寺前，也被称为灵鹫峰。

②扶乩（jī）：道家的一种占卜方法。

【译文】

在幽静的院子之中将石头垒成假山的形状，这原本是不得已的事情。由于自己无法到大自然中长期与青山绿水为伴，因此只能用假山和池塘来代替，这是没有办法的办法。然而能够将城市变成林，在平地上建起飞来峰，自然也是一种神仙妙术，来借助人的手显灵，不能看成是雕虫小技。而且将石头垒成假山也是一种学问，另有一番巧智。有的文人雅士妙笔生花，胸中自有丘壑，如果让他画水题山，不出片刻便能够画出千岩万壑，而请他在房屋旁边哪怕垒上一片石头，他也会马上江郎才尽，像是盲人问路一般。因此叠山垒石的高手，从来都不是那些能诗会画的文人雅士。看着垒石高手随手拿起一块石头，掂量着一放，便古朴苍劲可以成文，又迂回蜿转能够入画，这便是造物者善于展现神奇的地方。就像是占卜问仙的时候，占卜的人所写的诗句跟判字，随手拿来便能够写成法帖，只要落笔便成佳句，向召仙的人询问，他却不知道自己所写是什么意思。如果是出自擅长书法、精于作诗的人之手，如何知道并非是他自己捏造出来的呢？最精妙的就在于不擅长作诗的人写出了佳句，不擅长书法的人却写出了好字，如此才能看到其中的玄妙，必然有神力辅助。至于叠山磊石的工作，之所以不用文人雅士，而让这些有此擅长的人去做，正是这个道理。不过造物者的鬼斧神工也有巧拙雅俗的分别，这全都取决于主人的喜好。主人喜好高雅和精致，那么造出来的山石便显得高雅精致；主人崇尚庸俗笨拙，那么造出来的山石便显得庸俗笨拙。有人花了大笔的钱，却让山不像山，石不成石，也是造物的鬼神在从中作祟，为主人家摹神写像，来跟他的为人相似。一花一石，放置妥当，便能够了解出主人的品位与情趣，哪里还用得着等到面对面来察言观色，才了解他的为人呢？

大山

【原文】

山之小者易工，大者难好。予遨游一生，遍览名园，从未见有盈亩累丈之山，能无补缀穿凿之痕，遥望与真山无异者。犹之文章一道，结构全体难，敷陈零段易。唐宋八大家之文，全以气魄胜人，不必句栉字篦，一望而知为名作。以其先有成局，而后修饰词华，故粗览细观同一致也。若夫间架未立，才自笔生，由前幅而生中幅，由中幅而生后幅，是谓以文作文，亦是水到渠成之妙境；然但可近视，不耐远观，远观则襞積缝纫之痕出矣①。书画之理亦然。名流墨迹，悬在中堂，隔寻丈而观之，不知何者为山，何者为水，何处是亭台树木，即字之笔画杳不能辨，而只览全幅规模，便足令人称许。何也？气魄胜人，而全体章法之不谬也。至于累石成山之法，大半皆无成局，犹之以文作文，逐段滋生者耳。名手亦然，矧庸匠乎？然则欲累巨石者，将如何而可？必俟唐宋诸大家复出，以八斗才人，变为五丁力士②，而后可使运斤乎？抑分一座大山为数十座小山，穷年俯视，以藏其拙乎？曰：不难。用以土代石之法，既减人工，又省物力，且有天然委曲之妙。混假山于真山之中，使人不能辨者，其法莫妙于此。累高广之山，全用碎石，则如百衲僧衣，求一无缝处而不得，此其所以不耐观也。以土间之，则可泯然无迹，且便于种树。树根盘固，与石比坚，且树大叶繁，混然一色，不辨其为谁石谁土。列于真山左右，有能辨为积累而成者乎？此法不论石多石少，亦不必定求土石相半，土多则是土山带石，石多则是石山带土。土石二物原不相离，石山离土，则草木不生，是童山矣③。

【注释】

①襞積（bì jì）：衣服上的褶皱。

②五丁力士：古代传说中的五个力士。

③童山：没有树的山。

【译文】

小山容易打造得精巧，大山却难以造好。我一生遨游天下，看遍了各地的名园，从来没有看到过有一亩以上、好几丈高的大型假山，能够没有补缀穿凿的痕迹，远远看上去跟真山没有差别的。就像是写文章一样，做一个整体的构思比较难，在零星的段落进行修饰、铺垫却比较容易。唐宋八大家的文章，全都以气魄胜人，不必去字斟句酌，打眼一看就知道是篇佳作。这是由于这些文章在整体上先有了一个构架，之后才在词句上进行修饰，因此不管是泛泛而读还是仔细浏览，水平均是保持一致的。如果没有了整体的框架，只凭借自己的文思泉涌，任由自己写下去，从前面写到中间，从中间写到结尾，这叫作以文作文，也是一种水到渠成的妙境；不过这种写法只能从近处细看，不能远观，远观的话就能够看出很明显的拼凑的痕迹。书法的道理也是一样的。名家的墨迹，挂在厅堂之中，隔着一丈多远去观看，就算看不出哪里是山，哪里是水，哪里是亭台树木，就算是连画上题字的笔画都无法辨析清楚，只能浏览大概，也足以让人称赞了。为什么呢？主要在于气魄胜人，整体的布局没有错误。至于垒石造山的方法，却大多没有整体的布局，就像是以文作文，逐段滋生一样。就连垒石造山的高手也是如此，更何况平庸的工匠呢？那么打算垒巨石造大山的人，要怎么办呢？一定要等到唐宋的各位大家再生，用才高八斗的文人，变成五丁力士，之后再挥斧造山吗？或者将一座大山分成几十座小山，一年到头俯视它们，来掩盖它们的拙劣呢？我说：不难。用土来代替石头的方法，既可以减少人力，也能够节省物力，另外还有着天然之妙。将假山混入到真山之中，让人无法分辨出来，没有比这种方法更巧妙的了。想要造又高又大的山，如果全都采用碎石，就像是百衲千补的僧衣，想要找出一点都不用缝的地方都找不到，这是它不耐看的缘故。用土掺和在碎石之中，就可以做到了无痕迹，还方便在上面种树。树根盘固，跟石头一般坚固，而且树大叶繁，浑然一色，分不出来哪里是石头哪里是土。将它立在真山的左右，谁能够分辨得出这座山是积累而成的呢？这种方法不管石头是多是少，也不一定要求土石参半，土多就土山带石，石多就石山带土。土石这两种东西原不相离，石山离开土，则草木不生，成了秃山。

小山

【原文】

小山亦不可无土，但以石作主，而土附之。土之不可胜石者，以石可壁立，而土则易崩，必仗石为藩篱故也[①]。外石内土，此从来不易之法。

言山石之美者，俱在透、漏、瘦三字。此通于彼，彼通于此，若有道路可行，所谓透也；石上有眼，四面玲珑，所谓漏也；壁立当空，孤峙无倚，所谓瘦也。然透、瘦二字在在宜然，漏则不应太甚。若处处有眼，则似窑内烧成之瓦器，有尺寸限在其中，一隙不容偶闭者矣。塞极而通，偶

然一见，始与石性相符。

瘦小之山，全要顶宽麓窄，根脚一大，虽有美状，不足观矣。

石眼忌圆，即有生成之圆者，亦粘碎石于旁，使有棱角，以避混全之体。

石纹石色取其相同，如粗纹与粗纹当并一处，细纹与细纹宜在一方，紫碧青红，各以类聚是也。然分别太甚，至其相悬接壤处，反觉异同，不若随取随得，变化从心之为便。至于石性，则不可不依；拂其性而用之，非止不耐观，且难持久。石性维何？斜正纵横之理路是也。

【注释】

①藩篱（fān lí）：屏障。

【译文】

小山也不能没有土，不过可以以石头为主，用土作为附属。土之所以比不上石头，是因为石头可以竖立起来，而土容易瓦解，一定要凭借石头作屏障才行。外面用石头，里面用土，是一种不容易改变的方法。

说山石秀美的，全都在于“透”“漏”“瘦”这三个字。山石彼此相通，仿佛有道路可走，这便是“透”；石头上面有孔，四面玲珑，这就是所谓的“漏”；山石壁立，孤峙无倚，这就是所谓的“瘦”。但是“透”和“瘦”这两个字都是多多益善，漏却不能太多。如果到处都是孔，看上去就像是窑里烧成的瓦器，大小本来有限，一个缝隙也容不得阻塞。闭塞达到了一定程度就能够通畅，在石头上偶然看到一个孔，这才与石头的本性相符。

瘦小的假山，全都要山顶宽而山脚窄，山脚一旦大了，虽然有美的地方，却不值得观赏。

石眼忌讳圆形，即便石头上本来就是圆孔，也要粘一些碎石在旁边，让它有棱角，来避免完全圆滑。

石头的纹路与颜色要相同，比如粗糙纹路的要与粗糙纹路的放在一起，细致纹路的要与细致纹路的放在一起，紫碧青红各种颜色的石头全都各自归类放置，反而感觉差距很大，不如随手放置更好。至于石头的本性，则无法不从；如果违反了石头的本性去使用它，不仅不耐看，还难以持久。石头的本性是什么？就是它斜正纵横的纹路。

石壁

【原文】

假山之好，人有同心；独不知为峭壁，是可谓叶公之好龙矣。山之为地，非宽不可；壁则挺然直上，有如劲竹孤桐，斋头但有隙地，皆可为之。且山形曲折，取势为难，手笔稍庸，便贻大方之诮①。壁则无他奇巧，其势有若累墙，但稍稍纡回出入之，其体嶙峋，仰观如削，便与穷崖绝壑无异。且山之与壁，其势相因，又可并行而不悖者。凡累石之家，正面为山，背面皆可作壁。匪特前斜后直，物理皆然，如椅、榻、舟车之类；即山之本性亦复如是，逶迤其前者，未有不崭绝其后，故峭壁之设，诚不可已。但壁后忌作平原，令人一览而尽。须有一物焉蔽之，使座客仰观不能穷其颠末，斯有万丈悬崖之势，而绝壁之名为不虚矣。蔽之者维何？曰：非亭即屋。或面壁而居，或负墙而立，但使目与檐齐，不见石丈人之脱巾露顶，则尽致矣。

石壁不定在山后，或左或右，无一不可，但取其地势相宜。或原有亭屋，而以此壁代照墙，亦甚便也。

【注释】

①贻大方之诮（qiào）：让大家笑话。

【译文】

喜好建造假山，人们都有这样的心理；唯独不喜欢作峭壁，这可以说是叶公好龙了。修建假山需要的地方要足够宽敞才行；而石壁挺然直上，就像是劲竹孤桐，只要房前有一点空地，就能垒成一个峭壁出来。而且假山形状曲折，很难把握起伏的形状，手笔稍有一些平庸，便会被众人笑话。石壁上面则没有什么特殊的技巧，就像是垒墙一样，不过少有些迂回婉转就行。只要形状嶙峋，抬头看像是刀削一般，那么就跟真正的穷崖绝壑没有什么差异了。而且假山与石壁的形状都是相辅相成的，两者之间并不违背。只要是垒石造山的人家，如果正面垒了假山，那么背面也能够垒成石壁。前面倾斜，后面直，事物都是这样。就像是椅子、床榻、车船这一类的；就是山的本性也是如此，前面绵延逶迤的，后面均陡峭如刀削一般，因此垒石峭壁不能缺少。不过，石壁的后面不适合留有空地，让人一览无余。应当有一个物品可以遮掩住，让在座的客人在仰望的时候无法看到顶部，如此才有万丈悬崖的气势，绝壁也就不会浪得虚名了。用什么来充当掩盖的物品呢？回答说：不是亭子就是房屋。或者面对墙壁，或者背对着墙壁，只要能够让视线与房檐齐平，看不到石山的顶部，就恰到好处了。

石壁不一定非要垒在山的后面，垒在左侧或者右侧也是可以的，只要跟其他地形相符合就可以了。或者原本就有亭子或者房屋，而石壁刚好可以用来代替照墙，这样也十分方便。

石洞

【原文】

假山无论大小，其中皆可作洞。洞亦不必求宽，宽则藉以坐人。如其太小，不能容膝，则以他屋联之，屋中亦置小石数块，与此洞若断若连，是使屋与洞混而为一，虽居屋中，与坐洞中无异矣。洞上宜空少许，贮水其中而故作漏隙，使涓滴之声从上而下，旦夕皆然[①]。置身其中者，有不六月寒生，而谓真居幽谷者，吾不信也。

【注释】

①旦夕：日夜。

【译文】

假山不管大小，其中都能作洞。洞也不一定要求太宽，只要能够坐下人就行了。如果石洞太小，不能容膝，则可以跟其他房屋连在一起，屋中也能够放置几块小石头，跟这个石洞藕断丝连，如此房屋便跟洞混在了一起，虽然住在屋中，跟坐在洞里面没什么差别。洞上可以空出一小块地方，存一些水放在里面，故意做出可以漏水的缝隙，让涓滴声自上而下，每天每夜都能够听到。身处其中，如果无法感受到六月寒生，而认为自己真的居住在幽谷之中，我是不相信的。

零星小石

【原文】

贫士之家，有好石之心而无其力者，不必定作假山。一卷特立，安置有情，时时坐卧其旁，即可慰泉石膏肓之癖[①]。若谓如拳之石亦须钱买，

则此物亦能效用于人，岂徒为观瞻而设？使其平而可坐，则与椅榻同功；使其斜而可倚，则与栏杆并力；使其肩背稍平，可置香炉茗具，则又可代几案。花前月下，有此待人，又不妨于露处，则省他物运动之劳，使得久而不坏，名虽石也，而实则器矣。且捣衣之砧，同一石也，需之不惜其费；石虽无用，独不可作捣衣之砧乎？王子猷劝人种竹[2]，予复劝人立石；有此君不可无此丈。同一不急之务，而好为是谆谆者，以人之一生，他病可有，俗不可有；得此二物，便可当医，与施药饵济人，同一婆心之自发也。

【注释】

①泉石膏肓（huāng）：形容喜欢泉石已经到了极致，无可救药了。

②王子猷（yóu）：名为王徽之，字子猷，东晋著名书法家，乃王羲之的儿子。

【译文】

贫寒的人家，虽然有喜好

假山的心却没有置办假山的能力。一块精致的石头，如果安置得颇富情趣，时不时地坐在它的旁边，便可以宽慰自己对泉水山石的痴迷。如果认为拳头大小的石头也需要花钱购买，那么这个东西也能够为人所用，难道只是为了观赏才买的吗？将它放平可以坐，就发挥了跟椅榻一样的功能；将它斜着放可以倚靠，则发挥了栏杆的作用；让它肩背正好稍稍平整，还能够放置香炉茶具，也能够代替几案。花前月下，有这样的东西能够供人使用，又不怕露天摆放，不仅省去了搬运其他东西的辛苦，长期使用又不坏，名字虽然称为石头，但是实际上就相当于一种器具了。而且捣衣用的砧板，也是石头的一种，需要它的时候就不觉得是在浪费钱财；石头再怎么无用，难道还做不了捣衣的砧板吗？王子猷劝人种植竹子，我劝人立石，因为有了竹子却不能没有石头。这两种东西都并非是人们急需的，不过我却在这里苦苦劝说，是由于人的一生，别的病可以有，但是俗气病却不能患上；有了竹子跟石头这两样东西，便能够治疗人们的这种俗气病，这跟拿药救人一样，是出于同一片仁爱之心。

器玩部

制度

小序

【原文】

人无贵贱，家无贫富，饮食器皿，皆所必需。“一人之身，百工之所为备。”子舆氏尝言之矣。至于玩好之物，惟富贵者需之，贫贱之家，其制可以不问。然而粗用之物，制度果精，入于王侯之家，亦可同乎玩好；宝玉之器，磨砻不善[①]，传于子孙之手，货之不值一钱。知精粗一理，即知富贵贫贱同一致也。予生也贱，又罹奇穷，珍物宝玩虽云未尝入手，然经寓目者颇多。每登荣朊之堂[2]，见其辉煌错落者星布棋列，此心未尝不动，亦未尝随见随动，因其材美，而取材以制用者未尽善也。至入寒俭之家，睹彼以柴为扉，以瓮作牖[3]，大有黄虞三代之风[4]，而又怪其纯用自然，不加区画。如瓮可为牖也，取瓮之碎裂者联之，使大小相错，则同一瓮也，而有哥窑冰裂之纹矣。柴可为扉也，取柴之入画者为之，使疏密中窾[5]，则同一扉也，而有农户、儒门之别矣。人谓变俗为雅，犹之点铁成金，惟具山林经济者能此[6]，乌可责之一切？予曰：垒雪成狮，伐竹为马，三尺童子皆优为之，岂童子亦抱经济乎？有耳目即有聪明，有心思即有智巧，但苦自画为愚，未尝竭思穷虑以试之耳。

【注释】

①磨砻（lóng）：磨治。

②荣朊（wǔ）：华美。

③牖（yǒu）：窗户。

④黄虞三代：黄虞是黄帝、虞舜的合称。黄虞三代泛指中国过世的三皇五帝的年代。

⑤疏密中窾（kuǎn）：疏密合宜。

⑥经济：经世济时，谋划合理。

【译文】

人不管贵贱，家中不管是富有还是贫穷，饮食器皿，都是必须要准备的。“一人之身，百工之所为备。”这是孟子曾经说过的话。至于玩赏爱好这类的东西，只有富贵人家需要，而品鉴人家，对于它的样式就不会太过问了。但是那些日常用品，如果样式跟制作都十分精美，进入到了王侯之家，也会跟玩赏的物件相同待遇；至于那些宝石玉器，如果制作粗糙，就算是传到了子孙的手中，也不会值几个钱。懂得了精致粗糙的道理，就知晓了富贵贫贱是一样的。我生在贫穷人家，又生活潦倒，珍贵的玩物都没有买过，不过亲眼看到的倒是有很多。每次到富贵人家，看到珍贵的玩物错落有致地排列着，琳琅满目，并非不会动心，也不是每次都会动心，因为一些物品的材料很好，制作却不是尽善尽美。到了贫寒家奴的家庭，看到有些人用木柴做门，用罐子做窗户，大有上古的遗风，却又责备他们只知道利用自然之物，却不知道要进行修饰。比如用罐子做窗户，可以将碎片连接起来，让它们大小错落地分布，那么就算是同一个罐子，却有着哥窑冰裂的纹路。用柴做门，那么就用外形美观的来做，让其疏密得宜，即便是同一扇门，却有着农户跟儒门的差异。人们常说要变俗为雅，就像是点铁成金，只有具备了雄才大略的人才能办到，怎么能够要求每个人都做到呢？我说：垒雪堆成狮，砍了竹子当马骑，这些就算是小孩都能够做得很好，难道小孩也有雄才大略吗？有眼睛和耳朵就聪明，有心思做事就能够产生智慧，只怕自认为自己愚钝，没有绞尽脑汁去思考尝试吧。

茶具

【原文】

茗注莫妙于砂壶[①]，砂壶之精者，又莫过于阳羡，是人而知之矣。然宝之过情，使与金银比值，无乃仲尼不为之已甚乎？置物但取其适用，何必幽渺其说，必至理穷义尽而后止哉！凡制茗壶，其嘴务直，购者亦然，一曲便可忧，再曲则称弃物矣。盖贮茶之物与贮酒不同，酒无渣滓，一斟即出，其嘴之曲直可以不论；茶则有体之物也，星星之叶，入水即成大片，斟泻之时，纤毫入嘴，则塞而不流。啜茗快事，斟之不出，大觉闷人。直则保无是患矣，即有时闭塞，亦可疏通，不似武夷九曲之难力导也。

贮茗之瓶，止宜用锡。无论磁铜等器，性不相能[②]，即以金银作供，宝之适以祟之耳。但以锡作瓶者，取其气味不泄；而制之不善，其无用更甚于瓷瓶。询其所以然之故，则有二焉。一则以制成未试，漏孔繁多。凡锡工制酒壶、茶注等物，于其既成，必以水试，稍有渗漏，即加补苴[③]，

以其为贮茶贮酒而设，漏即无所用之矣；一到收藏干物之器，即忽视之，犹木工造盆造桶则防漏，置斗置斛则不防漏[④]，其情一也。乌知锡瓶有眼[⑤]，其发潮泄气反倍于磁瓶，故制成之后，必加亲试，大者贮之以水，小者吹之以气，有纤毫漏隙，立督补成。试之又必须二次，一在将成未镟之时[⑥]，一在已成既镟之后。何也？常有初时不漏，殆镟去锡皮，打磨光滑之后，忽然露出细孔，此非屡验谛视者不知。此为浅人道也。一则以封盖不固，气味难藏。凡收藏香美之物，其加严处全在封口，封口不密，与露处同。吾笑世上茶瓶之盖必用双层，此制始于何人？可谓七窍俱蒙者矣。单层之盖，可于盖内塞纸，使刚柔互效其力，一用夹层，则止靠刚者为力，无所用其柔矣。塞满细缝，使之一线无遗，岂刚而不善屈曲者所能为乎？即靠外面糊纸，而受纸之处又在崎岖凹凸之场，势必剪碎纸条，作蓑衣样式，始能贴服。试问以蓑衣覆物，能使内外不通风乎？故锡瓶之盖，止宜厚不宜双。藏茗之家，凡收藏不即开者，于瓶口向上处，先用绵纸二三层，实褙封固[7]，俟其既干，然后覆之以盖，则刚柔并用，永无泄气之时矣。其时开时闭者，则于盖内塞纸一二层，使香气闭而不泄。此贮茗之善策也。若盖用夹层，则向外者宜作两截，用纸束腰，其法稍便。然封外不如封内，究竟以前说为长。

【注释】

①茗（míng）注：茶具。

②性不相能：与茶性不能相合。

③补苴（jū）：缝补，填补缺陷。

④斛（hú）：古代的一种量器，也是一种容量单位。一斛原为十斗，后来改为了五斗。

⑤乌知：不知。

⑥镟（xuàn）：刀削。

⑦褙（bèi）：将布或者纸一层一层地黏在一起。

【译文】

最好的茶具莫过于砂壶，砂壶中最为精美的，又莫过于阳羡所产的砂壶，这是人尽皆知的。不过过于珍爱，将其跟金银来比值，不就显然违背了孟子所说的“孔子不主张做事过分”的原则了吗？购置器物重在使用，为什么一定要费尽心机地去钻研，弄得神秘莫测呢？

只要是制作的茶壶，茶壶嘴一定是直的，买的也是这样，弯曲了一点便不太好了，再弯曲一些就变成废物了。大概是由于装茶的东西跟装酒有所不同，酒中没有渣滓，壶嘴不管是直还是弯都是一倒即出；茶中则是有东西的，小小的茶叶，入水之后就会变大，倒茶的时候塞住一点，水就没有办法流动了。喝茶这件事是让人愉快的，茶水如果倒不出来，则会让人郁闷。如果茶嘴是直的，就能够确保不会出现这样的问题，就算有时依然会堵住，却很容易疏通，不像武夷山九曲溪那般不好疏通。

储存茶叶的瓶子，只适合用锡制成。不仅瓷、铜跟茶叶的属性不相容，就算是金银制品跟茶叶的属性都不相容，用这些材料制成的器物来存放茶叶，本来是想要保护它，实际上却害了它。但是用锡作瓶，却不会泄露气味；不过如果制作不好，反而还不如瓷瓶。询问为什么会这样，有两个原因。一个是制成之后没有检查，可能会出现很多小孔。通常锡匠在制成酒壶、茶注等器物之后，一定要用水试一下，稍有渗漏，就马上填补，因为这是为了储存茶叶或者储存酒而制的，有漏的地方便没有了用武之地；可是锡匠在制作装干货的器皿的时候，却常常忽略这一点，就像是木匠在制作盆跟桶的时候知道要防止漏水，做斗或者斛的时候就不会注意要防止漏水，这两种情况是相同的。如果锡瓶上有洞眼，就会比瓷瓶更容易漏气发潮。因此锡瓶做好之后，一定要亲自检查，大的就装上水试一试，小的就吹气试一试，稍有漏洞，马上督促锡匠补好。检查一定要做两次，一次是在做好还没有打磨之前，一次是在打磨之后。为什么要这样呢？经常会出现开始的时候不漏，等到去掉锡皮打磨之后，忽然就露出了小洞的情况，没有经过仔细观察和试过很多次的人是无法了解这一点的。这是针对粗心的人说的。还有一个原因是封盖不严密，气味难以掩藏。只要是收藏散发香美的东西，都应该在封口处进行密封，封口不密，那么跟露在外面就没有什么差别。我觉得世上的茶瓶盖子一定要用双层十分可笑，这是什么人制定的方法？可以称得上是对储存的方法一无所知啊。单层的盖子，可以在里面塞纸，让刚柔互相起作用，一用双层，就只能靠硬盖子来用力，不会用到软物的功能了。塞满细缝，一点缝隙也不留，岂是坚硬且不能弯曲的东西能够做到的？就算外面有纸糊住，可是贴纸的地方如果凹凸不平的话，就一定需要将纸剪碎，做成蓑衣的形状，才能够贴服。敢问用蓑衣来盖物，如何能够让内外不通风呢？因此锡瓶的盖子，可以厚但是不能双。储藏茶叶的人家，收藏之后如果不马上打开的，可以在瓶口向上的地方用两三层绵纸将其糊住，干了之后盖上盖子，如此就能刚柔并用，永远都不会漏气了。如果需要经常打开的话，就在盖子上塞上一两层纸，以便封住香气不让其泄露，这便是储存茶叶的好方法。如果盖子是双层的，那么就将外面的盖子做成两截，用纸将中间缠上，这样也能稍微好一些。不过封住外面不如封住里面，还是前一种方法更好一些。

酒具

【原文】

酒具用金银，犹妆奁之用珠翠，皆不得已而为之，非宴集时所应有也。富贵之家，犀则不妨常设，以其在珍宝之列，而无炫耀之形，犹仕宦之不饰观瞻者。象与犀同类，则有光芒太露之嫌矣。且美酒入犀杯，另是一种香气。唐句云："玉碗盛来琥珀光。"玉能显色，犀能助香，二物之于酒，皆功臣也。至尚雅素之风，则磁杯当首重已。旧磁可爱，人尽知之，无如价值之昂，日甚一日，尽为大力者所有，吾侪贫士，欲见为难。然即有此物，但可作骨董收藏，难充饮器。何也？酒后擎杯，不能保无坠落，十损其一，则如雁行中断，不复成群。备而不用，与

不备同。贫家得以自慰者，幸有此耳。然近日冶人，工巧百出，所制新磁，不出成、宣二窑下[①]，至于体式之精异，又复过之。其不得与旧窑争值者，多寡之分耳。吾怪近时陶冶，何不自爱其力，使日作一杯，月制一盏，世人需之不得，必待善价而沽，其利与多制滥售等也，何计不出此？曰：不然。我高其技，人贱其能，徒让垄断于捷足之人耳。

【注释】

①成、宣二窑：明朝成化窑与宣德窑，均位于景德镇。成化与宣德是当时皇帝的年号。

【译文】

使用金银来制作酒具，就像是用珍珠翡翠来做梳妆盒一般，都是不得已才做的，没有必要在宴会之外使用。富贵人家，经常会准备一些犀角酒具，由于犀角虽然属于珍贵之物，却没有任何炫耀的外形，就好像是官员不讲究排场一样。象牙跟犀角属于一个级别，但是象牙总是显得太过耀眼。而且美酒倒入犀杯之后，会产生另外一种香气。唐朝有诗句说："玉碗盛来琥珀光。"玉器能够让酒的颜色显得更加漂亮，犀角的酒杯能够让酒更香，这两个器皿对于酒来说，都是功臣。至于崇尚风雅朴素之风，那么应当将瓷杯作为首位。旧的瓷杯显得十分可爱，这一点人人都知道，但是价格越高，一天比一天高的话，只有那些有钱人才能买得起，我们这些贫穷的人，想要看上一看都十分困难。不过就算拥有了这种东西，也只能当成古董来收藏，难以充当饮器。为什么呢？酒后举杯，难保其不会掉落，十个之中损坏一个，就像是大雁的行列中断了，不再是一个完整的雁群了。准备了不用，就跟没买一样。穷人只能用这种方法来自我宽慰了。不过现在的匠人，技术高超。生产出来的瓷器，跟成化窑与宣德窑相比，不相上下，而且样式精美，甚至还可能超过它们。价格之所以没有旧窑生产出来的贵，只是由于数量不同罢了。我很奇怪如今制造陶瓷的人，为什么如此不爱惜自己的瓷器呢？如果他们每天只做一个杯子，每个月只做一个酒杯，让世人在需要的时候买不到，一定会等着价钱上去，利润跟大量制造陶器然后出售所得几乎相同，为什么不这样做呢？我说：并非这么简单。提高了技艺，人们却只会轻视能力，只有捷足先登的人才能将市场掌握在自己手中。

碗碟

【原文】

碗莫精于建窑[①]，而苦于太厚。江右所制者，虽窃建窑之名，而美观实出其上，可谓青出于蓝者矣。其次则论花纹，然花纹太繁，亦近鄙俗，取其笔法生动、颜色鲜艳而已。碗碟中最忌用者，是有字一种，如写《前赤壁赋》《后赤壁赋》之类。此陶人造孽之事，购而用之者，获罪于天地神明不浅。请述其故。"惜字一千，延寿一纪。"此文昌垂训之词。虽云未必果验，然字画出于圣贤，苍颉造字而鬼夜哭，其关乎气数，为天地神明所宝惜可知也。用有字之器，不为损福，但用之不久而损坏，势必倾委作践，有不与造孽陶人中分其咎者乎？陶人但司其成，未见其败，似彼罪犹可原耳。字纸委地，遇惜福之人，则收付祝融，因其可焚而焚之也。至于有字之废碗，坚不可焚，一似入火不热、入水不濡之神物。因其坏而不坏，遂至倾而又倾，道旁见者，虽有惜福之念，亦无所施，有时抛入街衢[②]，遭千万人之践踏，有时倾入混厕，受千百载之欺凌，文字之罹祸，未有甚于此者。吾愿天下之人，尽以惜福为念，凡见有字之碗，即生造孽之虑。买者相戒不取，则卖者计穷；卖者计穷，则陶人视为畏途而弗造矣。文字之祸，其日消乎？此犹救弊之末着。倘有惜福缙绅，当路于江右者，出严檄一纸，遍谕陶人，使不得于碗上作字，无论赤壁等赋不许书磁，即成化、宣德年造，及某斋某居等字，尽皆削去。试问有此数字，果得与成窑、宣窑比值乎？无此数字，较之常值曾减半文乎？有此无此，其利相同，多此数笔，徒造千百年无穷之孽耳。制、抚、藩、臬，以及守令

诸公，尽是斯文宗主，宦豫章者③，急行是令，此千百年未造之福，留之以待一人。时哉时哉，乘之勿失！

【注释】

①建窑：宋朝的名窑，在福建建阳，因此被称为建窑。

②街衢（qú）：四通八达的街道。

③豫章：指的是现在的江西。

【译文】

如果要说碗碟，那么没有比建窑更精致的了，只是太厚了。江西所烧制的碗碟，虽然只是盗用了建窑的名义，看上去却比建窑的更加美观，可以称得上是青出于蓝了。其次要讨论花纹，如果花纹太过烦琐，也就显得俗气，只要做到笔法生动，色泽鲜艳就行了。碗碟中最忌讳的，就是用文字的，比如将《前赤壁赋》《后赤壁赋》这一类的写在上面。这简直就是陶匠造的孽啊，购买并使用的人，也得罪了天地神明啊。我来说一下其中的缘由："珍惜一千个字可以延寿十二年。"这是文昌帝的告诫，虽然并非真的灵验，但是字画出于圣贤之人的手，仓颉造字的时候晚上有鬼哭泣，

可见文字跟气数有所关联，因而被天地神明所珍惜。使用了有文字的器皿不会损福，但是用不了多久就会损坏，一定会将其丢掉，并让它受到作践，这不是跟制作陶器的人犯了一样的错误吗？制作陶器的人只是将它做出来，并没有看它坏掉，看上去这样的罪过是可以原谅的。写有字的纸掉到地上，遇到不懂得珍惜福分的人，就会将它捡起来烧掉，因为它是可以烧掉的。至于有字的废碗，坚硬且无法烧掉，就像是入水不湿、遇火不燃的神物一般。以至于它虽然坏掉了却无法销毁，被人扔来扔去，路边看到的人，就算是有心惜福行善，也是毫无办

法的，有时会将它们扔进街道之中，被千万只脚踩踏，有时会倒入茅厕之中，受到千百年的污秽的羞辱，这是文字遭遇的灾祸，没有比这更加深重的了。我希望全天下的人，应当怀有行善惜福的理念，只要看到有字的碗，就产生这是在造孽的顾虑。买的人因为忌讳而不买，那么卖的人便无法卖出；卖的人穷尽了方法卖不出去，那么制造瓷器的人就不会再去制造这类碗碟了。文字所遭遇的灾祸，不就慢慢减少了吗？这只是进行补救的最下策。如果懂得惜福的人在江西当官，就应当颁布一个严厉的布告，告知全部陶瓷匠人，禁止他们在陶瓷器皿上写字，不管是《赤壁赋》还是其他什么，均不能写在陶瓷器皿上，就是在成化、宣德年间烧制的，和某斋某居等字，都要全部去除。敢问有了这些文字，就能够跟成窑、宣窑来比价格了吗？没有这些文字，跟平时的价格相比就会掉价吗？有没有文字，利润都是相同的，多了这些文字，只不过是白造了几百几千年的孽罪了。在江西当官的，应当尽快颁布这样的命令。这是千百年来没有去修的福分，就等着你来完成了。这是一个机会，千万不要错过啊！

位置

小序

【原文】

器玩未得，则讲购求；及其既得，则讲位置。位置器玩与位置人才同一理也。设官授职者，期于人地相宜；安器置物者，务在纵横得当。设以

刻刻需用者，而置之高阁，时时防坏者，而列于案头，是犹理繁治剧之材，处清静无为之地，黼黻皇猷之品[①]，作驱驰孔道之官。有才不善用，与空国无人等也。他如方圆曲直，齐整参差，皆有就地立局之方、因时制宜之法。能于此等处展其才略，使人入其户、登其堂，见物物皆非苟设，事事具有深情，非特泉石勋猷[②]，于此足征全豹，即论庙堂经济[③]，亦可微见一班。未闻有颠倒其家，而能整齐其国者也。

【注释】

①黼黻（fǔ fú）皇猷（yóu）之品：指的是善于运筹帷幄，有着雄才大略的文官之品。

②泉石勋猷：园林山水方面的艺术才能与功绩。

③庙堂经济：国家大事。

【译文】

器玩还没有到手的时候，先要谈谈如何购买；得到了之后，就要考虑摆放的位置了。摆放器玩跟安置人才是一样的道理。设置官职，期待人才的特点能够跟所安排的地方相互合宜；安放器玩的人，务必也要考虑器玩跟周围的环境相合。如果将通常会用到的器物摆放在了不容易够到的地方，将容易碎的器物放在案头，就好像让善于处理繁杂事物的人去一个清静无为的地方，而让善于谋划的大臣去当一个传令官。有人才却不善于运用，就跟没有人才没有什么差别。其他像方圆曲直，齐整参差，均有就地立局的规矩，因时制宜的方法。能在这些方面将他的才能展现出来，让那些来到家中的客人看出所有的东西并非是随意摆放的，到处都有着主人的深深用心，不只是一水一石的安排，从这里甚至可以窥见全豹，就是国家经世济民的大略，也能够窥见一斑。没有听说家中之物到处都是胡乱摆放，却能够将国家治理得井井有条的人。

忌排偶

【原文】

"胪列古玩，切忌排偶。"此陈说也。予生平耻拾唾余，何必更蹈其辙。但排偶之中，亦有分别。有似排非排，非偶是偶；又有排偶其名而不排偶其实者。皆当疏明其说，以备讲求。如天生一日，复生一月，似乎排矣，然二曜出不同时[①]，且有极明、微明之别，是同中有异，不得竟以排比目之矣。所忌乎排偶者，谓其有意使然，如左置一物，右无一物以配之，必求一色相俱同者与之相并，是则非偶而是偶，所当急忌者矣。若夫天生一对，地生一双，如雌雄二剑，鸳鸯二壶，本来原在一处者，而我必欲分之，以避排偶之迹，则亦矫揉执滞[②]，大失物理人情之正矣。即避排偶之迹，亦不必强使分开，或比肩其形，或连环其势，使二物合成一物，即排偶其名，而不排偶其实矣。大约摆列之法，忌作八字形，二物并列，不分前后、不爽分寸者是也[③]；忌作四方形，每

角一物，势如小菜碟者是也；忌作梅花体，中置一大物，周遭以小物是也；余可类推。当行之法，则与时变化，就地权宜，视形体为纵横曲直，非可预设规模者也。如必欲强拈一二，若三物相俱，宜作品字格，或一前二后，或一后二前，或左一右二，或右一左二，皆谓错综；若以三者并列，则犯排矣。四物相共，宜作心字及火字格，择一或高或长者为主，余前后左右列之，但宜疏密断连，不得均匀配合，是谓参差；若左右各二，不使单行，则犯偶矣。此其大略也，若夫润泽之，则在雅人君子。

【注释】

①曜（yào）：日、月、星均称为曜。

②执滞：执着，顽固。

③不爽分寸：分毫不差。

【译文】

“陈列古玩，忌讳排偶来放置。”这是过去的一种说法。我平生最耻于拾人牙慧的行为，为什么一定要去重蹈古人的覆辙呢。不过在排偶放置的时候，也是有差别的。有的看上去是排偶实际上并不是，有些看上去不是排偶却是排偶；还有一些虽然名字也称为排偶，实际上并非如此。均应该说明，以备有人要对此继续研究。就像是天上有一个太阳，还有一个月亮，这好像就是排偶，但是太阳与月亮并不会同时出现，况且彼此有着极明、微明的差异，这便是相同之中又有着差异，因此不能看成是排偶。真正应当忌讳的排偶，指的是那种有意造成的排偶形式。比如将一个物件摆放在了左侧，而右边却没有东西可以相配，势必要找一个颜色样式跟它相同的摆放一起，这样看上去并不是排偶，而实际上就是排偶，是摆放物品时最为忌讳的。如果天生一对、地设一双的东西，比如雌雄二剑，鸳鸯二壶，原本就是在一起的，而我们却一定会将它们分开，来避免排偶的痕迹，那就显得过于矫情和顽固，失去了本该有的情理了。既然要避免排偶的痕迹，也不必勉强将它们分开，可以将它们并排摆放，或者一个接着一个地摆放，让两件东西能够合为一体，这就是虽然有排偶之名，却没有排偶之实。总之，摆放的方法，忌讳摆放成八字，让两件物品并列，不分前后、不差分毫；忌讳摆放为四方形，每角一物，看上去像是一个小菜碟；忌讳摆放成梅花体，中间放一个大物件，周围放置小物件；其他的可以以此类推。摆放的正确方法，应该是根据具体的时间和地点而变化，根据物品的形状，不能进行预先的设定。如果一定要举出例子，比如将三种东西摆放在一起，应当摆放成品字形，或者一前一后，或者一后两前，或者一左两右，或者一右两左，都可以称得上是错综的方法。如果将这三件东西并列摆放，那么就犯了排的毛病。如果是四件物品放在一起，最好摆放为心字及火字格，选择一个高或者长的作为主要对象，剩下的安排在这个主要对象的前后左右，不过最好疏密不均，不能整齐配合，这便叫层次。如果是左右各两件，不放在一列，那么就犯了偶的毛病。这里只是说个大概，如果想要将其摆放好，就要看风雅的君子了。

贵活变

【原文】

幽斋陈设，妙在日异月新。若使骨董生根，终年匏系一处①，则因物多腐像，遂使人少生机，非善用古玩者也。居家所需之物，惟房舍不可动移，此外皆当活变。何也？眼界关乎心境，人欲活泼其心，先宜活泼其眼。即房舍不可动移，亦有起死回生之法。譬如造屋数进，取其高卑广隘之尺寸不甚相悬者，授意匠工，凡作窗棂门扇，皆同其宽窄而异其体裁，以便交相更替。同一房也，以彼处门窗挪入此处，便觉耳目一新，有如房舍皆迁者；再入彼屋，又换一番境界，是不特迁其一，且迁其二矣。房舍犹然，况器物乎？或卑者使高，或远者使近，或二物别之既久，而使一旦相亲，或数物混处多时，而使忽然隔绝，是无情之物变为有情，若有悲欢离合于其间者。但须左之右之，无不宜之，则造物在手，而臻化境矣。人

谓朝东夕西，往来仆仆，“何许子之不惮烦乎”？予曰：陶士行之运甓②，视此犹烦，未有笑其多事者；况古玩之可亲，犹胜于甓，乐此者不觉其疲，但不可为饱食终日无所用心者道。

古玩中香炉一物，其体极静，其用又妙在极动，是当一日数迁其位，片刻不容胶柱者也。人问其故，予以风帆喻之。舟中所挂之帆，视风之斜正为斜正，风从左而帆向右，则舟不进而且退矣。位置香炉之法亦然。当由风力起见，如一室之中有南北二牖，风从南来，则宜位置于正南，风从北入，则宜位置于正北；若风从东南或从西北，则又当位置稍偏，总以不离乎风者近是。若反风所向，则风去香随，而我不沾其味矣。又须启风来路，塞风去路，如风从南来而洞开北牖，风从北至而大辟南轩，皆以风为过客，而香亦传舍视我矣。须知器玩之中，物物皆可使静，独香炉一物，势有不能。“爱之能勿劳乎？”待人之法也，吾于香炉亦云。

【注释】

①匏（páo）系：比喻不得任

用或者升迁。这里指古董长年被搁置一旁。

②陶士行之运甓（pì）：陶侃，字士行，东晋时期曾经担任荆州和广州的刺史。据说他在担任广州刺史的时候，为了锻炼身体，会在早晨将一百块坛子搬到屋外，然后晚上再搬到屋内。

【译文】

清幽雅致的书斋的摆设，妙就妙在日异月新。如果让古董像长了根一般，常年摆放在一个地方，那么古董就会成为腐朽的样子，逐渐让人也缺少生机，并非是善于摆放古玩的人。居家所需的东西，只有房舍是不能移动的，除此之外所有物件都是可以灵活摆放的。为什么会这样呢？人的眼界关乎心境，人想要让内心活泼，那么最好先要活泼自己的眼界。就算房舍不能移动，也有着起死回生的方法。比如建造几间房屋，选择几间高低宽窄都相差不大的，告诉工匠，将窗棂与门扇都做得宽窄相一致，样式都做得不一样，以便于互相更替。同一间房子，将那间门窗换到这间，就会给人耳目一新的感觉，就像是房屋搬迁一般；再进入一间房，换了一方光景，如此，改变的不仅是一间房屋，而是改变了两间。房舍都是这样，更何况是器物呢？或是将矮的放到高处，或是将远的放在近处，或者将原本相距很远的物品突然放在一起，或是将原来摆放在一起到物品突然分开，这样就让无情的东西开始变得有情，就像是其中多了悲欢离合一般。只要将物品稍稍左右移动，并恰到好处，就能够随心所欲，而且能够变得出神入化了。就是造化在控制之中，而达到自如的境界了。人们说为什么像许子一样一会儿东一会儿西，往来匆匆，而不觉得厌烦？我说陶侃运坛子，还比这麻烦，都没人笑他多事，何况古玩的可亲之处，还胜过了坛子。喜欢的人不觉得厌烦，只是不能对饱食终日、无所用心的人说。

古玩中香炉这一类的物件，原本就十分沉稳，用起来的时候却能够给人带来动感，应当每天多更换几个地方，一刻也不能让它固定住。有人询问其中的缘由，我用风帆来比喻。船航行时所挂的帆，要依据风向的变化而随时调整，如果风吹左边而帆却转向右边，那么舟不仅不会前进还会后退。摆放香炉的方法也是如此。要根据风向来改变摆放的位置，比如在一间房子之中，有南北两扇窗户，如果风是从南面刮来的，香炉适合摆放在正南面，如果风是从北面刮来的，那么适合摆放在正北面；如果风是从东南或者西北方向吹来的，那么位置就应当稍稍偏一些，总是要以不离开风为好。如果跟风的方向相反，那么风一吹香气就跟着飘走了，那么我就无法沾到香气了。还一定要打开风进来的路径，而堵上流出去的路径。如果风是从南面吹进来的却打开了北面的窗户，如果风是从北面吹进来的却打开了南面的窗户，这都是把风看作过客，而香气就会将我作为旅店匆匆而过。应当了解在器玩之中，每件都能够让它静止，而唯独香炉不行。“爱他，能不叫他劳苦吗?”这是一种待人的方法，我认为香炉也是如此。

饮馔部

蔬食

小序

【原文】

吾观人之一身，眼、耳、鼻、舌、手、足、躯、骸，件件都不可少；其尽可不设而必欲赋之，遂为万古生人之累者，独是口腹二物。口腹具而生计繁矣，生计繁而诈、伪、奸、险之事出矣，诈、伪、奸、险之事出，而五刑不得不设。君不能施其爱育，亲不能遂其恩私，造物好生，而亦不能不逆行其志者，皆当日赋形不善，多此二物之累也。草木无口腹，未尝不生；山石土壤无饮食，未闻不长养。何事独异其形而赋以口腹？即生口腹，亦当使如鱼虾之饮水，蜩螗之吸露[①]，尽可滋生气力，而为潜、跃、飞、鸣。若是，则可与世无求，而生人之患熄矣。乃既生以口腹，又复多其嗜欲，使如溪壑之不可厌；多其嗜欲，又复洞其底里，使如江海之不可填。以致人之一生，竭五官百骸之力，供二物之所耗而不足哉！吾反复推详，不能不于造物是咎。亦知造物于此，未尝不自悔其非，但以制定难移，只得终遂其过。甚矣，作法慎初，不可草草定制。

吾辑是编而谬及饮馔，亦是可已不已之

事。其止崇俭啬，不导奢靡者，因不得已而为造物饰非，亦当虑始计终，而为庶物弭患。如逞一己之聪明，导千万人之嗜欲，则匪特禽兽昆虫无噍类，吾虑风气所开，日甚一日，焉知不有易牙复出[②]、烹子求荣，杀婴儿以媚权奸、如亡隋故事者哉！一误岂堪再误，吾不敢不以赋形造物视作覆车。

声音之道，丝不如竹，竹不如肉，为其渐近自然。吾谓饮食之道，脍不如肉，肉不如蔬，亦以其渐近自然也。草衣木食[③]，上古之风，人能疏远肥腻，食蔬蕨而甘之，腹中菜园，不使羊来踏破[④]，是犹作羲皇之民[⑤]，鼓唐、虞之腹[⑥]，与崇尚古玩同一致也。所怪于世者，弃美名不居，而故异端其说，谓佛法如是，是则谬矣。吾辑《饮馔》一卷，后肉食而首蔬菜，一以崇俭，一以复古；至重宰割而惜生命，又其念兹在兹，而不忍或忘者矣。

【注释】

①蜩螗（tiáo táng）：蝉。

②易牙：春秋时期，齐桓公身边的近臣，曾经烹子献媚。

③草衣木食：将草作为衣服，把蔬菜作为食物。

④腹中菜园，不使羊来踏破：不能让腹中的蔬菜被肉腥所践踏。羊，这里泛指肉类。

⑤羲皇：即伏羲氏，古传说中“三皇”之一。

⑥唐、虞：即唐尧、虞舜，均为古代传说中的“五帝”。

【译文】

我看人的整个身体，眼、耳、鼻、舌、手、足、躯体，哪一样都不可缺少；如果说可不要而造物者却强行塞给人类，以至于成为千百年来人们生活的累赘的，只有嘴和腹这两个部位了。有了嘴跟腹部之后，生计操劳就增加了。生计操劳多了，狡诈险恶虚伪的事情就跟着出现了，狡诈险恶虚伪的事情一出现，就不得不设置一些刑罚来预防了。君王不施行仁爱，双亲不能满足对孩子的爱，造物者爱惜生命却又不得不违背自己的心愿，均是当初造物者在造人的时候不够完善，多了这两种东西的缘故。草木没有嘴和腹部，并没看到它无法生长；山、石、土壤均是不能饮用的东西，也没有听说它们不长寿。为什么唯独将人类打造成如此不同，又赋予了口跟腹部呢？即便生了口跟腹，也应当让人类可以像鱼虾饮水，像蝉吸食露水一样轻松，就能滋生气力而能够潜水、跳跃、飞翔、鸣叫。如果真能够如此，那么人类就能够与世无求，而活着的人的忧患就能够消除了。可是造物者却让人有了口和腹，又让人有了很多嗜好跟欲望，就像是深沟一样无法填满；又让欲望没有止境，就像是江海一般无法填满。从而造成人的一生都在拼尽全力供给口腹的消耗，却还是无法让其满足。我反复琢磨，不得不将这件事的错误归结在造物者身上，也明白造物者自己已经开始悔恨自己在这件事情上犯了错误，但是事实已经定型成了规则，难以改变，只能继续纵容这种错误。哎！规则在开始制定的时候，千万不能太过草率。

我写这一章谈到了饮食，原本就是一件做不做都行的事情。出发点是为了崇尚节俭，而并非是倡导奢侈，由此来替造物者粉饰过失，这也是考虑到全局，为百姓消除忧患。如果只是为了彰显自己的聪慧，来激发千万人的饮食欲望，不仅禽兽与昆虫会因此而灭绝，而且我担心一旦嗜好美食的风气移开，就一天比一天糟糕，如何知道易牙那般烹子求荣的人不会再度出现，或者杀害婴儿来向奸臣献媚，重蹈隋朝灭亡的覆辙呢！错了一次怎么能够再错一次呢？我不敢不将造物者造人时犯下的错误当成是前车之鉴。

在音乐上，弦乐比不上管乐，管乐比不上声乐，这是由于它逐渐贴近自然。我觉得在饮食上，制作精良的肉没有普通肉好，普通的肉没有蔬菜好。这也是由于逐渐贴近自然的缘故。穿草衣吃素食，这是上古时候的民风，人们都能够远离肥腻，而喜欢此蔬菜。肚里装的都是蔬菜，而不再让那些牛羊被践踏，那便跟上古的人一样，将这种饮食习惯保持下去，与崇尚古玩是一个道理。奇怪的是世人纷纷将尊古的美名抛之脑后，将这种做

法认为是异端，说只是佛家的法则，这种观点是错误的。我编写了这一卷《饮馔》，提倡蔬菜而贬斥肉食，一是提倡节俭，一是为了复古。对于要谨慎屠宰并珍惜生命，我时刻都挂念在心上，丝毫不敢忘记。

笋

【原文】

论蔬食之美者，曰清，曰洁，曰芳馥，曰松脆而已矣。不知其至美所在，能居肉食之上者，只在一字之“鲜”。《记》曰：“甘受和，白受采[①]。”“鲜”即“甘”之所从出也。此种供奉，惟山僧野老躬治园圃者，得以有之，城市之人向卖菜佣求活者，不得与焉。然他种蔬食，不论城市山林，凡宅旁有圃者，旋摘旋烹，亦能时有其乐。至于笋之一物，则断断宜在山林，城市所产者，任尔芳鲜，终是笋之剩义。此蔬食中第一品也，肥羊嫩豕，何足比肩。但将笋、肉齐烹，合盛一簋，人止食笋而遗肉，则肉为鱼而笋为熊掌可知矣。购于市者且然，况山中之旋掘者乎？

食笋之法多端，不能悉纪，请以两言概之，曰：“素宜白水，荤用肥猪。”茹斋者食笋[②]，若以他物伴之，香油和之，则陈味夺鲜，而笋之真趣没矣。白煮俟熟，略加酱油，从来至美之物，皆利于孤行，此类是也。以之伴荤，则牛羊鸡鸭等物皆非所宜，独宜于豕，又独宜于肥。肥非欲其腻也，肉之肥者能甘，甘味入笋，则不见其甘，而但觉其鲜之至也。烹之既熟，肥肉尽当去之，即汁亦不宜多存，存其半而益以清汤。调和之物，惟醋与酒。此制荤笋之大凡也。笋之为物，不止孤行并用各见其美，凡食物中无论荤素，皆

当用作调和。菜中之笋与药中之甘草，同是必需之物，有此则诸味皆鲜，但不当用其渣滓，而用其精液。庖人之善治具者，凡有焯笋之汤，悉留不去，每作一馔，必以和之，食者但知他物之鲜，而不知有所以鲜之者在也。《本草》中所载诸食物，益人者不尽可口，可口者未必益人，求能两擅其长者，莫过于此。东坡云："宁可食无肉，不可居无竹。无肉令人瘦，无竹令人俗。"不知能医俗者，亦能医瘦，但有已成竹未成竹之分耳。

【注释】

①甘受和，白受采：出自《礼记》，指的是甜美的食物容易调味，洁白的东西容易着色。

②茹斋者：吃斋饭素食的人。茹，吃。

【译文】

说到蔬菜的鲜美，就是清淡、干净、芳香、松脆这几种罢了。人们并不知晓蔬菜的美味远高于肉食，主要在于一个鲜字。《礼记》中说："甘受和，白受采。"鲜美便是甘美的来源。此种享受，只有山中的和尚、野外的人家以及那些亲自耕种的人才能得到，城市中向菜贩子购买蔬菜的人，是无法享受的。不过别的蔬菜，不论是城市还是山林，只要自家住所旁边有菜圃的人家均可以种，随意摘取食用，也能享受这种乐趣。至于笋这种东西，好的只能在山林中生长，而城市之中出产的，再怎么鲜美，也不过是笋之中品质较差的一等。笋是蔬菜之中味道最为鲜美的，肥羊乳猪，如何能跟它相比？只要笋和肉在一个锅里煮，装在一个盆里，大家都只吃笋却剩下肉，从这一点可以看出笋比肉更加珍贵。在市场上购买的已经如此了，更何况是从山中刚刚挖出来的呢？

吃笋的方法有很多种，无法全部都记录下来，请让我用两句话来概括，就是："素宜白水，荤用肥猪。"吃斋的人在吃笋的时候，如果跟其他别的食材搅拌，再用香油调味，那么其他东西的味道就会夺走笋的鲜味，笋的真正美味便会失去。正确的方法就是用白水煮熟，稍微加上一些酱油。最美好的东西适合单独来做，笋就是这样。如果跟肉一起煮，牛羊鸡鸭等肉都不适合，只有猪肉是最适合的，尤其适合跟肥肉一起煮。肥猪肉并非是想要它的肥腻，而是肥肉能够煮出甘味，甘味被笋吸入，之后便无法感觉到这种甘，只觉得鲜美到了极点。快煮熟的时候，要将肥肉全都去掉，也不要多留汤，只剩下一半，再加上清汤。用于调味的作料，只用醋和酒。这便是烧制荤笋的基本方法。笋这种东西，无论是单独吃还是合着煮都能够体现出美味，而食物之中不管荤素，均可以作为笋的调和物。

菜肴中的笋就像是中药里的甘草一样，都是必需的东西，有了这种东西的食物都会很鲜美，只是不应该用它的渣滓，而要用它的精华。擅长做菜的厨师，只要是煮笋的汤，都会留着，每做一个菜都会拿来用于调和。吃的人只会感觉很鲜美，却不知晓鲜美是因为什么。《本草》中记载了很多食物，对人的益处并非是由于可口，可口也并非对人有好处，想要十全十美，没有比笋更好的了。苏东坡说："宁可食无肉，不可居无竹。无肉令人瘦，无竹令人俗。"却不知道能够医治俗病的东西，也可以医治瘦病，差距只在于长成了竹子还是没有长成竹子。

谷食

小序

【原文】

食之养人，全赖五谷①。使天止生五谷而不产他物，则人身之肥而寿也，较此必有过焉，保无疾病相煎，寿夭不齐之患矣。试观鸟之啄粟，鱼

之饮水，皆止靠一物为生，未闻于一物之外，又有为之肴馔酒浆、诸饮杂食者也。乃禽鱼之死，皆死于人，未闻有疾病而死，及天年自尽而死者。是止食一物，乃长生久视之道也。人则不幸而为精腆所误②，多食一物，多受一物之损伤；少静一时，少安一时之淡泊。其疾病之生，死亡之速，皆饮食太繁，嗜欲过度之所致也。此非人之自误，天误之耳。天地生物之初，亦不料其如是，原欲利人口腹，孰意利之反以害之哉！然则人欲自爱其生者，即不能止食一物，亦当稍存其意，而以一物为君。使酒肉虽多，不胜食气，即使为害，当亦不甚烈耳。

【注释】

①五谷：五种谷物，说法不一，通常认为是稻、黍、稷、麦、豆。

②精腆：精细美好。腆，丰厚，美好。

【译文】

食物养人，全都依靠五

谷。如果上天只出产五谷而不生长其他东西，那么人类必然要比现在长寿健康，保证没有疾病的煎熬，以及夭折的担忧。试着去观察一下鸟类吃谷、鱼饮水，都是只靠一种东西生活，没有听闻在一个东西之外，还要做酒做菜，吃很多其他食物。因此禽类和鱼类均死在人类的手里，却没有听闻因为疾病而死，或者是自然老死的。从这里可以看出，只吃一种食物也是长寿的一种方法。人们则不幸被美味佳肴所害，多吃一种食物，便要多承受一种食物的损害，少得到一刻的清静，少去享受一刻的淡泊。人们生病跟早逝，通常都是由于饮食太过繁杂，口腹之欲过度而导致的。这并非是人类自己的错，而是上天的错。上天在开始造物的时候，也没有想到会这样，原本是想要让人的口腹得益，没想到反而害了他。不过如果人懂得爱惜自己的生命，就算不能只吃一种东西，也应该具有将一种食物作为主食的意识。如此就算吃了很多酒肉，只要没有超出人们的消化能力，那么就算有所损害，也不会太过严重。

饭粥

【原文】

粥、饭二物，为家常日用之需，其中机彀[①]，无人不晓，焉用越俎者强为致词？然有吃紧二语，巧妇知之而不能言者，不妨代为喝破，使姑传之媳，母传之女，以两言代千百言，亦简便利人之事也。

先就粗者言之。饭之大病，在内生外熟，非烂即焦；粥之大病，在上清下淀，如糊如膏。此火候不均之故，惟最拙最笨者有之，稍能炊爨者[②]，必无是事。然亦有刚柔合道，燥湿得宜，而令人咀之嚼之，有粥饭之美形，无饮食之至味者。其病何在？曰：挹水无度[③]，增减不常之为害也。其吃紧二语，则曰：“粥水忌增，饭水忌减。”米用几何，则水用几何，宜有一定之度数。如医人用药，水一钟或钟半，煎至七分或八分，皆有定数。若以意为增减，则非药味不出，即药性不存，而服之无效矣。不善执爨者，用水不均，煮粥常患其少，煮饭常苦其多。多则逼而去之，少则增而入之，不知米之精液全在于水，逼去饭汤者，非去饭汤，去饭之精液也。精液去则饭为渣滓，食之尚有味乎？粥之既熟，水米成交，犹米之酿而为酒矣。虑其太厚而入之以水，非入水于粥，犹入水于酒也。水入而酒成糟粕，其味尚可咀乎？故善主中馈者[④]，挹水时必限以数，使其勺不能增、滴无可减，再加以火候调匀，则其为粥为饭，不求异而异乎人矣。

宴客者有时用饭，必较家常所食者为稍精。精用何法？曰：使之有香而已矣。予尝授意小妇，预设花露一盏，俟饭之初熟而浇之，浇过稍闭，拌匀而后入碗。食者归功于谷米，诧为异种而讯之，不知其为寻常五谷也。此法秘之已久，今始告人。行此法者，不必满釜浇遍，遍则费露甚多，而此法不行于世矣。止以一盏浇一隅，足供佳客所需而止。露以蔷薇、香橼、桂花三种为上[⑤]，勿用玫瑰，以玫瑰之香，食者易辨，知非谷性所有。蔷薇、香橼、桂花三种，与谷性之香者相若，使人难辨，故用之。

【注释】

①机彀（gòu）：圈套。

②炊爨（cuàn）：烧火做饭。

③挹（yì）：舀。

④中馈：出自《易经·家人》："无攸遂，在中馈。"指妇女在家主持饮食等事。

⑤香橼（yuán）：一种香料。

【译文】

粥和饭这两种食物，是家庭平日里所必需的，做法尽人皆知，哪里还需我多费口舌？不过最重要的两句话，巧媳妇知道却说不出来，我不妨代替她们说破，以后婆婆教媳妇，母亲传给女儿，用这两句话来代替千言万语，也是一件简单利人的好事。

第一句话，从大体上来讲：煮饭最忌讳的就是内生外熟，不是煮得太烂就是烧焦了。煮粥的大忌就是，米都沉在了下面，上面只有一些清汤，像糨糊一样。这都是由于火候不均匀而造成的，只有最为笨拙的人才会弄成这样，稍稍会做饭的人，定然不会如此。不过也存在饭煮得软硬合适，粥干湿适中，看起来很美味，尝起来却没有味道的。到底是哪里出了问题呢？是由于没有节制地用水，增减没有规律。第二句重要的话就是：煮粥的水切勿增加，煮饭的水切勿减少。米用多少，水就相应要用多少，这都是有一定比例的。就像医生煎药，要用一盅水还是一盅半，煎到七分还是八分，都是有一定要求的，如果根据自己意愿进行增减，不是药的味道没有煎出来，就是药性失效，服用也不会有效果。不擅长烹饪的人，用水没有一定的标准，煮粥总是担心水太少，煮饭也总是担心水太多，多了就舀出来倒掉，少了就加水。却不知晓米的精华都在米汤里面，将饭汤沥掉，等于将米的精华也沥掉了。去掉了精华的米饭，就成了渣滓，尝起来如何会有味道？粥煮熟之后，水跟米混合得很好，就像米酿成了酒一样。担心太稠就加了一些水，就像是往酒里倒了水一般。加了水之后，美酒便就成了糟粕，那味道还能品尝吗？因此善于做饭的人，在加水的时候一定会掌握分寸，做到恰到好处，再加上火候均匀，如此来做粥做饭，就算不求出类拔萃也能与众不同。

宴请宾客的时候用饭，势必要比平时吃的饭更加精细一些，如何能够让它精细呢？回答说：让它有了香味就可以了。我曾经给妻子出主意，事先准备好一盏花露，在饭刚熟的时候浇上去。浇上之后盖上盖子焖一会，搅拌均匀之后再盛到碗里，吃的人都觉得使用的米好，以为是什么奇特的品种，却不知晓只是寻常的米。这个方法我保密了很长时间，到了现在才告知众人。采用这种方法的时候，并非要将整个锅都浇遍，那样只会浪费花露，这个办法也很难推广。只用一盏浇一角，足够客人食用就行了。花露采用蔷薇、香橼、桂花做最好，不要用玫瑰花，因为玫瑰的香气，客人很容易就能分辨出来，知晓并非是谷物本身所具备的味道。蔷薇、香橼、桂花这三种花的香味，跟谷物的香味较为接近，让人难以分辨，因此适合采用。

汤

【原文】

汤即羹之别名也。羹之为名，雅而近古；不曰羹而曰汤者，虑人古雅其名，而即郑重其实，似专为宴客而设者。然不知羹之为物，与饭相俱者也。有饭即应有羹，无羹则饭不能下，设羹以下饭乃图省俭之法，非尚奢靡之法也。古人饮酒，即有下酒之物；食饭，即有下饭之物。世俗改下饭为“厦饭”，谬矣。前人以读史为下酒物[1]，岂下酒之“下”，亦从“厦”乎？“下饭”二字，人谓指肴馔而言，予曰：不然。肴馔乃滞饭之具，非下饭之具也。食饭之人见美馔在前，匕箸迟疑而不下，非滞饭之具而何？饭犹舟出，羹犹水也；舟之在滩，非水不下，与饭之在喉，非汤不下，其势一也。且养生之法，食贵能消；饭得羹而即消，其理易见。

故善养生者，吃饭不可无羹；善作家者，吃饭亦不可无羹。宴客而为省馔计者，不可无羹；即宴客而欲其果腹始去，一馔不留者，亦不可无羹。何也？羹能下饭，亦能下馔故也。近来吴越张筵[②]，每馔必注以汤，大得此法。吾谓家常自膳，亦莫妙于此。宁可食无馔，不可饭无汤。有汤下饭，即小菜不设，亦可使哺啜如流；无汤下饭，即美味盈前，亦有时食不下咽。予以一赤贫之士，而养半百口之家，有饥时而无馑日者[③]，遵是道也。

【注释】

①前人以读史为下酒物：《龙文鞭影》载：北宋诗人苏舜钦读《汉书》下酒。

②吴越：古代的国名，现位于浙江、江苏一带。

③有饥时而无馑（jǐn）日：吃不饱但不会整天挨饿。

【译文】

汤是羹的别名，羹这个名字，十分雅致而且颇富古风。不叫作羹而称为汤，是由于担心人们认为这个名字太过古雅，好像是专门为宴请客人而准备的。却不知道羹是跟饭搭配的，有饭就应该有羹，没有羹就无法下饭。做羹来下饭，主要是为了节俭，而并非奢侈。古人如果饮酒，就要有下酒的东西；如果吃饭，就要有下饭的东西。人们将“下饭”改成为“厦饭”，这是错误的。古人将读史书看成是下酒的东西，岂不是下酒的“下”字也应该改成“厦”吗？下饭这两个字，人们普遍认为是针对菜肴而言的，我却认为并非如此。菜肴只会让人们将饭剩下，并非是用来下饭的。吃饭的人看着眼前的美味佳肴，筷子迟迟放不下，不就是将饭剩下吗？饭就像是船，汤就像是水，船在沙滩上，如果没有水就无法下去，就像饭卡在喉咙中间，没有汤无法下咽一样。而且依照养生的原理，食物贵在能够消化。饭与汤相配合容易消化，这个道理十分明了。因此善于养生的人，吃饭不能没有汤；善于持家过日子的人，吃饭的时候也不能没有汤；宴请客人想要少做几道菜的话，也不能没有汤；宴请客人的时候希望客人能够吃饱，且不剩菜，也不能没有汤。这是为什么呢？就是由于汤能下饭也能下菜。最近在江南摆设宴席，每顿饭都要有汤，便是了解了这种方法的精髓。我觉得就算是平日自家做饭，最好也能如此。宁愿吃饭的时候没有菜，也不能没有汤。有汤下饭就算连小菜都没有，吃起来也顺畅；没有汤下饭，就算全都是美味，有时也是难以下咽。我是个贫苦的人，要养活一家五十多口人，虽然有时难免会挨饿，却不用整天挨饿，就是遵照了这样的方法。

面

【原文】

南人饭米，北人饭面，常也。《本草》云：“米能养脾，麦能补心。”各有所裨于人者也[①]。然使竟日穷年止食一物，亦何其胶柱口腹，而不肯兼爱心、脾乎？予南人而北相，性之刚直似之，食之强横亦似之。一日三餐，二米一面，是酌南北之中，而善处心、脾之道也。但其食面之法，小异于北，而且大异于南。北人食面多作饼，予喜条分而缕晰之[②]，南人之所谓“切面”是也。南人食切面，其油盐酱醋等作料，皆下于面汤之中，汤有味而面无味，是人之所重者不在面而在汤，与未尝食面等也。予则不然，以调和诸物，尽归于面，面具五味而汤独清，如此方是食面，非饮汤也。

所制面目有二种，一曰“五香面”，一曰“八珍面”。五香膳己，八珍饷客，略分丰俭于其间。五香者何？酱也，醋也，椒末也，芝麻屑也，焯笋或煮蕈、煮虾之鲜汁也。先以椒末、芝麻屑二物拌入面中，后以酱、醋及鲜汁三物和为一处，即充拌面之水，勿再用水。拌宜极匀，扞宜极薄，切宜极细，然后以滚水下之，则精粹之物尽在面中，尽勾咀嚼，不似寻常吃面者，面则直吞下肚，而止咀咂其汤也。八珍者何？鸡、鱼、虾三物之肉，晒使极干，与鲜笋、香蕈、芝麻、花椒四物，共成极细之末，和入面中，与鲜汁共为八种。酱、醋亦用，而不列数内者，以家常日用之物，不得名之以“珍”也。鸡鱼之肉，务取极精，稍带肥腻者弗用，以面性见油即散，擀不成片，切不成丝故也。但观制饼饵者，欲其松而不实，即拌以油，则面之为性可知已。鲜汁不用煮肉之汤，而用笋、蕈、虾汁者，亦以忌油故耳。所用之肉，鸡、鱼、虾三者之中，惟虾最便，屑米为面，势如反掌，多存其末，以备不时之需；即膳已之五香，亦未尝不可六也。拌面之汁，加鸡蛋青一二盏更宜，此物不列于前而附于后者，以世人知用者多，列之又同剿袭耳。

【注释】

①裨：有益于。

②条分而缕晰：原本指的是有条有理地去分析，这里指将面切成一根根细长条。

【译文】

南方人吃米饭，北方人吃面食，通常都是这样。《本草》中说：“米能养脾，麦能补心。”米跟面各有好处。不过如若常年都只吃一种主食，不仅亏待了自己的嘴巴和肚子，而且也不爱惜自己的心和脾啊！我是南方人，但是长得像北方人，刚正的性格像北方人，吃东西强横也像。一日三餐，有两顿吃米饭，一顿吃面，这是介于南北之间，善于调理心与脾的方法。不过我吃面的方法，跟北方人有所不同，与南方人的差异就更大了。北方人吃面喜欢做成饼，而我却总是做成一根根面条，就是南方人所说的“切面”。南方人吃切面，将油盐酱醋等调料倒入到面汤之中，面汤之中有味道但是面里却没有味道。这些人重视的只是面汤而并非是面本身，这就跟没有吃面差不多。我却并非如此，而是将各种调料都放入面里，如此一来面条的味道十分丰富而汤却很清淡。这才是在吃面而并非是在喝汤。

我做出的面条有两种，一个叫“五香面”，一个叫“八珍面”。五香面自己吃，八珍面用来招待客人，这其中稍稍带着一些丰盛与俭约的差别。五香是什么？酱、醋、椒末、芝麻屑、焯笋或煮蘑菇、煮虾的鲜汤。先将椒末、芝麻屑这两种东西搅拌到面里面，再将酱、醋和鲜汁三种东西搅拌到一起，作为和面的水，就不要再用水了。要将面和得很均匀，擀要擀得很薄，切要切得很细，然后再用滚水去下面，如此精华就全都在面里面了，值得咀嚼品味，不像是平时吃面，直接将面吞进肚子，而是慢慢去品尝那个汤。八珍是什么？鸡、鱼、虾这三类的肉，晒干，与鲜笋、香菇、芝麻、花椒这四种东西，一起研磨成很细的粉末，掺进面中，再加上鲜汁一共八种东西，酱、醋也会用到但是并没有算在内，是因为那是家常都会用到的，并不能称得上是珍。鸡和鱼的肉，要挑选得很精细，稍微带一些肥腻的就不能采用，因为面的特点就是碰到油就散，散了就无法擀成片，也切不成丝。只要是看过烙饼的人，想要让饼松便在里面放油就知道了。鲜汁不用煮肉的汤，而是采用笋、蘑菇或是虾制成的汤，这也是忌油的原因。所采用的这三种肉之中，虾肉是最方便的，且容易研磨成粉末，应当多准备一些虾粉，以备不时之需。就算是自己吃的五香面，也可以变成六样配料。拌面的汤汁之中，加入一两盏鸡蛋清就更加绝妙了，这种方法并没有在前面提出而是写在了后面，是由于知道的人太多了，列在前面就像是在抄袭了。

肉食

小序

【原文】

“肉食者鄙①”，非鄙其食肉，鄙其不善谋也。食肉之人之不善谋者，以肥腻之精液，结而为脂，蔽障胸臆，犹之茅塞其心，使之不复有窍也。此非予之臆说，夫有所验之矣。诸兽食草木杂物，皆狡獝而有智。虎独食人，不得人则食诸兽之肉，是匪肉不食者，虎也；虎者，兽之至愚者也。何以知之？考诸群书则信矣。“虎不食小儿”，非不食也，以其痴不惧虎，谬谓勇士而避之也。“虎不食醉人”，非不食也，因其醉势猖獗，目为劲敌而防之也。“虎不行曲路，人遇之者，引至曲路即得脱。”其不行曲路者，非若澹台灭明之行不由径[2]，以颈直不能回顾也。使知曲路必脱，先于周行食之矣。《虎苑》云：“虎之能搏狗者，牙爪也。使失其牙爪，则反伏于狗矣。”迹是观之，其能降人降物而藉之为粮者，则专恃威猛，威猛之外，一无他能，世所谓“有勇无谋”者，虎是也。予究其所以然之故，则以舍肉之外，不食他物，脂腻填胸，不能生智故也。然则“肉食者鄙，未能远谋”，其说不既有征乎？吾今虽为肉食作俑，然望天下之人，多食不如少食。无虎之威猛而益其愚，与有虎之威猛而自昏其智，均非养生善后之道也。

【注释】

①肉食者鄙：出自《左传》，指的是当高官食厚俸的人目光短浅。

②澹（tán）台灭明：指的是孔子学生，相貌丑陋，不过品行端正。史载他“行不由径，非公事不见卿大夫”。

【译文】

《左传》中称“肉食者鄙”，并非是在鄙视他们吃肉，而是看不起他们不善计谋。吃肉的人之所以不善于谋略，是由于肥腻的肉汁凝结成了脂肪，将他们的胸怀都遮住了，就像是堵住了心智一般，让他们的灵性无法通透。这并非只是我的猜测，而是有所验证的。吃草的野兽，大多都比较狡黠而聪明。只有老虎会吃人，吃不到人就会去吃其他野兽，不是肉就不吃。老虎又是野兽之中最为愚笨的，为什么这么说呢？只要去浏览一下这方面的书就知晓了。“老虎不吃小孩子”，并非是因为不吃，而是由于孩子并不懂得害怕老虎，而老虎错以为他是勇士而避开他。“虎不吃喝醉的人”，是由于喝醉的人会露出狂态，虎把他当成强劲的对手而提防着他。“虎不走弯路，人如果遇到老虎，引到弯路上就能逃脱。”虎不走弯路，并非是像澹台灭明不走小路那样，而是由于脖子是直的无法回头。虎要是知晓走到弯路上的人会逃脱，在大路上时应该就会把这个人吃掉了。《虎苑》之中说：“老虎之所以能够将狗制服是靠爪牙，如果没有了爪牙，反而会被狗所制服。”从这里可以看出，老虎之所以能够将其他动物降服并将它们作为食物，靠的全都是自身的威猛，除了威猛之外，什么本事都没有。人们所说有勇无谋的，指的就是老虎。我猜测老虎蠢笨的缘由，就是由于只吃肉，却不吃其他东西，脂肪油腻堵在胸膛无法产生智慧。不过“肉食者鄙，未能远谋”这个说法，不是已经得到验证了吗？现在我虽然是在宣传肉食，但是还是希望天下人，多吃不如少吃。没有虎的威猛却加重了愚昧，和有虎的威猛却让智慧昏沉，都不是养生的方法。

猪

【原文】

食以人传者，“东坡肉”是也[①]。卒急听之，似非豕之肉，而为东坡之肉矣。噫！东坡何罪，而割其肉，以实千古馋人之腹哉？甚矣，名士不可为，而名士游戏之小术，尤不可不慎也。至数百载而下，糕、布等物，又以眉公得名[②]。取“眉公糕”“眉公布”之名，以较“东坡肉”三字，似觉彼

善于此矣。而其最不幸者，则有溷厕中之一物，俗人呼为“眉公马桶”。噫！马桶何物，而可冠以雅人高士之名乎？予非不知肉味，而于豕之一物，不敢浪措一词者，虑为东坡之续也。即溷厕中之一物，予未尝不新其制，但蓄之家，而不敢取以示人，尤不敢笔之于书者，亦虑为眉公之续也。

【注释】

①东坡肉：浙江杭州著名的传统菜肴。据古书记载，乃北宋著名文人苏东坡所创。

②眉公：指的是明朝著名的文学家、书画家陈继儒，号眉公，著有《陈眉公全集》。

【译文】

食物之中有由于人名而被广为流传的，“东坡肉”就是这种情况。乍听之下，还以为并非是猪肉，而是苏东坡的肉。唉！苏东坡到底犯了什么罪，要割了他的肉，来填饱千百年来馋人的肚皮呢？实在是太过分了！名人不能这样做，而弄一些名人自娱自乐的小游戏，更是不能不小心谨慎。几百年之后，糕饼和布这些东西，又由于陈眉公而出了名，被称为“眉公糕”“眉公布”，与“东坡肉”比起来，稍微顺耳一些。而最不幸的是，厕所里的一样东西，被人们称为“眉公马桶”。唉！马桶到底是什么东西，要用贤人雅士的名字来命名呢？我不是不知晓肉的味道，不过对于猪肉来讲，不敢随意说一句话，就是担心会成为第二个苏东坡。就是厕所里的那件东西，我也并非没有进行过改进设计，只是藏在家里并不敢拿出来示人，更不敢将其写入书里，就是担心步了眉公的后尘。

羊

【原文】

物之折耗最重者，羊肉是也。谚有之曰：“羊几贯，账难算，生折对半熟对半，百斤只剩念余斤[1]，缩到后来只一段。”大率羊肉百斤，宰而割之，止得五十斤，迨烹而熟之，又止得二十五斤，此一定不易之数也。但生羊易消，人则知之；熟羊易长，人则未之知也。羊肉之为物，最能饱人，初食不饱，食后渐觉其饱，此易长之验也。凡行远路及出门作事，卒急不能得食者，啖此最宜。秦之西鄙，产羊极繁，土人日食止一餐，其能不枵腹者[2]，羊之力也。《本草》载羊肉，比人参、黄芪。参芪补气，羊肉补形。予谓补人者羊，害人者亦羊。凡食羊肉者，当留腹中余地，以俟其长。倘初食不节而果其腹，饭后必有胀而欲裂之形，伤脾坏腹，皆由于此，葆生者不可不知。

【注释】

①念："廿"的大写字。"廿"，即二十。

②枵（xiāo）腹：空腹，饥饿。枵，中心空虚的树根，引申为空虚无物。

【译文】

食物之中消耗最多的就是羊肉了。有一句谚语说："羊几贯，账难算，生折对半熟对半，百斤只剩念余斤，缩到后来只一段。"通常来讲，一百斤左右的羊，宰杀之后，只能剩下五十斤左右的肉。煮熟之后，只能剩下二十五斤。这是一个固定不变且准确的数字。不过生羊肉容易折耗，大家都知道这一点；熟羊肉容易膨胀，大家却不知晓。羊肉这种东西最容易吃饱，开始的时候并不会觉得饱，但是吃过之后就会慢慢觉得饱了，这便是羊肉容易膨胀的证明。需要走远路或者出门办事的话，匆忙间无法正常吃饭，吃羊肉最好。陕西西部盛产羊，当地人一天只需要吃一顿饭，而不会觉得饿，这便是羊肉的功劳。《本草》记载羊肉的时候，将其跟人参、黄来对比。人参和黄芪能够补气，羊肉能够补体。我说羊肉对人很滋补，也有害。只要是吃羊肉的人，肚子都要留点空余，预防它会膨胀。如果吃的时候不知道节制，吃得很饱，那么吃完饭之后必然会觉得肚子膨胀得仿佛要裂开一般，伤害脾和腹，就是因为这一点，懂得爱惜自己身体的人不能不知晓。

种植部

木本

小序

【原文】

已载群书者，片言不赘。非补未逮之论，即传自念之方。欲睹陈言，请翻诸集。

草木之种类极杂，而别其大较有三，木本、藤本、草本是也。木本坚而难痿，其岁较长者，根深故也。藤本之为根略浅，故弱而待扶，其岁犹以年纪。草本之根愈浅，故经霜辄坏，为寿止能及岁。是根也者，万物短长之数也，欲丰其得，先固其根，吾于老农老圃之事，而得养生处世之方焉。人能虑后计长，事事求为木本，则见雨露不喜，而睹霜雪不惊；其为身也，挺然独立，至于斧斤之来，则天数也，岂灵椿古柏之所能避哉？如其植德不力[①]，而务为苟延，则是藤本其身，止可因人成事，人立而我立，人仆而我亦仆矣。至于木槿其生，不为明日计者，彼且不知根为何物，遑计入土之浅深、藏荄之厚薄哉[②]？是即草木之流亚也。噫，世岂乏草木之行，而反木其天年、藤其后裔者哉？此造物偶然之失，非天地处人待物之常也。

【注释】

①植德：培养德行。

②荄（gāi）：草根。

【译文】

其他书籍中记载过的东西，我就不再多说了。我不是在补充前人没有提到的事情，全都是在写自己想到的东西。如果你想要看其他人的言论，那么可以去翻阅其他典籍。

草木种类十分繁杂，大体上可以分为三种：木本、藤本和草本。木本植物坚实而不易枯萎，有着较长的寿命，这是由于它的根扎得很深。藤本植物看起来十分瘦弱，需要扶持，只有一年左右的寿命，这是由于它的根扎得稍微浅一些。草本植物被霜一打就死了，最长的寿命也不过一年，这是由于它的根更浅。因此，根是决定了万物寿命长短的关键因素，如果想要获取更多，就要先稳固好它的根。这是我在农耕与园艺的劳作之中，领悟出的养生以及处世的道理。人们能够在考虑之后，从长远来打算，那么不管什么事情都会像木本一样，就不会因为看到雨露就高兴，不会因为看到霜雪就惊慌了。作为树木本身，挺拔自生，至于被斧头砍，那就属于天意了，难道充满了灵性的椿树和千年松柏就能够避免吗？如果一个人不努力培养自己的德行，苟且做事，这样的人就跟藤本植物一样，只能靠别人来成就事业，别人的事成了，我的事也就成了，别人倒下了，我也就倒下了。至于像木槿那样生存的人，从来没有考虑过明天，他们甚至不知晓根是什么，哪里还会考虑根入土的深浅，埋藏的厚薄呢？这种人就像是低一等的草木。唉，世间难道还缺少像草木一样办事，反而像木本一样期待享其天年，又像藤本一样依附于后代的人吗？这就是造物主的偶然失误，并非是天地间待人处事的常理。

牡丹

【原文】

牡丹得王于群花，予初不服是论，谓其色其香，去芍药有几？择其绝胜者与角雌雄，正未知鹿死谁手。及睹《事物纪原》，谓武后冬月游后苑，花俱开而牡丹独迟，遂贬洛阳，因大悟曰："强项若此，得贬固宜，然不加九五之尊，奚洗八千之辱乎？"（韩诗"夕贬潮阳路八千"）物生有候，葭动以时[①]，苟非其时，虽十尧不能冬生一穗；后系人主，可强鸡人使昼鸣乎？如其有识，当尽贬诸卉而独崇牡丹。花王之封，允宜肇于此日，惜其所见不逮，而且倒行逆施。诚哉！其为武后也。予自秦之巩昌，载牡丹十数本而归，同人嘲予以诗，有"群芳应怪人情热，千里趋迎富贵花"之句。予曰："彼以守拙得贬，予载之归，是趋冷非趋热也。"兹得此论，更发明矣。艺植之法，载于名人谱帙者[②]，纤发无遗，予倘及之，又是拾人牙后矣。但有吃紧一着，花谱偶载而未之悉者，请畅言之。是花皆有正面，有反面，有侧面。正面宜向阳，此种花通义也。然他种犹能委曲，独牡丹不肯通融，处以南面即生，俾之他向则死，此其肮脏不回之本性，人主不能屈之，谁能屈之？予尝执此语同人，有迂其说者。予曰："匪特士民之家，即以帝王之尊，欲植此花，亦不能不循此例。"同人诘予曰："有所本乎？"予曰："有本。吾家太白诗云：'名花倾国两相欢，常得君王带笑看。解释春风无限恨，沉香亭北倚栏杆。'倚栏杆者向北，则花非南面而何？"同人笑而是之。斯言得无定论？

【注释】

①葭（jiā）：初生的芦苇。

②谱帙（zhì）：作示范或者用于寻检用的书籍。

【译文】

说牡丹是群花之中的王，我起初并不认同这样的观点，牡丹的颜色与香味能比芍药强多少呢？选择了最好的牡丹与最好的芍药来一决高下，还不知道鹿死谁手。直到我阅览了《事物纪原》一书，里面称武则天在冬季游览后花园的时候，看到所有的花都竞相开放，唯独牡丹迟迟未开，于是就将牡丹贬到洛阳。我才恍然大悟，说："牡丹的强项原来在这里，它的被贬也是必然的了。如果不赋予它花中之王的美誉，又如何能够洗清被贬八千里以外的羞辱呢？"（韩愈有诗说：夕贬潮阳路八千）植物的生长通常都有一定的时令节气，如若违背了季节，就算世上有十个像尧那般的圣贤君主，冬季也是无法长出一根麦穗的。武则天虽然是人主，但是她能强制让公鸡在白天打鸣吗？如果她有一定的见识，就应当将所有的花卉全都贬到其他地方去，只推崇牡丹。花中之王的封号，原本应当从武则天赏花的这一天就赋予了。可惜她的见识太为肤浅，而且倒行逆施。是啊，这就是武则天啊！我从甘肃的巩昌带回来十几棵牡丹，朋友嘲笑我说："群芳应怪人情热，千里趋迎富贵花。"我说："牡丹是由于坚守自己的节操才被贬的，我将它们带回来，这是趋冷而不是趋热。"如今对于我得出的这个结论，更加明晰了。种植牡丹的方法，名人书稿中的记载已经十分全面详细，如果我再谈，就是在拾人牙慧了。不过最重要的一点，在花谱之中偶然会有所记载却并不全面，就让我将它补充完整吧。所有的花都有正面、反面、侧面。正面应当朝向阳面，这是种植花卉的共同原理。其他的花还能少受一些委屈，只有牡丹绝对不愿意通融，它朝向南面生长，如果让它朝向其他方向就会死掉，这就是牡丹改不了的臭脾气，武则天都无法让它屈服，又有谁能使它屈服呢？我曾将这些话告诉了朋友，有的朋友认为这种说法太过迂腐。我说："不仅是平民百姓，就算是帝王至尊，想种植这种花，都不能不去尊重它的习性。"朋友反问我说："说这话可有依据？"我说："当然有根据。我的同宗李白有过这样的诗：'名花倾国两相欢，常得君王带笑看。解释春风无限恨，沉香亭北倚栏杆。'倚栏杆的人朝向北面，那么花不是朝南又是朝向哪个方向呢？"朋友笑着赞同。这些说法难道不是定论吗？

梅

【原文】

花之最先者梅，果之最先者樱桃。若以次序定尊卑，则梅当王于花，樱桃王于果，犹瓜之最先者曰王瓜，于义理未尝不合，奈何别置品题，使后来居上。首出者不得为圣人，则辟草昧致文明者，谁之力欤？虽然，以梅冠群芳，料舆情必协[1]；但以樱桃冠群果，吾恐主持公道者，又不免为荔枝号屈矣。姑仍旧贯，以免牴牾[2]。种梅之法，亦备群书，无庸置吻，但言领略之法而已。花时苦寒，即有妻梅之心，当筹寝处之法。否则衾枕不备，露宿为难，乘兴而来者，无不尽兴而返，即求为驴背浩然，不数得也。观梅之具有二：山游者必带帐房，实三面而虚其前，制同汤网[3]，其中多设炉炭，既可致温，复备暖酒之用。此一法也。园居者设纸屏数扇，覆以平顶，四面设窗，尽可开闭，随花所在，撑而就之。此屏不止观梅，是花皆然，可备终岁之用。立一小匾，名曰“就花居”。花间竖一旗帜，不论何花，概以总名曰“缩地花”。此一法也。若家居所植者，近在身畔，远亦不出眼前，是花能就人，无俟人为蜂蝶矣。然而爱梅之人，缺陷有二：凡到梅开之时，人之好恶不齐，天之功过亦不等，风送香来，香来而寒亦至，令人开户不得，闭户不得，是可爱者风，而可憎者亦风也。雪助花妍，雪冻而花亦冻，令人去之不可，留之不可，是有功者雪，而有过者亦雪也。其有功无过，可爱而不可憎者惟日，既可养花，又堪曝背，是诚天之循吏也。使止有日而无风雪，则无时无日不在花间，布帐纸屏皆可不设，岂非梅花之至幸，而生人之极乐也哉！然而为之天者，则甚难矣。

蜡梅者，梅之别种，殆亦共姓而通谱者欤？然而有此令德，亦乐与联宗。吾又谓别有一花，当为蜡梅之异姓兄弟，玫瑰是也。气味相孚，皆造浓艳之极致，殆不留余地待人者矣。人谓过犹不及，当务适中，然资性所在，一往而深，求为适中，不可得也。

【注释】

①舆情：大众的意见与态度。

②牴牾（dǐ wǔ）：矛盾。

③汤网：出自《史记·殷本纪》，里面说商汤施行仁政，让捕鸟的人能够网开三面，留一面去捕捉那些不听教化的鸟。

【译文】

世界上开得最早的花就是梅花，结得最早的果是樱桃。如果用开花结

果的顺序来确定地位的尊卑，就像瓜中最早成熟的会被称为瓜王一样，那么梅花应当算是花中之王了，樱桃也应该算是果中之王了，这并非不符合情理，只不过无奈后来又添加了其他标准，让后来者居上。最早来到这个世界上的人不能被称为圣人，那么消除愚昧，给人类带来文明的人，依靠的又是谁的力量呢？虽然如此，将梅花称为群花之首，也不会有什么异议；但是如果有人将樱桃称为群果之王，那么我担心主持公道的人会为荔枝叫屈了。暂且就按照旧的惯例，来避免发生争执。

对于种植梅花的方法，很多书都有着详尽的记载，这里我就不再多说了，只讲一下欣赏梅花的方法吧。梅花开放的时候正值寒冬，既然准备将梅看成是伴侣一般相伴相守，那么就应当统筹计划与梅花同床共眠的方法。不然被子、枕头都没有准备，露宿在外的话就痛苦了，那些乘兴而来的人，却没有不败兴而归的，就算是只打算像孟浩然那般骑在驴背上跟山水为伴，也是没有几个人能够做到的。观赏梅花要用两种工具：到山上去观赏的人，一定要带着帐篷，将帐篷的三面围起来，前面空着，就像是汤网一样。帐篷之中要多预备一些炉炭，不仅可以用来生火取暖，还能用来温酒。这是一种方法。在花园中观赏梅花的人，要多准备几扇纸屏风，屏风的上面盖上平顶，四面开窗，能够任意开关，花在哪边，就将哪面的窗户撑开。这种屏风不仅能够用来观赏梅花，其他的花全都可以这样来观赏，一年四季全都可以使用。再在纸屏风上挂上一块小匾，上面写着“就花居”。在花中间立下一杆旗帜，不管是什么花，都使用一个总的名字，称为“缩地花”。这是一种方法。如果是在自己家中种植的，近在身边，放在远处也能随时看到，这样的花是亲近人的，人不用像蜜蜂、蝴蝶那样围着花打转。不过喜爱梅花的人，有两个遗憾：只要是到了梅花开放的季节，人的喜好和憎恶就会变得不一样，老天的功劳与过错都是不相等的。风送来了花香，花香到来的时候寒气也来了，让人无法开窗，也无法关窗，如此一来，最可爱的是风，最可恨的也是风；雪能够让梅花显得更加娇艳，雪来了花也会被冻坏，让人去也不行，留也不行，如此一来，有功劳的是雪，有过错的也是雪。无功无过，可爱却不可恨的，就只有太阳了，它既可以养花，又可以让人暖背，果然是上天派来巡视的官吏。如果只有太阳，没有风也没有雪，就能随时随刻都待在花中，布、帐篷、纸屏风全都不需要了，难道不是梅花的福分，人生的极乐吗？不过老天爷就为难了。

腊梅作为梅花的一种，大抵是由于也叫梅，才会被列入同一谱系中的吧？不过腊梅有这样的品德，梅花也会乐于跟它联宗的。我认为还有一种花，也应当是腊梅的异姓兄弟，那就是玫瑰。它们的气味相同，全都浓郁到了极致，又全都毫无保留地让人们来观赏。有人说它“过犹不及”，应当要适中。但是这份浓郁就是它们的天性，花一开就色深味重，如果强制要求它们适中，这是不可能的。

桃

【原文】

凡言草木之花，矢口即称桃李，是桃李二物，领袖群芳者也。其所以领袖群芳者，以色之大都不出红白二种，桃色为红之极纯，李色为白之至洁，“桃花能红李能白”一语，足尽二物之能事。然今人所重之桃，非古人所爱之桃；今人所重者为口腹计，未尝究及观览。大率桃之为物，可目者未尝可口，不能执两端事人。凡欲桃实之佳者，必以他树接之，不知桃实之佳，佳于接，桃色之坏，亦坏于接。桃之未经接者，其色极娇，酷似美人之面，所谓“桃腮”“桃靥”者①，皆指天然未接之桃，非今时所谓碧桃、绛桃、金桃、银桃之类也。即今诗人所咏，画图所绘者，亦是此种。此种不得于名园，不得于胜地，惟乡村篱落之间，牧童樵叟所居之地，能富有之。欲看桃花者，必策蹇郊行②，听其所至，如武陵人之偶入桃源，始能复有其乐。如仅载酒园亭，携姬院落，为当春行乐计者，谓赏他卉则可，谓看桃花而能得其真趣，吾不信也。噫，色之极媚者莫过于桃，而寿之极短者亦莫过于桃，“红颜薄命”之说，单为此种。凡见妇人面与相似而色泽不分者，即当以花魂视之，谓别形体不久也。然勿明言，至生涕泣。

【注释】

①桃腮：形容女孩子泛着粉红色的脸颊。

②蹇（jiǎn）：这里指的是跛足驴。

【译文】

人们只要说到草木的花，开口就会说到桃李，桃李可以算得上是群花之中的领袖了。桃李能够领导群花，是由于花的颜色大多都是红白两种，桃花的颜色算得上是红色之中最为纯粹的了，李花的颜色则为白色之中最为纯洁的了。“桃花能红李能白”这句话，足以概括桃李这两种花的特点。不过如今人们看重的桃，并非是古人所喜爱的桃。如今人们看重的是入口之后好不好吃，并不会去考虑其观赏性。整体而言，桃这种东西，看着好看却不一定好吃，不可能两方面都如人们料想的那般完美。想要让桃子变得好吃，就要将桃树嫁接到其他树上，不过人们只知道桃子味道好，却不知道是由于嫁接的缘故；桃花的颜色变得不好，也是因为嫁接。没有嫁接的桃花，颜色十分娇艳，就像是美人的脸。所说的“桃腮”“桃靥”，指的都是天然没有嫁接过的桃花，而并非是如今所说的碧桃、绛桃、金桃、银桃这些。就算是如今诗人所吟咏的、画家所描绘的，也指的是那些纯天然的桃花。这样天然的桃树在现在的名园中已经看不到了，游览胜地也看不到了，只能在乡村农舍、牧童樵夫居住的地方，才能偶然得见。想要观赏桃花的人，一定要骑着驴到郊外去，让毛驴到处游走，就像是武陵人偶然闯入桃花源那样，才能再次得到那般情趣。如果只是备齐了酒食，携带美人，到园庭院落之中，当作是春游行乐，如果说是去观赏其他花卉还说得过去，要是说去观赏桃花而且能够获得其中的乐趣，我就不相信了。唉，颜色最为妖媚的是桃花，寿命最短的也是桃花。“红颜薄命”这样的说法，就是针对桃花来说的。只要看到女子的脸颊跟桃花相似，色泽与桃花相近的，就应当成花魂来对待，说明她过不了多久就要魂体相离了。不过不能对她讲明，以免她为此伤心落泪。

李

【原文】

李是吾家果，花亦吾家花，当以私爱嬖之，然不敢也。唐有天下，此树未闻得封。天子未尝私庇，况庶人乎？以公道论之可已。与桃齐名，同作花中领袖，然而桃色可变，李色不可变也。“邦有道，不变塞焉，强哉

矫！邦无道，至死不变，强哉矫！”自有此花以来，未闻稍易其色，始终一操，涅而不淄[1]，是诚吾家物也。至有稍变其色，冒为一宗，而此类不收，仍加一字以示别者，则郁李是也。李树较桃为耐久，逾三十年始老，枝虽枯而子仍不细，以得于天者独厚，又能甘澹守素，未尝以色媚人也。若仙李之盘根，则又与灵椿比寿。我欲绳武而不能，以著述永年而已矣。

【注释】

①涅（niè）而不淄（zī）：指的是品格高尚，不受恶劣环境影响。

【译文】

李子是我本家的果实，李花也算是我本家的花，本应当对其有所偏爱，不过我却不敢。李唐王朝坐拥天下的时候，都没有听说要给这种树封赏。连天子都没有私下对其进行庇护，更何况我这样的平民百姓呢？只要站在公正的立场上评价它就够了。李花与桃花齐名，均是花中的领袖，不过桃花的颜色可以变化，而李花的颜色却不会。“国家治理妥当，却不会在困难时期改

变所拥有的节操，这才算是真正的强硬；国家治理得不好，到死也不更改节操，这也算是真正的强硬。”自从有了这种花以来，就没听说花的颜色有一丝改变，一直都是这样，坚守节操，不会被恶劣的环境影响，这才算得上是李家的成员。至于颜色稍稍有一些变化，假冒是同一宗族的，但是并没有被这一家族所接受，于是就给它加上了一个字来区别，就是郁李。李树要比桃树更能耐久，三十年之后才逐渐开始变老，就算是老得树枝都枯萎了，果实依然会十分饱满。这是由于它得天独厚，又甘于平淡，不会用姿色来取悦于人。就像是仙境之中的李树一般盘根错节，足以跟拥有灵性的椿树的寿命相比了。我想继承它的品质却无法做到，只能通过写文章来让这些高尚的品质得以流传而已。

藤本

小序

【原文】

藤本之花，必须扶植。扶植之具，莫妙于从前成法之用竹屏。或方其眼，或斜其槅，因作葳蕤柱石①，遂成锦绣墙垣，使内外之人，隔花阻叶，碍紫间红，可望而不可亲，此善制也。无奈近日茶坊酒肆，无一不然，有花即以植花，无花则以代壁。此习始于维扬，今日渐及他处矣。市井若此，高人韵士之居，断断不应若此。避市井者，非避市井，避其劳劳攘攘之情，锱铢必较之陋习也。见市井所有之物，如在市井之中，居处习见，能移性情，此其所以当避也。即如前人之取别号，每用川、泉、湖、宇等字，其初未尝不新，未尝不雅，追后商贾者流，家效而户则之，以致市肆标榜之上，所书姓名非川即泉，非湖即宇，是以避俗之人，不得不去之若浼[②]。迩来缙绅先生悉用斋、庵二字，极宜；但恐用者过多，则而效之者，又入从前标榜，是今日之斋、庵，未必不是前日之川、泉、湖、宇。虽曰名以人重，人不以名重，然亦实之宾也。已噪寰中者仍之，继起诸公似应稍变。

人问植花既不用屏，岂遂听其滋蔓于地乎？曰：不然。屏仍其故，制略新之。虽不能保后日之市廛[③]，不又变为今日之园圃，然新得一日是一日，异得一时是一时，但愿贸易之人，并性情风俗而变之。变亦不求尽变，市井之念不可无，垄断之心不可有。觅应得之利，谋有道之生，即是人间大隐。若是，则高人韵士，皆乐得与之游矣，复何劳扰锱铢之足避哉？花屏之制有三，列于《藤本》之末。

【注释】

①葳蕤（wēi ruí）：形容植物生长茂盛。

②浼（měi）：污染。

③市廛（chán）：店铺集中的地方。

【译文】

藤本植物的花，一定要进行扶植。扶植的工具，最好的就是过去经常使用的竹篱笆。可以排列成方眼，如此将竹篱笆当成石柱，成为锦绣的墙垣，让院子内外的人，都会被这片竹篱笆和姹紫嫣红的花和叶所阻隔，那些花能够远远地观赏却不能亲近，这是一个绝佳的方法。无奈的是这些日子，茶坊酒馆，全都采用这样的竹篱笆，只要是有花的地方就用它来扶植，没有花的地方也用它来代替墙壁。这样的做法是从扬州开始的，如今已经逐渐蔓延到了其他地方。街市中是这样，贤人雅士的居所，万不能这样。躲避闹市的人，并非是在躲避闹市，而是在躲避城市之中匆忙熙攘的情形，锱铢必较的陋习。看见街市中所拥有的东西，就仿佛置身于街市之中，在住的地方看多了这样的东西，就会改变性情，这是要躲避的原因。就像是过去的人取别号，经常会用“川”“泉”“湖”“宇”这些字，起初的时候还觉得新奇、雅致，到了后来商家们也纷纷效仿，每家每户都进行模仿，以至于后来街市的招牌上所写的姓名，不是“川”，就是“泉”，不是“湖”，便是“宇”，因此想要避俗的人，不得不像去除脏东西一样将那些字去除。最近的士大夫们，经常会用“斋”“庵”两个字，十分恰当。只是担忧用的人过多，就会步入过去的俗套，如此一来今天的“斋”“庵”未必不会像过去的“川”“泉”“湖”“宇”一样泛滥。虽说名字会由于人而变得重要，人并不会因为名字而变得重要，但是从主从关系上来看，已经名噪天下的人能够继续这样做，但是各位似乎应当稍加变化。

有人问：种花如果不用篱笆，难道任凭它在地上滋长蔓延吗？我说不是这样，篱笆仍然要用，只是式样要稍加改变。即使不能保证以后的街市会不会又变成今天的园圃，但能新一天是一天，能异一时是一时。但愿那些商人们，性情会因为崇尚流行的事物的变化而变化。变也不要求全变，市井的观念不可以没有，垄断的想法不可以有。谋求应得的利益，追求有意义的人生，这才是人间真正的隐士。如果是这样，那么高人雅士都会乐意与他们交游了，又何必想方设法逃避街市的生活呢？花篱笆的格式有三种，列在《藤本》的后面。

蔷薇

【原文】

结屏之花，蔷薇居首。其可爱者，则在富于种而不一其色。大约屏间之花，贵在五彩缤纷，若上下四旁皆一其色，则是佳人忌作之绣，庸工不绘之图，列于亭斋，有何意致？他种屏花，若木香、酴醾、月月红诸本，族类有限，为色不多，欲其相间，势必旁求他种。蔷薇之苗裔极繁，其色有赤，有红，有黄，有紫，甚至有黑；即红之一色，又判数等，有大红、深红、浅红、肉红、粉红之异。屏之宽者，尽其种类所有而植之，使条梗蔓延相错，花时斗丽，可傲步幛于石崇①。然征名考实，则皆蔷薇也。是屏花之富者，莫过于蔷薇。他种衣色虽妍，终不免于捉襟露肘。

【注释】

①石崇：西晋著名的文学家，字季伦。祖籍渤海南皮（今属河北），生于青州，因此有小名为齐奴。石崇年少聪慧，智勇双全。曾在出任南中郎将、荆州刺史的时候，劫掠客商，遂致巨富，生活奢靡。曾在跟王恺比谁更有钱的时候，为了炫耀用贵重的彩缎铺设了五十里屏障。

【译文】

开在篱笆上的花，蔷薇应当是最合适的。蔷薇的可爱之处，在于它的种类繁多，而颜色不一。总体来讲，点缀篱笆的花，贵在五彩缤纷，如果上下左右都是一种颜色，就成了美人最为忌讳的刺绣，平庸的画匠都不愿去画这样的画，将它放置在亭子书斋中，哪里还有什么闲情雅致呢？其他装饰篱笆的花，像木香、酴醾、月月红这些，种类有限，颜色也不多，想要让各种颜色相互交杂，必然要去寻找其他品种。蔷薇的品种繁多，颜色有赤色、红色、黄色、紫色，甚至还有黑色。就算只是红这一种颜色，也还要分为几个类型，有着大红、深红、浅红、肉红、粉红的区别。篱笆较宽的，可以将所有的种类全都种上，让枝条蔓延交错，花开的时候争奇斗艳，要比石崇的五十里屏障更加夺目。不过一旦询问姓名，仔细观察，就会发现全都是蔷薇。如此看来，能够将篱笆装饰得丰富多彩的，只有蔷薇了。其他的花颜色虽然漂亮，却缺少变化，装饰起来难免捉襟见肘。

木香

【原文】

木香花密而香浓，此其稍胜蔷薇者也。然结屏单靠此种，未免冷落，势必依傍蔷薇。蔷薇宜架，木香宜棚者，以蔷薇条干之所及，不及木香之远也。木香作屋，蔷薇作垣①，二者各尽其长，主人亦均收其利矣。

【注释】

①垣：墙。

【译文】

木香花开得紧凑，香味浓郁，这是稍稍胜过蔷薇的地方。不过只靠木香来装点篱笆，难免会显得冷落，因此一定要跟蔷薇一起。蔷薇适合架植，木香适合在棚顶上种植，原因是蔷薇的枝条、枝干并没有木香那么长。木香适合当搭棚，蔷薇适合作墙，这两种植物都在发挥自己的特点，主人也能同时获取两种花带来的好处。

草本

小序

【原文】

草本之花，经霜必死；其能死而不死，交春复发者，根在故也。常闻有花不待时，先期使开之法，或用沸水浇根，或以硫黄代土，开则开矣，花一败而树随之，根亡故也。然则人之荣枯显晦，成败利钝，皆不足据，但询其根之无恙否耳。根在，则虽处厄运，犹如霜后之花，其复发也，可坐而待也，如其根之或亡，则虽处荣朊显耀之境，犹之奇葩烂目，总非自开之花，其复发也，恐不能坐而待矣。予谈草木，辄以人喻。岂好为是哓哓者哉[1]？世间万物，皆为人设。观感一理，备人观者，即备人感。天之生此，岂仅供耳目之玩、情性之适而已哉？

【注释】

①哓（xiāo）哓者：争吵不休的人。

【译文】

草本的花，霜一打就枯死了。它虽然看上去像是死了其实并未死，春天一到就会再次开花，这是它的根还活着的原因。经常听人说让花在花期之前开放的方法，就是用开水浇它的根，或者用硫磺代替土来培育。如此花开倒是开了，不过花一败树也就死了，这是由于它的根被烫死了。如此说来，人的荣枯显晦，成败得失，均无法成为生命长短的凭证，只有去询问他的根基是否受到损伤。根基还在，那么即便是处于厄运之中，也会像被霜打过的花一样，还是可以期待重新开花的；如果根基不存在了，就算是依旧处于繁荣显赫的境地，就像奇花绚烂夺目，总不是自然开出的花，让它重新开花，恐怕无法等到了。

我一提到草木，就用人来比喻，难道只是为了说废话吗？世间万物，全都是为人类所设置的，观赏与感受也是一样的道理，供人观赏的，就能够让人有所感受。天生有这些东西，难道只是为了让人们欣赏，陶冶情操的吗？

兰

【原文】

“兰生幽谷，无人自芳”，是已。然使幽谷无人，兰之芳也，谁得而知之？谁得而传之？其为兰也，亦与萧艾同腐而已矣。“如入芝兰之室，久而不闻其香”，是已。然既不闻其香，与无兰之室何异？虽有若无，非兰之所以自处，亦非人之所以处兰也。吾谓芝兰之性，毕竟喜人相俱，毕竟以人闻香气为乐。文人之言，只顾赞扬其美，而不顾其性之所安，强半皆若是也。然相俱贵乎有情，有情务在得法；有情而得法，则坐芝兰之室，久而愈闻其香。兰生幽谷与处曲房，其幸不幸相去远矣。兰之初着花时，自应易其坐位，外者内之，远者近之，卑者尊之；非前倨而后恭[1]，人之重兰非重兰也，重其花也，叶则花之舆从而已矣。居处一定，则当美其供设，书画炉瓶，种种器玩，皆宜森列其旁。但勿焚香，香薰即谢，匪妒也，此花性类神仙，怕亲烟火，非忌香也，忌烟火耳。若是，则位置堤防之道得矣。然皆情也，非法也，法则专为闻香。“如入芝兰之室，久而不闻其香”者，以其知入而不知出也，出而再入，则后来之香，倍乎前矣。故有兰之室不应久坐，另设无兰者一间，以作退步，时退时进，进多退少，则刻刻有香，虽坐无兰之室，若依倩女之魂。是法也，而情在此中矣。如止此室，则以门外作退步，或往行他事，事毕而入，以无意得之者，其香更甚。此予消受兰香之诀，秘之终身，而泄于一旦，殊可惜也。

此法不止消受兰香，凡属有花房舍，皆应若是。即焚香之室亦然，久坐其间，与未尝焚香者等也。门上布帘，必不可少，护持香气，全赖乎此。若止靠门扇开闭，则门开尽泄，无复一线之留矣。

【注释】

①前倨（jù）而后恭：在《战国策·秦策一》中记载说苏秦游说秦王未果，回到家中受到了嫂子的冷嘲热讽，后发奋读书，在游说赵国时成功。后遇到嫂子，嫂子爬着来见他，苏秦问："嫂何故前倨而后恭也？"

【译文】

"兰生幽谷，无人自芳。"确实如此。不过如果幽谷之中没有人，那么兰花的芳香，谁又能够知晓？谁又能将它宣扬出去呢？这样的兰花，也就跟野蒿臭草一样只能等着腐烂了。"如入芝兰之室，久而不闻其香。”确实如此，不过既然闻不到它的香气，那么有兰花的屋子跟没有兰花的屋子又有什么不同呢？虽然有却好像没有，这并非是兰花自处的原因，也并非是人们正确对待兰花的方法。我认为兰花生性喜欢跟人相处，会为人能够闻到它的香气而高兴。文人的言语，大多都只顾着去赞赏兰花的美，却忘记了它的天性。人跟兰花相处贵在情趣，想要有情趣就要知道方法；既有情趣又知道方法，那么坐在放有兰花的屋子里，时间越长便越能闻到兰花的香气。兰花生长在偏远的山谷以及幽静的房间之中，它的幸运与不幸有着很大的差异。兰花刚刚长出花蕾的时候，应当挪动它的位置，原本存放在室外的要搬到室内，放在远处的就要搬到近处，放在低处的就要搬到高处。这并非是开始冷漠它而后来又对它百般恭敬，而是由于人们看重兰花，并非是看重它本身，而是看重它的花，叶子不过是花的陪衬罢了。兰花摆放的地方一旦定下来，那么就要去美化它周围的摆设，书画、香炉、瓶子等器物，应当有序地摆放在旁边。不过不要去焚香，因为兰花一旦被香熏就会凋谢。这并非是嫉妒，而是由于兰花的性情跟神仙类似，怕接近烟火，也并非是忌讳香，而是忌讳火。如此，摆放以及该提防的东西都会处理妥当。不过这里提到的均是情趣问题，而并非是方法，方法是为了专门去闻香气而制定的。“如入芝兰之室，久而不闻其香。”是由于人们只知道进去，却不知道出来，出去之后再进去，就能够闻到香气了，而且会显得比之前闻到的更加浓郁。因此，不应该在摆放兰花的房间中待太长时间，要另外准备的一间并没有兰花的房子，作为退避的地方。一会儿出来一会儿进去，进入摆放有兰花的房间的时间长了，退出来的时间短了，就能够每时每刻都闻到香气。就算坐在没有兰花的房间之中，香味也能像倩女的游魂一般跟在身边。这是一种观赏兰花的方法，而情趣也在这些方法之中。如果只有摆放兰花的房子，就应当把门外当作退避的地方，可以适当走出去办一些别的事情，事情办好之后再进来，如此在无意之中闻到的香味会显得更加浓郁。这是我享受兰花香味的秘诀，我一直保留着这个秘密，却不小心泄露了出去，着实让人可惜。

这样的方法不仅可以用来欣赏兰花，只要是摆放花的房间，都能够这样做，就算在烧香的房子里也能够这样做，在烧了香的房间里待久了，就跟没有烧香一般闻不到香气。门上的布帘是不能缺少的，想要保留香气都要依靠它。如果只是靠门扇来开关，那么门一开，香味就跑出去了，不会保留一丝。

菊

【原文】

菊花者，秋季之牡丹、芍药也。种类之繁衍同，花色之全备同，而性能持久复过之。从来种植之书，是花皆略，而叙牡丹、芍药与菊者独详。人皆谓三种奇葩，可以齐观等视，而予独判为两截，谓有天工、人力之分。何也？牡丹、芍药之美，全仗天工，非由人力。植此二花者，不过冬溉以肥，夏浇为湿，如是焉止矣。其开也，烂漫芬芳，未尝以人力不勤，略减其姿而稍俭其色。菊花之美，则全仗人力，微假天工。艺菊之家，当其未入土也，则有治地酿土之劳，既入土也，则有插标记种之事。是萌芽未发之先，已费人力几许矣。迨分秧植定之后，劳瘁万端[①]，复从此始。防燥也，虑湿也，摘头也，掐叶也，芟蕊也[②]，接枝也，捕虫掘蚓以防害也，此皆花事未成之日，竭尽人力以俟天工者也。即花之既开，亦有防雨避霜之患，缚枝系蕊之勤，置盏引水之烦，染色变容之苦，又皆以人力之有余，补天工之不足者也。为此一花，自春徂秋，自朝迄暮，总无一刻之暇。必如是，其为花也，始能丰丽而美观，否则同于婆娑野菊，仅堪点缀疏篱而已。若是，则菊花之美，非天美之，人美之也。人美之而归功于天，使与不费辛勤之牡丹、芍药齐观等视，不几恩怨不分，而公私少辨乎？吾知敛翠凝红而为沙中偶语者，必花神也。

自有菊以来，高人逸士无不尽吻揄扬，而予独反其说者，非与渊明作敌国。艺菊之人终岁勤动，而不以胜天之力予之，是但知花好，而昧所从来。饮水忘源，并置汲者于不问，其心安乎？从前题咏诸公，皆若是也。予创是说，为秋花报本，乃深于爱菊，非薄之也。予尝观老圃之种菊，而慨然于修士之立身与儒者之治业。使能以种菊之无逸者砺其身心，则焉往而不为圣贤？使能以种菊之有恒者攻吾举业，则何虑其不掇青紫？乃士人爱身爱名之心，终不能如老圃之爱菊，奈何！

【注释】

①瘁（cuì）：劳累。

②芟（shān）：去除。

【译文】

菊花是秋天的牡丹和芍药。菊花种类繁多，花色也十分齐全，不过菊花的花期要比牡丹和芍药长。从来讲解种植的书籍，都会将其他花的种植写得十分简单，唯独在讲到牡丹、芍药和菊花的时候会记载得十分详细全面。人们会将这三种花同等看待，只有我说它们是截然不同的，有天工和人力的差异。为什么会这么说呢？牡丹与芍药的美，依靠的全都是自然，而并非人力。种植这两种花，不过是在冬天施施肥，夏天浇浇水，如此就行了。开花的时候，颜色缤纷，气味芬芳，不会由于人们不够勤快，而减少优美的姿态或者娇艳的色彩。菊花的美，则依靠的全都是人力，只是稍微借助一些天工。种植菊花的人家，在还没有开始种植它的时候，就要腾出地方，寻找肥沃的土壤，之后才能种植，才有了插标记种的差事。如此，在菊花尚未萌芽的时候，就已经耗损了大量人力。在分株种植之后，各种勤苦的事情才刚刚正式拉开序幕：抗旱、防涝、摘头、掐叶、去蕊、接枝，还要捉虫、挖蚯蚓，来防止菊花被损害。这些都是在开花之前，拼尽全力去等候上天的恩赐。等到花开了之后，又要防雨避霜，缚枝系蕊，置盏引水，染色变容的苦恼，这都是用辛苦的人力来弥补天工的不足。为了这种花，从春天到秋天，从早到晚，不得片刻闲暇。只有这样，菊花才能开得丰满、娇艳、美丽。不然的话，就会如婆娑的野菊花一般，只能用来点缀稀疏的篱笆了。如此说来，就能够知晓菊花的美，并非是上天恩赐的，而是人为让它变得美丽的。是人让它变得漂亮，却将功劳算在了上天身上，将它与不用消耗人们过多辛苦的牡丹、芍药同等看待，这难道不是恩怨不分、公私不辨吗？我想，那些神情凝重、发着满腹牢骚的人，一定是花神了。

自从有了菊花之后，文人雅士没有不称赞它的，而我唯独跟他们的看法相反，并非是在跟陶渊明作对。种植菊花的人，一年到头都在辛苦劳作，却没有人去称赞他们巧夺天工的能力，人们只知道花漂亮，却不知道这种漂亮是从哪里来的。饮水忘记了源头，并对收集水的人不闻不问，能心安理得吗？过去写诗来颂扬菊花的人是这么做的。我提出了这种观点，主要是想要代菊花报恩，是对菊花的厚爱，并非是在轻视它。我曾经看过老园丁种植菊花，因此对那些修身治学的人颇为感慨。如果他们想要通过种菊这种并非是为了追求安逸的精神来磨炼自己的身心，如何能够不成为圣贤呢？如果想要通过种植菊花的恒心来努力学习，还担心不能功成名就吗？读书人的那种爱身爱名的心态，终究无法像老园丁爱菊那般，又有什么办法啊！

众卉

小序

【原文】

草木之类，各有所长，有以花胜者，有以叶胜者。花胜则叶无足取，且若赘疣，如葵花、蕙草之属是也。叶胜则可以无花，非无花也，叶即花也，天以花之丰神色泽归并于叶而生之者也。不然，绿者叶之本色，如其叶之，则亦绿之而已矣，胡以为红、为紫、为黄、为碧、如老少年、美人蕉、天竹、翠云草诸种，备五色之陆离[①]，以娱观者之目乎？其有青之绿之，亦不同于有花之叶，另具一种芳姿。是知树木之美，不定在花，犹之丈夫之美者，不专主于有才，而妇人之丑者，亦不尽在无色也。观群花令人修容，观诸卉则所饰者不仅在貌。

【注释】

①陆离：色彩繁杂绚丽。

【译文】

草木之中，各有所长，有的因为花朵而取胜，有的因为叶子而取胜。凭借花朵而取胜的，往往叶子没有什么可取之处，而且就像是累赘一般，比如葵花、蕙草这类的就是这样；凭借叶子取胜的植物可以没有花，不是没有花，叶子就成了花，上天将花的神韵全都放在了叶子上。不然，绿色是叶子的本色，想要将它看成叶子，只要它长成绿色就行了，为什么还要有红色、紫色、黄色和青绿色，就像是老少年、美人蕉、翠云草这几种，五彩缤纷的，难道只是为了取悦观赏者的眼睛吗？就算是长成了青色、绿色的叶子，也并不像有花的植物的叶子，而是另有一种美态。从这里便能知晓树木的美丽，并非在于花，就像是男子的英俊，不仅在于有才，而女子的丑陋，也并非是没有姿色。看花让人懂得去修饰容貌，而看草让人明白修饰的不只是容貌了。

芭蕉

【原文】

幽斋但有隙地，即宜种蕉。蕉能韵人而免于俗，与竹同功，王子猷偏厚此君，未免挂一漏一。蕉之易栽，十倍于竹，一二月即可成阴。坐其下者，男女皆入画图，且能使台榭轩窗尽染碧色，绿天之号，洵不诬也[①]。竹可镌诗，蕉可作字，皆文士近身之简牍。乃竹上止可一书，不能削去再刻；蕉叶则随书随换，可以日变数题，尚有时不烦自洗，雨师代拭者，此天授名笺，不当供怀素一人之用。予有题蕉绝句云："万花题遍示无私，费尽春来笔墨资。独喜芭蕉容我俭，自舒晴叶待题诗。"此芭蕉实录也。

【注释】

①洵（xún）：确实。

【译文】

幽静的书斋旁边有些空地，适合种植

芭蕉。芭蕉能够让人有情趣却又不落俗套，与竹子有着一样的作用。王子猷偏爱竹子，未免漏掉了芭蕉。芭蕉要比竹子更容易成活，成活的概率是竹子的十倍，一两个月便能够长出树荫。坐在芭蕉树的下面，男女均能进入图画，而且能够让亭台楼阁全都染上绿色。唐朝僧人怀素将其居所的芭蕉屋称为“绿天庵”，着实恰当。竹子上面可以刻诗，芭蕉的叶子上面也能够写字，都是文人随时可以采用的纸张。竹子上只能刻一次字，不能削掉再刻，而芭蕉上的字却可以随时写随时改，能够在一天之内写好几种题目。有时还不用自己去洗，老天会让雨水来帮忙，这叫作天授笺，不该只给怀素一个人使用。我写了一首关于芭蕉的绝句：“万花题遍示无私，费尽春来笔墨资。独喜芭蕉容我俭，自舒晴叶待题诗。”这便是芭蕉的真实写照。

竹木

小序

【原文】

竹木者何？树之不花者也。非尽不花，其见用于世者，在此不在彼，虽花而犹之弗花也。花者，媚人之物，媚人者损己，故善花之树多不永年[①]，不若椅、桐、梓、漆之朴而能久[②]。然则树即树耳，焉如花为？善花者曰：“彼能无求于世则可耳，我则不然。雨露所同也，灌溉所独也；土壤所同也，肥泽所独也。子不见尧之水、汤之旱乎？如其雨露或竭，而土不能滋，则奈何？盍舍汝所行而就我？”不花者曰：“是则不能，甘为竹木而已矣。”

【注释】

①多不永年：大多存活的时间不长。

②椅、桐、梓、漆：这里指的是四种树木的名字，这些树木都是用于制造琴瑟的好材料。

【译文】

竹木是什么？就是不会开花的树。也并非全都不开花，只是它对世人的贡献，并不在于花而在其他方面，开花跟不开是一样的。花是取悦于人的东西，取悦人往往会损害自己，因此凭借花而取胜的树木大多都活不长，不像柏、桐、梓、漆这些朴实的树木活得长久。不过树就是树，何必要学着跟花一样呢？擅长开花的树说："如果你对世人没有什么需求，那么就算不开花也是可以的，但是我跟你不同。虽然得到的雨露都一样，但是我通过开花可以得到人们的浇灌；土壤都是相同的，我能够得到肥料。你不知晓尧时的大水和汤时的大旱吗？如果出现那种缺少雨露或者土壤无法得到滋养的情况，你会如何？为什么不改变你现在的做法而向我学习呢？"不开花的树说："你的生存之道我无法办到，我甘心做竹木而已。"

竹

【原文】

俗云："早间种树，晚上乘凉。"喻词也。予于树木中求一物以实之，其惟竹乎！种树欲其成阴，非十年不可，最易活者莫如杨柳，求其阴可蔽日，亦须数年。惟竹不然，移入庭中，即成高树，能令俗人之舍，不转盼而成高士之庐。神哉此君，真医国手也！种竹之方，旧传有诀云："种竹无时，雨过便移，多留宿土，记取南枝。"予悉试之，乃不可尽信之书也。三者之内，惟一可遵，"多留宿土"是也。移树最忌伤根，土多则根之盘曲如故，是移地而未尝移土，犹迁人者并其卧榻而迁之，其人醒后尚不自

知其迁也。若俟雨过方移，则沾泥带水，有几许未便。泥湿则松，水沾则濡，我欲留土，其如土湿而苏，随锄随散之，不可留何？且雨过必晴，新移之竹，晒则叶卷，一卷即非活兆矣。予易其词曰："未雨先移。"天甫阴而雨犹未下①，乘此急移，则宿土未湿，又复带潮，有如胶似漆之势，我欲多留，而土能随我，先据一筹之胜矣。且栽移甫定而雨至，是雨为我下，坐而受之，枝叶根本，无一不沾滋润之利。最忌者日，而日不至；最喜者雨，而雨即来；去所忌而投以喜，未有不欣欣向荣者。此法不止种竹，是花是木皆然。至于"记取南枝"一语，尤难遵奉。移竹移花，不易其向，向南者仍使向南，自是草木之幸。然移草木就人，当随人便，不能尽随草木之便。无论是花是竹，皆有正面，有反面，正面向人，反面向空隙，理也。使记南枝而与人相左，犹娶新妇进门，而听其终年背立，有是理乎？故此语只当不说，切勿泥之。总之，移花种竹只有四字当记："宜阴忌日"是也。琐琐繁言，徒滋疑扰。

【注释】

①甫（fǔ）：刚刚，才。

【译文】

有一句俗语中说："早上种树，晚上乘凉。"这是一种比喻。如果一定要在树木之中找到实例，那么就只有竹子了。人们刚种完树，如果想要它成荫，那么一定要等上十年才行。最容易存活的树，应当是杨柳了，如果想要让它们成荫，也要用上几年的时间。只有竹子并非如此，栽到院子之中，用不了多久就能够成为遮蔽阳光的树荫，能够让俗人的家园转眼之间就变成高贵人家的庭院。它真是神奇啊！种植竹子的方法，过去流传说是："种竹子不用刻意去挑选时间，下过雨之后就移植，多保存一些原来的土，挑选朝南的竹枝。"这些我都尝试过，认为这些话并不能全信。三点之中只有一点是可以相信的，那就是多保存一些原来的土。移栽树木的时候最怕伤到根，土壤多的话，树根盘曲的形状就跟以前一样，只是换了个地方，却没有换它的土壤，就像是移动一个睡着的人，只要连他的床一同搬走，他醒来之后就不知晓自己被人移动了。如果等到下雨过后再移动，拖泥带水，就有些不方便。根上的泥土湿必然会有所松动，沾到水就容易沾上不好的东西，我打算保留土壤，但是土却又湿又松，锄下去就会散开，不锄又有什么办法呢？而且雨过天晴，新移植的竹子，被太阳一晒之后叶子就会卷曲，而叶子卷曲就是无法存活的先兆。我要变个说法就是："未雨先移。"在刚刚阴天还没有下雨之前，赶快移植，如此一来旧土没有湿，还带有潮气，就会易于结合。我想多留一些土，土就会跟着过来，这已经算是先胜一筹了。刚刚移植完就开始下雨了，如此一来雨就像是为我所下，我就能够坐等享用了，竹子的叶子与根都得到了浇灌。刚刚移植的竹子最怕阳光，而阳光不会出来；刚刚移植的竹子最喜欢雨，而雨就立刻跟着落下。避开竹子所害怕的而给予了它所喜欢的，竹子必然会长得茂盛。这样的方法不仅适用于移植竹子，只要是花木全都适合。对于"记取南枝"这句，是最难以办到的。移植竹子或者花，并不会改变它的朝向，朝南的依然朝向南，这对植物来说当然是好的。不过移植草木到人们所需要的地方，就应该看人的方便了，而不能根据草木的情况来定。不管是花还是竹，都有正反之分，正面朝向人，反面朝向空隙，是理所当然的。如果选取朝南的枝条，跟人要种的朝向恰恰相反，那么就像是娶新媳妇进门，任由她终年背着脸，哪有这样的道理？因此这句话

就当是没有人说过，万不能被它所束缚。总而言之，移植花或者竹，只需要记住四个字："宜阴忌日"就行了。我这般啰唆，只会让人感觉混乱、不知所措。

松柏

【原文】

"苍松古柏"，美其老也。一切花竹皆贵少年，独松、柏与梅三物，则贵老而贱幼。欲受三老之益者，必买旧宅而居。若俟手栽，为儿孙计则可，身则不能观其成也。求其可移而能就我者，纵使极大，亦是五更，非三老矣①。予尝戏谓诸后生曰："欲作画图中人，非老不可。三五少年，皆贱物也。"后生询其故。予曰："不见画山水者，每及人物，必作扶筇曳杖之形，即坐而观山临水，亦是老人矍铄之状。从来未有俊美少年厕于其间者。少年亦有，非携琴捧画之流，即挈盒持樽之辈，皆奴隶于画中者也。"后生辈欲反证予言，卒无其据。引此以喻松柏，可谓合伦。如一座园亭，所有者皆时花弱卉，无十数本老成树木主宰其间，是终日与儿女子习处，无从师会友时矣。名流作画，肯若是乎？噫，予持此说一生，终不得与老成为伍，乃今年已入画，犹日坐儿女丛中。殆以花木为我，而我为松柏者乎？

【注释】

①五更、三老：古时对德高望重的老人的尊称。"五更"要比"三老"的地位低一些。

【译文】

"苍松古柏"，是赞美松树的苍老。所有的花竹，均是在年纪小的时候最为珍贵，只有松、柏和梅这三种，是年岁越老就越为珍贵，而年纪越小的品质越为恶劣。想要享用这三种老树带来的好处，一定要购买老房子来居住，要亲手栽种，可以为子孙后代打算，只是无法亲眼看到它长到苍老。找那些能够移植到眼前的，就算长得很大，也只是五更而不是三老。我曾经在跟年轻人开玩笑的时候说过："能够成为画中的人，只有老人。十五岁的少年，都是被人轻视的。"年轻人询问这是什么缘故，我说："你没有看到画山水的人，一幅画中的人物，不是拄着拐杖的，就是坐着看山水的，全都是老年人的模样。在里面从未看到过美少年的身影。少年也是有的，不是捧着书拿着琴，就是端盒持酒杯的，全都是画里面的奴仆。"年轻人准备反驳我的话，但是到了最后也没有找到证据。用这来比喻松柏，可以说再恰当不过了。如果一所园林之中，只有一些柔柔弱弱的刚刚栽种的花草，没有几十株老成的树木在里面做领袖，就像是整天跟后辈小儿待在一起，却没有跟老师朋友交流一般。名流画，会是这样吗？唉，对于这种说法，我坚持了一辈子，却始终无法跟年迈的人成为伙伴，到了现在这般年纪，能够入画了，还整日都坐在后辈小儿中间。如果用花木来比喻我的话，不就是将我比喻成松柏了吗？

颐养部

行乐

小序

【原文】

伤哉！造物生人一场，为时不满百岁。彼夭折之辈无论矣，姑就永年者道之[①]，即使三万六千日尽是追欢取乐时，亦非无限光阴，终有报罢之日。况此百年以内，有无数忧愁困苦、疾病颠连、名缰利锁、惊风骇浪，阻人燕游，使徒有百岁之虚名，并无一岁二岁享生人应有之福之实际乎！又况此百年以内，日日死亡相告，谓先我而生者死矣，后我而生者亦死矣，与我同庚比算、互称弟兄者又死矣。噫，死是何物，而可知凶不讳，日令不能无死者惊见于目，而怛闻于耳乎！是千古不仁，未有甚于造物者矣。虽然，殆有说焉。不仁者，仁之至也。知我不能无死，而日以死亡相告，是恐我也。恐我者，欲使及时为乐，当视此辈为前车也。康对山构一园亭[2]，其地在北邙山麓[3]，所见无非丘陇。客讯之曰："日对此景，令人何以为乐？"对山曰："日对此景，乃令人不敢不乐。"达哉斯言！予尝以铭座右。兹论养生之法，而以行乐先之；劝人行乐，而以死亡怵之，即祖是意。欲体天地至仁之心，不能不蹈造物不仁之迹。

养生家授受之方，外藉药石，内凭导引，其借口颐生而流为放辟邪侈者则曰"比家"。三者无论邪正，皆术士之言也。予系儒生，并非术士。术士所言者术，儒家所凭者理。《鲁论·乡党》一篇，半属养生之法。予虽不敏，窃附于圣人之徒，不敢为诞妄不经之言以误世。有怪此卷以颐养命名，而觅一丹方不得者，予以空疏谢之。又有怪予著《饮馔》一篇，而未及烹饪之法，不知酱用几何，醋用几何，醝椒香辣用几何者。予曰：果若是，是一庖人而已矣，乌足重哉！人曰：若是，则《食物志》《尊生笺》《卫生录》等书，何以备载此等？予曰：是诚庖人之书也。士各明志，人有弗为。

【注释】

①永年：长寿，永久。

②康对山：名康海，字德涵，号对山，明朝的文学家、戏曲家。

③北邙（máng）山：位于河南省洛阳市的东北部，因此也被称为北邙。

【译文】

伤心啊！造物者造了一次人，却不让人活过百岁。那些早年夭折的就不说了，就说那些还算长寿的吧，就算三万六千天都是在追求快乐，也是有限的，终究有结束的那一天。更何况在百年之内，还要经历无数的忧愁困苦，不断的疾病，名利的牵绊，惊风与骇浪，阻止人们宴游，让人徒有百岁的虚名，却没有一两年在享受人类应当享受的幸福！更何况在百年之内，每日都会将死亡的消息告知于我，比我大的人死了，比我小的人也死了，跟我同岁的互相称兄道弟的人也死了。唉，到底什么是死亡呢，让人知道凶险却无法避免，让人天天触目惊心，而且惧怕听到这样的消息！像这般千古不仁的事情，没有谁比得了造物者。虽然如此，还有另外的说法。不仁正是仁到了极致的表现。知道我不能不死，就每天将死亡告知于我，这是在恐吓我。恐吓我，是想要让我及时行乐，应当将那些没来得及及时行乐的人当成前车之鉴。康对山建造了一个亭园，就位于北邙山山麓，能够观赏的不过是一些坟墓而已。客人询问说："每日对着这样的景色，如何能够让人快乐呢？"对山说："每天对着这样的景色，却让人不敢不快乐。"这是多么豁达的话啊！我曾经将其作为了我的座右铭。要论养身之法，也应当以行乐为先；劝人多行乐事，于是用死亡来恐吓他，就是出于如此打算。想要体察天地的至仁用心，不能不重复造物者不仁的事迹。

养生专家们所传授的方法，对外借助了药石，对内凭借自身的导引，并以养生为借口而放任自己，被称为"比家"。以上三种情况，不管是正是邪，全都是术士之言。我是儒生，而不是术士。术士所讲的是术，儒家所讲的是道理。《鲁论·乡党》一篇，有一半讲的都是养生的方法。我虽然不聪慧，自以为还能算是圣人的学生，不敢用荒诞不经的话语误导世人。有人责怪这一卷将颐养作为标题，却找不到一种养生的丹方，我为自己的才疏学浅而表示歉意。又有人责怪我写的《饮馔》一篇，并没有提到烹饪的方法，不知道要用多少酱，要用多少醋，盐、胡椒、香料、辣椒用多少。我说：如果是那样的话，不过是一名厨师罢了，有什么可以值得重视的！人们说：如果是这样，那么《食物志》《尊生笺》《卫生录》等书，为什么说得那么详细？我说：那才是真正的厨师用书。人各有志，不能勉强。

贵人行乐之法

【原文】

人间至乐之境，惟帝王得以有之；下此则公卿将相，以及群辅百僚[①]，皆可以行乐之人也。然有万几在念[②]，百务萦心[③]，一日之内，除视朝听政、放衙理事、治人事神、反躬修己之外，其为行乐之时有几？曰：不然。乐不在外而在心。心以为乐，则是境皆乐，心以为苦，则无境不苦。身为帝王，则当以帝王之境为乐境；身为公卿，则当以公卿之境为乐境。凡我分所当行，推诿不去者[④]，即当摈弃一切悉视为苦[⑤]，而专以此事为乐。谓我为帝王，日有万几之冗[⑥]，其心则诚劳矣，然世之艳慕帝王者，求为片刻而不能，我之至劳，人之所谓至逸也。为公卿将相、群辅百僚者，居心亦复如是，则不必于视朝听政、放衙理事、治人事神、反躬修己之外，别寻乐境，即此得为之地，便是行乐之场。一举笔而安天下，一矢口而遂群生[⑦]，以天下群生之乐为乐，何快如之？若于此外稍得清闲，再享一切应有之福，则人皇可比玉皇，俗吏竟成仙吏，何蓬莱三岛之足羡哉？此术非他，盖用吾家老子“退一步”法[⑧]。以不如己者视己，则日见可乐；以胜于己者视己，则时觉可忧。从来人君之善行乐者，莫过于汉之文、景[⑨]；其不善行乐者，莫过于武帝。以文、景于帝王应行之外，不多一事，故觉其逸；武帝则好大喜功，且薄帝王而慕神仙，是以徒见其劳。人臣之善行乐者，莫过于唐之郭子仪；而不善行乐者，则莫如李广。子仪既拜汾阳王，志愿已足，不复他求，故能极欲穷奢，备享人臣之福；李广则耻不如人，必欲封侯而后已，是以独当单于，卒致失道后期而自刭。故善行乐者必先知足，二疏云："知足不辱，知止不殆。"不辱不殆，至乐在其中矣。

【注释】

①群辅：诸多辅佐大臣。

②万几：指的是当政者处理的各种繁杂事务。

③萦（yíng）：牵挂。

④诿（wěi）：推托，推卸。

⑤摈（bìn）弃：排斥，抛弃。

⑥冗：繁忙，繁琐。

⑦矢口：随口的意思。

⑧退一步：指为人处世要礼让三分，不要跟人争。

⑨汉之文、景：西汉的文帝与景帝。两帝相继，社会比较安定富裕，史称“文景之治”。

【译文】

人世间最快乐的境界，只有帝王才能做到；帝王之下的公卿将相，以及权臣百官，均是可以行乐的人。不过他们有着繁杂的政务缠身，日理万机，一天之内，不仅要上朝听取各种政务，还要回到官署之中处理各种事务，管理百姓的事务，祭祀神灵，反省自己加强修养德行，如此一来，能够让他们消遣娱乐的时间还剩下多少呢？我认为：并非全都是这样。他们最大的快乐并不在于表面而在于内心，只要内心快乐，那么不管在什么时候，什么地点，都能产生无穷无尽的快乐。相反，如果内心痛苦，那么不管在什么时间，什么地点，都只能感受痛苦。作为帝王，就应当将帝王所处的环境作为快乐的境界；作为公卿，就应当将公卿所处的环境作为快乐的境界。只要属于自己的分内之事，想要推脱却推脱不了的事情，应当将除此之外的事情都抛弃，并将无关的事情视为痛苦，而只将自己能够处理的事情作为乐趣。如果我是帝王，每天要处理各种繁杂的事物，如此看来，他的身心确实是痛苦的，可是世界上那些羡慕帝王的人，他们可能连一会儿的帝王都当不了，帝王最大的劳苦，却被世人认为是世界上最大的快乐。身为公卿将相、群臣百官的人，也应当这样想，如此的话，就不用在临朝理政，回官署处理各种事务，管理百姓祀奉神明，反省自己加强修养德行之外，再去寻找其他乐趣了，而是将这里当成既可以施展才华，又能够消遣行乐的地方。一旦拿起笔就能够让天下太平，一开口就能够让百姓顺心如意，将天下百姓的快乐视为是自己的快乐，还有什么能够比这样更能让人感觉到快乐的呢？如果在处理

这些事情之外还能稍有一些闲暇时间，再去享受一切应当享受的幸福，那么人世间的帝王真的能够跟天上的玉皇大帝一较高下了，世间的俗吏竟然成了天上的仙官，如此一来，就算是蓬莱仙境又有什么可以羡慕的呢？这样的消遣娱乐的方法并非是什么别的方法，原本正是我的本家老子先生所说的“退一步”法，也就是“为人处世要礼让三分，不跟人争抢”的方法，将自己跟那些不如自己的人相比，那么每天都能感受到快乐；如果将自己跟那些比自己强的人相比，那么每时每刻都在担忧。一直以来帝王之中最会行乐的，没有超得过汉文帝与汉景帝的；最不会行乐的，没有超得过汉武帝的。由于文帝与景帝做帝王该做的事情之外，不多做一件事，如此让人们感觉他们很安乐；而武帝却好大喜功，自己虽然是帝王却轻视帝王，一味地去羡慕神仙，寻找神仙和仙丹妙药，因此白白为这些所苦恼。臣子之中最懂得行乐的，没有人能够超过唐代的郭子仪；最不会行乐的，没有人能够超得过汉代名将李广。郭子仪被封汾阳王之后，志向与心愿都得到了满足，也就不做他求，因此能够过肆意挥霍、荒淫腐化的生活，享尽了人间之福；而李广将军则认为自己的爵位不如人而感到耻辱，一定要达到封侯的目的才能够停止，因此他独自一人率领将士抗击匈奴单于，最终迷了路耽误了期限而不得不自杀谢罪。如此说来，善于行乐的人必须先要知足，汉代的疏广对其侄疏受说：“知足才不会招来侮辱，知道适可而止才不会招来危险。”既不会招来羞辱，也不会招来危险，最大的快乐也就在里面了。

贫贱行乐之法

【原文】

穷人行乐之方，无他秘巧，亦止有退一步法。我以为贫，更有贫于我者；我以为贱，更有贱于我者；我以妻子为累，尚有鳏寡孤独之民[①]，求为妻子之累而不能者；我以胼胝为劳[2]，尚有身系狱廷，荒芜田地，求安耕凿之生而不可得者[3]。以此居心，则苦海尽成乐地。如或向前一算，以胜己者相衡，则片刻难安，种种桎梏幽囚之境出矣[4]。一显者旅宿邮亭，时方溽暑[5]，帐内多蚊，驱之不出，因忆家居时堂宽似宇，簟冷如冰，又有群姬握扇而挥，不复知其为夏，何遽困厄至此[6]！因怀至乐，愈觉心烦，遂致终夕不寐。一亭长露宿阶下，为众蚊所啮，几至露筋，不得已而奔走庭中，俾四体动而弗停，则啮人者无由厕足[7]；乃形则往来仆仆，口则赞叹嚣嚣，一似苦中有乐者。显者不解，呼而讯之，谓："汝之受困，什佰于我，我以为苦，而汝以为乐，其故维何？"亭长曰："偶忆某年，为仇家所限，身系狱中。维时亦当暑月，狱卒防予私逸，每夜拘挛手足，使不得动摇，时蚊蚋之繁，倍于今夕，听其自啮，欲稍稍规避而不能，以视今夕之奔走不息，四体得以自如者，奚啻仙凡人鬼之别乎[8]！以昔较今，是以但见其乐，不知其苦。"显者听之，不觉爽然自失[9]。此即穷人行乐之秘诀也。

不独居心为然，即铸体炼形，亦当如是。譬如夏月苦炎，明知为室庐卑小所致，偏向骄阳之下来往片时，然后步入室中，则觉暑气渐消，不似从前酷烈；若畏其湫隘而投宽处纳凉，及至归来，炎蒸又加十倍矣。冬月苦冷，明知为墙垣单薄所致，故向风雪之中行走一次，然后归庐返舍，则觉寒威顿减，不复凛冽如初；若避此荒凉而向深居就燠，及其再入，战慄又作何状矣。由此类推，则所谓退步者，无地不有，无人不有，想至退步，乐境自生。予为两间第一困人，其能不死于忧，不枯槁于迍邅蹭蹬者，皆用此法。又得管城一物，相伴终身，以扫千军则不足，以除万虑则有余。然非善作退步，即楮墨亦能困人。想虞卿著书，亦用此法，我能公世，彼特秘而未传耳。

由亭长之说推之，则凡行乐者，不必远引他人为退步，即此一身，谁无过来之逆境？大则灾凶祸患，小则疾病忧伤。"执柯伐柯，其则不远。"取而较之，更为亲切。凡人一生，奇祸大难非特不可遗忘，还宜大书特书，高悬座右。其裨益于身者有三：孽由己作，则可知非痛改，视作前车；祸自天来，则可止怨释尤，以弭后患；至于忆苦追烦，引出无穷乐境，则又警心惕目之余事矣。如曰省躬罪己，原属隐情，难使他人共睹，若是则有包含韫藉之法⑩：或止书罹患之年月，而不及其事；或别书隐射之数语，而不露其详；或撰作一联一诗，悬挂起居亲密之处，微寓己意，不使人知，亦淑慎其身之妙法也。此皆湖上笠翁瞒人独做之事，笔机所到，欲讳不能，俗语所谓“不打自招”者，非乎？

【注释】

①鳏（guān）寡孤独：语出《孟子·梁惠王下》：“老而无妻曰鳏，老而无夫曰寡，老而无子曰独，幼而无父曰孤：此四者，天下之穷民而无告者。”泛指没有劳动力而独居无依无靠的人。

②胼胝（pián zhī）：手足因为劳动或运动长期摩擦而生的茧块。

③耕凿：语出《击壤歌》：“日出而作，日入而息，凿井而饮，耕田而食，帝力于我何有哉？”这里泛指耕种、务农。

④桎梏（zhì gù）：脚镣和手铐。古代用以拘系罪人手脚的刑具。幽囚：囚禁。

⑤溽（rù）暑：又潮湿又闷热，指盛夏的气候。

⑥何遽（jù）：怎么就，为什么就。

⑦厕足：插足，涉足。

⑧奚啻（chì）：亦作“奚翅”。何止，岂但。

⑨爽然：茫然无主见的样子。

⑩韫藉（yùn jiè）：即“蕴藉”，含蓄而不显露。

【译文】

穷苦人行乐的方法，没有什么技巧秘诀可言，也只有退一步的方法。我认为自己贫穷，但是还有很多比我更加贫穷的人；我认为自己地位卑贱，但是还有地位比自己更加卑贱的人；我觉得妻子儿女拖累了自己，可是还有一些没有劳动力，孤寡无依的百姓，他们想要得到妻子儿女的拖累都没有办法得到；我因为劳动手掌都磨起老茧而感到疼痛的时候，还有人被关押在监牢之中，只能眼睁睁看着田地被荒废，想要安心耕种却无法办到。如果心里全都能这样想，那么就是苦海也都成了快乐境地。如果人们总是跟高处比，拿超过自己的人作为标准进行衡量，那么内心将难有片刻的安宁，如此一来，被禁锢戴上枷锁的种种苦象浮现在人们眼前。一个达官贵人在旅途之中，投宿在官差传递公文所住的驿站之中，当时正值又潮湿又闷热的盛夏，床帐中有很多蚊子，无法赶走，因此就不禁想起在家中居住时庭堂宽敞，竹席凉爽得像是被冰镇过一样，还有成群的姬妾挥着扇子给他祛暑，让人感觉不到当时还是盛夏，如何会沦落到如此窘迫的处境呢！因为总是惦念着过去那种让人快乐的环境，便觉得更加心烦意乱，以致彻夜无法入眠。这时有一位亭长露宿在台阶之下，身上被多只蚊子叮咬，咬得他差不多快要露出筋骨来，不得已只能在院子里跑来跑去，使四肢活动起来而让那些咬人的蚊子没有机会停在自己身上；他就这样来回不断地奔跑，不去顾及旅途的辛劳，口里不断发出赞叹之声，完全就像一个苦中作乐的人。那位显贵的人无法理解他的行为，于是将亭长喊过来问他说："你所要承受的苦痛，要比我严重十倍、百倍，我已经觉得十分辛苦了，可你却还是觉得快乐，这是为什么呢?"亭长回答说："我突然想起有一年，曾经被仇家陷害，将我关入了监牢之中，当时正值盛夏，狱卒为了防止我逃跑，每天晚上都会将我的手脚捆绑起来，不能动弹一下。当时的蚊子实在是太多了，是现在晚上的一倍多，我只能任由它们叮咬，想要躲避一下却无法办到，比起现在晚上可以来回跑动，四肢能够自由活动，简直就是人间与地狱的差距啊！用过去跟现在比较，我就只会觉得其中的欢乐，而感觉不到其中的痛苦了。"那位显贵的人听完之后，茫然若失。原来这便是穷苦之人行乐的秘诀啊。

不仅心中这样想，就算是锻炼身体也应当这样做。比如夏天酷暑难耐，明知道这都是由于房屋过于低矮狭小所导致的，却偏要跑到骄阳似火的外面走一遭，然后再返回到屋中，就会感觉炎热渐渐消退，不像之前那么炎热了。如果因为害怕低矮狭小的房屋中的闷热就跑到宽敞地方去乘凉，那么等到回到原来的屋子中的时候，就会感觉炎热又增加了十倍。冬天因为寒冷而十分痛苦，明知道是因为墙壁太过单薄而导致的，却故意跑到风雪之中走一遭，然后再回到墙壁单薄的室内，就会觉得寒冷的情况顿时减少，不再像过去那般寒冷了；如果为了躲开房屋的寒冷、凄凉而跑到深宅大屋去取暖，等到再回到原来的房间时，就会被冻得浑身发抖、狼狈不堪了。从这里可以看出，所说的退一步的境界，适用于任何地方，任何的人。只要想到退一步，就会自然而然地浮现快乐的境界。我李渔作为天下第一个困苦的人，之所以能够在忧患之中

避免死亡，在遭受挫折困顿不得志之时让自己不会憔悴瘦瘠，都是由于采用了这种方法。另外，我还喜欢写文章，将笔作为一生的伴侣，用笔横扫千军万马固然是无法办到的，但用它来排除各种烦恼忧虑却是绰绰有余的。不过如果并无法做到退一步，那么就算是有纸有笔也会让人苦恼不已。回想过去，战国时代游说之士虞卿所写的《虞氏春秋》，采用的也是这种方法，只是我写的书能够对世公开，而他所写的书却只能秘而不传而已。

从亭长的说法推而论之，凡是行乐的人，不必去从远处援引别人的情况作为参照而退一步，就个人自身情况来讲，谁没有经受过困境的遭遇呢？大的就是灾凶祸患，小的就是疾病忧伤。《诗经·伐柯》说："执柯伐柯，其则不远。"用这两句诗来比较，则会让人倍感贴切。人的一生，出乎意料的大灾大难非但不可遗忘，还应当大书特书，高高悬挂起来作为座右铭。这样做对人有三点好处：灾祸如果是由于自己而导致的，那么可以让人们痛改前非，作为前车之鉴；灾祸如果是上苍降下的，那么可以让人们停止并消除怨恨，从而消除后患；至于去追忆痛苦与烦恼并想到现在的好，两者比较可以引出无穷的快乐境界，就是引起人们心中警惕之后而产生的结果了。如果说反省，对自己的过失进行自我检讨，这些原本就属于个人的隐私，并不便让别人看到，这样可以运用委婉含蓄的方法加以处理：或者只写遭遇祸患的年月，却不道明事情的原委；或者另外写几句隐射的话，却不详细阐述里面的缘由；或者写一联一诗，悬挂在起居室中，稍微有些隐喻，却不让人知晓，也是小心谨慎、修身自洁的好方法。这些都是我曾经隐瞒世人私下操作的事情，现在写了出来，想要避讳也不行了，这正是俗话所说的“不打自招”啊，不是吗？

止忧

小序

【原文】

忧可忘乎？不可忘乎？曰：可忘者非忧，忧实不可忘也。然则忧之未忘，其何能乐？曰：忧不可忘而可止，止即所以忘之也。如人忧贫而劝之使忘，彼非不欲忘也，啼饥号寒者迫于内，课赋索逋者攻于外[1]，忧能忘乎？欲使贫者忘忧，必先使饥者忘啼，寒者忘号，征且索者忘其逋赋而后可，此必不得之数也。若是，则“忘忧”二字徒虚语耳。犹慰下第者以来科必发，慰老而无嗣者以日后必生，迨其不发不生，亦止听之而已，能归咎慰我者而责之使偿乎？语云：“临渊羡鱼，不如退而结网。”慰人忧贫者，必当授以生财之法；慰人下第者，必先予以必售之方；慰人老而无嗣者，当令蓄姬买妾，止妒息争，以为多男从出之地。若是，则为有裨之

言，不负一番劝谕。止忧之法，亦若是也。忧之途径虽繁，总不出可备、难防之二种，姑为汗竹[②]，以代树萱[③]。

【注释】

①课赋索逋（bū）：指的是征收赋税，追讨欠税。

②汗竹：也被称为汗青、汗简。在纸还没有被发明之前，著述都写在或者刻在竹片上，青竹片一定要经过火烤“出汗”之后才能使用，因此而得名。

③树萱：种植萱草。萱草，被誉为可以忘忧的草。

【译文】

忧愁可以忘记吗？还是不能忘记呢？我说：可以忘记的并非是忧愁，而忧愁实际上是无法忘记的。不过既然忧愁无法忘记，那么如何能够让自己变得快乐呢？我说：“忧愁虽然无法忘记但是可以止住，止住了也就相当于忘记了。”如果有人被忧愁所束缚而劝他要忘记忧愁，那么并非是他不想忘记，而是由于家中妻子儿女因为饥寒交迫哭泣不止，征税催债的人则不断在催促，如何能够忘记忧愁呢？想要让贫苦的人忘记忧愁，一定要让饥饿的人忘记哭泣，让寒冷的人忘记哭号，让被征税催款的人忘记逼迫，然后才能办到，但是这必然是不可能发生的事情。如果是这样，那么“忘忧”这两个字就只是一句空话。就像是安慰科举落榜的人以后会中榜一样，安慰没有子嗣的老人日后一定会生子一样，等到他们并没有中科举也没有生子，也只是听听罢了，如何能够责怪那些安慰他们的人而要求他们偿愿呢？古语说过：“临渊羡鱼，不如退而结网。”安慰那些穷苦的人，一定要授予他们生财的方法；安慰那些科举落榜的人，一定要告知他们可以考中的方法；安慰那些没有子嗣的老人，一定要让他蓄姬买妾，并且让姬妾停止妒忌争抢，以便多生儿子。如果是这样，你所说的有益的话，才不负你一番劝诫。停止忧愁的方法，也是这样。停止忧愁的方法虽然繁多，无非是防备跟难以防备这两种，暂且写在这里，来替代消除忧愁的忘忧草吧。

止眼前可备之忧

【原文】

拂意之境[①]，无人不有，但问其易处不易处，可防不可防。如易处而可防，则于未至之先，筹一计以待之。此计一得，即委其事于度外，不必再筹，再筹则惑我者至矣。贼攻于外而民扰于中，其可乎？俟其既至，则以前画之策，取而予之，切勿自动声色。声色动于外，则气馁于中。此以静待动之法，易知亦易行也。

【注释】

①拂意：不如意。

【译文】

不如意的境况，每个人都会遇到，只不过要看它是否容易处理，是否可以防备。如果容易处理且可以防备，那么在还没有到来之前，先做好一个策略等着它。这个策略一旦谋划好，就将它置之度外，不用再想了，如

果再想，那么迷惑自己的东西就来了。就好比贼人在城外进攻，百姓在城里闹，哪里能够呢？等到不如意的事情来了，就用之前想好的策略来对付它，切记一定要不动声色。如果动了声色，喜怒哀乐就会表现在外面，而内心就会气馁。这便是以静制动的方法，容易知道，也容易履行。

止身外不测之忧

【原文】

不测之忧，其未发也，必先有兆。现乎蓍龟[①]，动乎四体者，犹未必果验。其必验之兆，不在凶信之频来，而反在吉祥之事之太过。乐极悲生，否伏于泰，此一定不移之数也。命薄之人，有奇福，便有奇祸；即厚德载福之人，极祥之内，亦必酿出小灾。盖天道好还，不敢尽私其人，微示公道于一线耳。达者处此，无不思患预防，谓此非善境，乃造化必忌之数，而鬼神必瞯之秋也[②]。萧墙之变，其在是乎？止忧之法有五：一曰谦以省过，二曰勤以砺身，三曰俭以储费，四曰恕以息争，五曰宽以弥谤[③]。率此而行，则忧之大者可小，小者可无；非循环之数，可以窃逃而幸免也。只因造物予夺之权，不肯为人所测识，料其如此，彼反未必如此，亦造物者颠倒英雄之惯技耳。

【注释】

①现乎蓍（shī）龟：指的是占卜的吉凶情况表现在蓍草跟龟甲上。

②鬼神必瞯（jiàn）：指的是鬼神一定能够窥探得到。

③弥谤：平息诽谤。

【译文】

无法预测的忧患，在它还没有发生的时候，一定会有前兆。表现在蓍草跟龟甲上，表现在人们的四肢活动上，未必一定应验。其一定会有应验的征兆，不在于不好的消息频频传来，而在于吉祥的事情太多。乐极悲生，否伏于泰卦，这是固定不变的规律。命薄的人，有奇特的福分，便有奇特的灾祸；就算是德行深厚能够承载福分的人，处在极为吉祥的氛围之中，一定会酿出小的灾祸。老天爷讲究恶有恶报、善有善报，不将好事全都赋予某一个人，稍微彰显一下自己的公正之心。心胸豁达的人处在这种情况下，没有不思虑祸患而进行预防的，认为这并非是的件好事，而是上天一定要嫉恨的迹象。萧墙之变，就是这样的吧？阻止忧患的方法有五种：一是谦虚地进行自我反省，二是勤于磨炼自己的身心，三是节俭并储蓄资金，四是用忠恕之心而免于纷争，五是用宽容的态度去平息诽谤。只要遵照这些原则来办事，那么就能将大的忧患化为小的忧患，小的忧患化为没有，这不是天道循环的定数，是可以规避幸免的。只是由于上天生杀予

夺的权力，不愿意被人们识破，料其会这样，它反而并不会这样，也是上天颠倒英雄惯用的手段。

调饮啜

小序

【原文】

《食物本草》一书，养生家必需之物。然翻阅一过，即当置之。若留匕箸之旁[1]，日备考核，宜食之物则食之，否则相戒勿用，吾恐所好非所食，所食非所好，曾皙睹羊枣而不得咽[2]，曹刿鄙肉食而偏与谋[3]，则饮食之事亦太苦矣。尝有性不宜食而口偏嗜之，因惑《本草》之言，遂以疑虑致疾者。弓蛇之为祟，岂仅在形似之间哉！食色，性也，欲藉饮食养生，则以不离乎性者近是。

【注释】

①箸（zhù）：筷子。

②曾皙：曾点，字皙，孔子早期的弟子之一。

③曹刿（guì）：春秋时期的鲁国大夫，著名的军事理论家。

【译文】

《食物本草》这本书，是养生家所必备的物品。不过将它翻过一次，就能够放到一旁了。如果将它放在碗筷旁边，每天查看，适合吃的就吃，不然就相互告诫不能吃，我担心自己所喜欢的却不能吃，所能吃的又不是

自己所喜欢的，就像《孟子》中说曾皙喜欢吃羊枣，而他的儿子曾参看到羊枣也不忍心吃，曹刿瞧不起吃肉食的达官贵人，却偏要与他们一起谋划，如此，饮食就太痛苦了。曾经有人面对食物，依照食物的属性是不适合吃的，他却特别喜欢吃，因此对《食物本草》之中的话十分疑惑，逐渐疑虑重重而生了病。“杯弓蛇影”而造成的伤害，难道只是在形似上吗？食与性，全都是人的天性，想要借助饮食来养生，如果能够不脱离天性就更近了。

爱食者多食

【原文】

生平爱食之物，即可养身，不必再查《本草》。春秋之时，并无《本草》，孔子性嗜姜[①]，即不撤姜食，性嗜酱，即不得其酱不食，皆随性之所好，非有考据而然。孔子于姜、酱二物，每食不离，未闻以多致疾。可见性好之物，多食不为祟也。但亦有调剂君臣之法，不可不知。“肉虽多，不使胜食气。”此即调剂君臣之法。肉与食较，则食为君而肉为臣；姜、酱与肉较，则又肉为君而姜、酱为臣矣。虽有好不好之分，然君臣之位不可乱也。他物类是。

【注释】

①孔子性嗜姜：孔子喜欢吃姜，几乎每顿都离不开姜。

【译文】

平生喜欢吃的东西，就能够养身，没有必要再去查看《食物本草》。春秋的时候，并没有《食物本草》这本书，孔子喜欢吃姜，就不挑出姜，喜欢吃酱，没有酱就不吃，全都是根据自己的喜好而决定，并非根据书本的考据来进行。孔子对于姜和酱这两种食物，每餐都不能少，从来没有听闻因此而招致疾病。由此可以看出，自己喜欢的东西，多吃也未必有什么坏处。不过也应当有调剂主次的方法，不能不知晓。孔子说："肉虽多，不使胜食气。"这便是调剂主次的方法。肉跟主食相比较，主食是主要的，而肉是次要的；姜、酱跟肉比较，又变成了肉是主要的，而姜、酱则是次要的。虽然有着好坏之分，不过主次的地位不能乱。其他食物也是如此。

怕食者少食

【原文】

凡食一物而凝滞胸膛，不能克化者，即是病根，急宜消导。世间只有瞑眩之药[①]，岂有瞑眩之食乎？喜食之物，必无是患，强半皆所恶也。故性恶之物即当少食，不食更宜。

【注释】

①瞑眩（míng xuàn）之药：吃了之后让人眩晕的药，就无法治好病。

【译文】

只要是食物凝滞在胸膛，无法消化的，就是病根，应当及时想办法消除积食。世上只有吃了能够让人眩晕的药物，哪里有让人吃了会眩晕的食物呢？喜欢吃的食物，一定不会出现这方面的问题，大抵是由于吃了自己不喜欢吃的东西所导致的。因此自己不喜欢吃的东西应当少吃，不吃就更好了。

参考文献

［1］杜书瀛. 闲情偶寄［M］. 北京：中华书局，2014.

［2］辛雅敏. 闲情偶寄译注［M］. 上海：上海三联书店，2014.

［3］鸿雁. 闲情偶寄［M］. 北京：北京联合出版公司，2015.